Jack London

Die Insel Berande

Bibliografische Information der Deutschen Nationalbibliothek:
Die Deutsche Nationalbibliothek verzeichnet diese Publikation in der Deutschen Nationalbibliografie; detaillierte bibliografische Daten sind im Internet über http://dnb.dnb.de abrufbar.

Herstellung und Verlag: BoD – Books on Demand, Norderstedt

ISBN: 978-3-7448-5077-3

Inhaltsverzeichnis

Etwas muß geschehen 7

Etwas geschieht 14

Die Jessie 21

Joan Lackland 30

Sie will Pflanzer werden 36

Sturm 48

Ein schwerer Kampf 54

Lokalkolorit 65

Kampf zwischen den Geschlechtern 72

Eine Nachricht von Boucher 78

Die Port-Adams-Bande 87

Herr Morgan und Herr Raff 94

Die Logik der Jugend 101

Die Martha 109

Eine Frage der Erziehung 118

Die Unverbesserliche 125

»Ihr« Fräulein Lackland 136

Romane werden Wirklichkeit 145

Das verlorene Spielzeug 157

Männerrede 164

Konterbande 170

Gogoomy machen Kwaque fertig ganz und gar 176

Eine Nachricht aus dem Busch...................................186

Im Busch...193

Die Kopfjäger 201

5

Sonnenglut 208

Ein zeitgemäßes Duell 221

Kapitulation 227

Etwas muß geschehen

Er war ein sehr kranker weißer Mann. Er ritt Huckepack auf einem wollköpfigen, schwarzhäutigen Wilden, dessen Ohrläppchen so durchbohrt und aufgeweitet waren, daß das eine ganz zerrissen war, während in dem andern ein runder geschnitzter Holzpflock von drei Zoll Durchmesser steckte. Das zerrissene Ohrläppchen war von neuem durchbohrt, konnte aber jetzt nur noch eine kurze Tonpfeife aufnehmen. Das zweibeinige Pferd war schmierig und, bis auf einen äußerst schmalen, schmutzigen Lendenschurz, nackt; der Weiße aber klammerte sich verzweifelt an ihm fest. Hin und wieder sank sein Kopf vor Schwäche auf den Wollschädel herab. Dann wieder hob er ihn und starrte mit verschwimmenden Augen auf die Kokospalmen, die in der flimmernden Hitze schwankten und schaukelten. Er trug ein dünnes Hemd und hatte um den Leib einen Streifen Baumwollstoff geschlungen, der bis zu den Knien reichte. Auf dem Kopfe trug er einen abgenutzten breitrandigen Cowboyhut. Um die Hüfte hatte er einen Gurt geschnallt, in dem eine großkalibrige automatische Pistole und mehrere gefüllte Ladestreifen gebrauchsfertig steckten.

Den Zug beschloß ein vierzehn- bis fünfzehnjähriger schwarzer Junge, der Medizinflaschen, einen Eimer mit heißem Wasser und verschiedene andre Krankenhausutensilien trug. Sie verließen den Hof durch eine schmale, aus Rohr geflochtene Pforte und schritten weiter unter der glühenden Sonne, zwischen neugepflanzten Kokospalmen hindurch, die keinen Schatten gewährten. Kein Lüftchen regte sich, und die drückende Atmosphäre war mit Krankheitskeimen geschwängert. Vor ihnen ertönte ein wildes Geschrei, wie von jammernden verlorenen Seelen oder gefolterten Menschen. Ein langer niedriger Schuppen mit Graswänden und Grasdach zeigte sich, und von ihm ging der Lärm aus: Geschrei und Gejammer, das Kummer und unerträglichen Schmerz verkündete. Als der Weiße sich näherte, konnte er ein schwaches, anhaltendes Wimmern und Stöhnen hören. Ihn schauderte bei dem Gedanken, daß er dort hinein sollte, und einen Augenblick glaubte er, ohnmächtig zu werden. Denn die gefürchtete Geißel der Salomoninseln, die Dysenterie, hatte die Berande–Plantage heimgesucht, und obgleich er selbst von ihr befallen war, mußte er doch ganz allein den Kampf mit ihr aufnehmen.

Indem er sich tief auf die Schultern seines Trägers bückte, gelangte er durch den niedrigen Eingang. Er nahm dem ihm folgenden Jungen eine Flasche ab und atmete das starke Ammoniak ein, um sich den Kopf für den kommenden Auftritt klarzumachen. Dann rief er:»Ruhe!«, und der Lärm verstummte. Eine sechs Fuß breite, leicht geneigte Plattform aus Bambusstäben erstreckte sich über die ganze Länge des Schuppens. Vor ihr lief ein Gang, der kaum einen Schritt breit war. Auf der Plattform lagen, eng nebeneinander ausgestreckt, etwa zwanzig Schwarze. Daß sie einer tiefstehenden Rasse angehörten, sah man auf den ersten Blick. Es waren Menschenfresser. Ihre Gesichter waren unsymmetrisch und tierisch, ihre Körper garstig und affenartig. Sie trugen Nasenringe aus den Schalen der Venusmuschel und aus Schildpatt, und aus den ebenfalls durchbohrten Nasenflügeln ragten Hörner hervor, die aus auf Draht gereihten Perlen gebildet wurden. Ihre Ohrläppchen waren durchbohrt und ausgeweitet, um hölzerne Pflöcke und Stäbe, Pfeifen und allerlei barbarischen Zierat aufzunehmen. Ihre Körper waren in scheußlichen Mustern tätowiert und genarbt. Während ihrer Krankheit trugen sie keinerlei Kleidung, nicht einmal einen Lendenschurz, sie hatten nur ihre Muschelarmspangen, Perlenhalsbänder und Ledergurte behalten, in denen blanke Messer steckten. Die Körper vieler von ihnen waren mit schrecklichen Wunden bedeckt. Fliegenschwärme hoben sich und ließen sich wieder nieder oder flogen in dichten Wolken durch den Raum.

Der Weiße ging die Reihen entlang und gab jedem Manne Medizin. Einigen gab er Chlor. Er mußte alle Willenskraft zusammennehmen, um sich zu erinnern, wer von ihnen Brechwurz vertragen konnte, und wer zu schwach dafür war.

Einen Toten ließ er hinaustragen. Er sprach scharf und bestimmt, wie ein Mann, der keinen Spaß versteht, und die gesunden Männer, denen er seine Befehle erteilte, runzelten böse die Stirn. Einer murrte, als er die Leiche bei den Füßen packte. Da brach der Weiße los. Es war ihm eine schmerzhafte Anstrengung, aber seine Faust schoß vor und traf den Schwarzen auf den Mund.

»Was Name du, Angara?« brüllte er. »Was für Rede du machen, wie? Ich läuten dir sieben Glocken, zuviel, los!«

Mit der mechanischen Schnelligkeit eines wilden Tieres setzte der Schwarze zum Sprunge an. Die Wut einer Bestie glühte in seinen Augen; aber er sah die Hand des Weißen nach der Pistole im Gürtel greifen. Der Sprung unterblieb. Der Körper entspannte sich, und der Schwarze beugte sich über den Leichnam und half ihn hinaustragen. Jetzt ohne Murren. »Schweine!« knirschte der Weiße.

Er war sehr krank, dieser Weiße, gerade so krank wie die Schwarzen, die hilflos vor ihm lagen, und die er pflegte. Wenn er diesen pestgeschwängerten Schuppen betrat, wußte er nie, ob er imstande war, den Rundgang zu beenden. Aber das wußte er sicher, daß, wenn er je inmitten dieser Schwarzen ohnmächtig werden sollte, alle, die dazu imstande waren, sich wie reißende Wölfe ihm an die Kehle stürzen würden. Ungefähr in der Mitte lag ein Mann im Sterben. Er gab Befehl, ihn, sobald er seinen letzten Atemzug getan, hinauszuschaffen. Ein Schwarzer steckte den Kopf zur Tür herein und sagte: »Vier fella krank zu viel.«

Neue Kranke, die noch gehen konnten, drängten sich um den Sprechenden. Der Weiße suchte den Schwächsten heraus und wies ihm den Platz an, von dem soeben der Leichnam entfernt worden war. Einem Zweiten bedeutete er zu warten, bis der Nächste gestorben wäre. Dann befahl er einem der gesunden Leute, aus den Plantagearbeitern eine Hilfsabteilung für das Hospital zu bilden, und schritt weiter die Reihe entlang, indem er Medizin austeilte und auf Trepang-Englisch Witze riß, um die Kranken aufzuheitern. Hin und wieder ertönte vom andern Ende ein seltsames Wimmern. Als er hinkam, sah er, daß es von einem Burschen herrührte, der gar nicht krank war. Der Weiße geriet in Zorn.

»Was Name du schreien alle Zeit?« »Ein fella mein Bruder gehören mir«, lautete die Antwort. »Ein fella sterben zuviel.«

»Du schreien, ein fella Bruder gehören dir sterben zuviel,« sagte der Weiße drohend, »ich werde cross zuviel auf dich. Was Name du schreien? He? Du Dummkopf machen Bruder gehören dir sterben viel schneller. Du fella hören auf mit Schreien, savvee? Du fella nicht hören auf mit Schreien, ich machen dich fertig verdammt schnell.«

Er drohte dem Burschen mit der Faust, und der Schwarze kauerte nieder, ihn mürrisch anstarrend. »Schreien nicht gut kleinstes bißchen«, fuhr der Weiße ruhiger fort. »Du nicht schreien. Du jagen fella Fliegen weg. Zuviel groß fella Fliegen. Du holen Wasser. Washee Bruder gehören dir; washee Menge zuviel, dann Bruder gehören dir all right. – Marsch!« schrie er schließlich wütend, und sein Wille wirkte auf den stumpfsinnigen Schwarzen mit solcher Kraft, daß er aufsprang, um die widerlichen Fliegenschwärme zu vertreiben.

Dann ritt er wieder in die dunstige Hitze hinaus. Er umklammerte den Hals des Schwarzen und schöpfte tief Atem. Aber die totenstille Luft schien seine Lungen zusammenzupressen; er ließ den Kopf sinken und stierte halbschlafend vor sich hin, bis das Haus erreicht war. Jede Willensanstrengung war eine Pein für ihn, und doch wurde sie dauernd von ihm verlangt. Er gab dem Schwarzen, der ihn getragen hatte, einen Schluck Genever. Viaburi, der Hausboy, brachte ihm Sublimat und Wasser, und er wusch sich gründlich. Er nahm selbst eine Dosis Chlor, fühlte sich den Puls, nahm ein Thermometer in den Mund und legte sich mit unterdrücktem Stöhnen auf das Ruhebett. Es war Nachmittag, und er hatte heute seinen dritten Rundgang hinter sich. Er rief den Hausboy.

»Nimm groß fella Gucker nach Jessie!« befahl er. Der Boy ging mit dem langen Fernrohr auf die Veranda und suchte die See ab.

»Ein fella Schoner weit weg bißchen«, meldete er. »Ein fella Jessie.« Ein Freudenschimmer ging über das Gesicht des Weißen.

»Du machen Jessie aus, du bekommen fünf Stück Tabak«, sagte er.

Eine Weile herrschte Schweigen, und er wartete voller Ungeduld.

»Vielleicht Jessie, vielleicht anderer fella Schoner«, lautete das stockende Zugeständnis.

Der Mann wand sich bis zum Rande des Ruhebettes und glitt auf den Boden; er sank in die Knie. Mit Hilfe eines Stuhles kam er auf die Füße. Sich an dem Stuhl festhaltend und ihn als Stütze benutzend, schob er ihn durch die Tür auf die Veranda. Der Schweiß lief ihm in Strömen über das Gesicht und durchnäßte das Hemd an den Schultern. Es gelang ihm, auf den Stuhl zu kommen, wo er, völlig zusammengebrochen, nach Luft schnappte. Nach einigen Minuten richtete er sich auf. Der Boy hielt das Ende des Fernrohrs an einen Pfosten der Veranda, und der Mann starrte durch das Glas auf die See. Endlich erblickte er die weißen Segel des Schoners und beobachtete sie. »Nicht Jessie,« sagte er sehr ruhig, »das die Malakula.«

Er vertauschte seinen Sitz mit einem Deckstuhl. In einer Entfernung von dreihundert Fuß brach sich die See in schwacher Brandung am Strande. Zur Linken konnte er die weiße Linie der Brecher, die die Barre des Balesuna bezeichneten, und darüber hinaus die zackigen Umrisse der Savoinsel sehen. Gerade vor ihm, jenseits des Zwölfmeilenkanals, lag die Floridainsel, und weiter rechts erschienen undeutlich Teile Malaitas, der wilden Insel, wo Mord, Raub und Menschenfresserei herrschten, und wo seine eigenen zweihundert Plantagenarbeiter angeworben waren. Zwischen ihm und dem Strande lag der Bambuszaun seines Gartens. Die Tür stand halboffen, und er schickte den Hausboy hin, um sie zu schließen. Innerhalb des Zaunes wuchs eine Anzahl Kokospalmen. Zu jeder Seite des Weges, der hinausführte, standen zwei hohe Flaggenmaste. Sie waren auf zehn Fuß hohen künstlichen Hügeln errichtet. Am unteren Ende stand jeder Mast zwischen kurzen Pfosten, die weiß gestrichen und durch schwere Ketten verbunden waren. Die Masten selbst waren wie Schiffsmasten mit Stengen, Wanten, Gaffeln und Leinen versehen. Von der

Gaffel des einen hingen zwei bunte Flaggen schlaff herunter, die eine ein Schachbrett aus blauen und weißen Quadraten, die andere ein weißer Wimpel mit rotem Ball in der Mitte: das internationale Notsignal. In der gegenüberliegenden Ecke der Umzäunung brütete ein Habicht. Der Mann beobachtete ihn und sah, daß er krank war. Er dachte, ob der Vogel sich wohl ebenso schlecht fühlte, wie er selbst, und belustigte sich leise über den Gedanken an die Ähnlichkeit zwischen ihnen. Er stand auf, um die große Glocke läuten zu lassen, als Zeichen, daß die Plantagenarbeiter Feierabend machen und in die Baracken gehen sollten. Dann bestieg er sein zweibeiniges Pferd und machte die letzte Runde des Tages.

Im Hospital gab es zwei neue Fälle. Er reichte den Kranken Rizinusöl. Er wünschte sich Glück; es war ein leichter Tag gewesen, nur drei waren gestorben. Dann inspizierte er das Kopratrocknen, das nicht unterbrochen worden war, und ging durch die Baracken, um zu sehen, ob sich nicht ein Kranker seinen Vorschriften entgegen dort versteckt hatte. Nach Hause zurückgekehrt, empfing er die Berichte der Aufseher und gab Anweisungen für die Arbeit des nächsten Tages. Den Vormann der Bootsleute hatte er ebenfalls hinbestellt, um sich, wie jeden Abend, zu vergewissern, daß die Walboote eingeholt und angeschlossen waren. Es war dies eine sehr notwendige Vorsichtsmaßregel, denn die Schwarzen befanden sich in großer Angst, und ein Boot abends am Strande liegenzulassen, hätte einen Verlust von zwanzig Schwarzen am nächsten Morgen bedeutet. Da die Schwarzen bis zu dreißig Dollar das Stück wert waren, je nachdem, wieviel sie von ihrer Zeit abgearbeitet hatten, durfte sich die Berande-Plantage einen solchen Verlust kaum erlauben. Außerdem waren Walboote im Salomon-Archipel nicht billig, und die Todesfälle reduzierten täglich das arbeitende Kapital. Sieben Schwarze waren in der vergangenen Woche in den Busch geflohen; vier von ihnen hatten sich, hilflos vor Fieber, mit der Nachricht zurückgeschleppt, daß zwei von den gastfreundlichen Buschleuten getötet und gefressen worden. Von dem siebenten Mann, der noch in Freiheit war, erzählten sie, daß er an der Küste ein Kanu stehlen wollte, um nach seiner Heimatinsel zu entkommen.

Viaburi brachte dem Weißen zwei brennende Laternen. Er sah, daß sie hell, mit klaren breiten Flammen brannten, und nickte mit dem Kopf. Die eine wurde an die Gaffel des Flaggenmastes gehißt, die andere auf die Veranda gestellt. Dies waren die Richtungslichter für den Ankerplatz von Berande. Und das ganze Jahr hindurch wurden sie allabendlich in dieser Weise untersucht und ausgehängt.

Mit einem Seufzer der Erleichterung ließ er sich wieder auf sein Ruhebett fallen. Das Tagewerk war beendet. Eine Büchse lag neben ihm. Sein Revolver befand sich in Reichweite. Eine Stunde verging, ohne daß er sich regte. Im Halbschlummer, in halber Bewußtlosigkeit lag er da. Plötzlich wurde er munter. Auf der hinteren Veranda hatte etwas geknarrt. Der Raum hatte die Form eines L; die Ecke, in der das Ruhebett stand, war finster, aber die Lampe, die im Hauptraum über dem Billardtisch so aufgehängt war, daß ihr Schein nicht auf ihn fiel, brannte hell. Die Veranden waren ebenfalls hell erleuchtet. Er wartete, ohne sich zu regen. Das Knarren wiederholte sich, und er wußte, daß mehrere Leute auf der Veranda lauerten. »Was Name?« rief er scharf.

Das Haus, das zwölf Fuß hoch über dem Boden errichtet war, erzitterte auf seinen Grundpfeilern unter den sich entfernenden Schritten.

»Sie werden dreist«, murmelte er. »Etwas muß geschehen.«

Der Vollmond ging über Malaita auf und schien auf Berande herab. Nichts regte sich in der stillen Luft. Vom Hospital her erklang noch das Stöhnen der Kranken. Unter den Grasdächern der Baracken schliefen zweihundert wollköpfige Menschenfresser nach der ermüdenden Tagesarbeit, und nur ein paar beugten die Köpfe, um zuzuhören, wie einer den Weißen, der nie schlief, verfluchte. Auf den vier Veranden des Hauses brannten die Laternen. Drinnen zwischen Büchse und Revolver stöhnte der Weiße und wälzte sich in unruhigem Schlummer.

Etwas geschieht

Am nächsten Morgen stellte David Scheldon fest, daß es ihm schlechter ging. Kein Zweifel, er war merklich schwächer, und zudem machten sich weitere ungünstige Anzeichen bemerkbar. Auf Ärger wartend, begann er seinen Rundgang. Er brauchte Ärger. Wenn er gesund gewesen wäre, würde die gespannte Lage ernst genug gewesen sein, wie die Dinge aber lagen und bei seiner zunehmenden Hilflosigkeit mußte etwas geschehen. Die Schwarzen wurden immer mürrischer und herausfordernder, und das Erscheinen der Leute in der Nacht auf der Veranda – eines der schwersten Vergehen auf Berande – war von übler Vorbedeutung. Früher oder später mußten sie ihn kriegen, wenn er sie nicht zuerst kriegte, wenn er ihren schwarzen Seelen nicht wieder einmal die überlegene Herrschaft des weißen Mannes klarmachte.

Enttäuscht kehrte er nach Hause zurück. Es hatte sich keine Gelegenheit geboten, einen Fall von Frechheit oder Ungehorsam festzustellen, wie sie bisher jeden Tag vorgekommen, seit die Krankheit Berande ergriffen hatte. Diese Ruhe war an und für sich schon verdächtig. Sie wurden immer tückischer. Es tat ihm leid, daß er in der Nacht nicht gewartet hatte, bis die Leute hereingeschlichen waren. Dann hätte er einen oder zwei niederknallen können, was den andern eine neue, mit Blut geschriebene Lehre gewesen wäre. Er war einer gegen zweihundert, und er fürchtete am meisten, daß die Krankheit ihn überwältigen und ihn in ihre Gewalt bringen könnte. Im Geist sah er schon, wie die Schwarzen die Plantage überfielen, das Lager plünderten, die Häuser in Brand steckten und nach Malaita flohen. Und er sah seinen eigenen Kopf, gedörrt und geräuchert, das Kanuhaus eines Kannibalendorfes zieren. Wenn die Jessie nicht kam, mußte er etwas tun.

Die Glocke, die die Arbeiter an die Arbeit rief, hatte kaum geläutet, als Scheldon Besuch erhielt. Er hatte sich sein Ruhebett auf die Veranda stellen lassen und lag dort, als Kanus ankamen und auf den Strand geschoben wurden. Vierzig, mit Speeren, Bogen, Pfeilen und Kriegskeulen bewaffnete Männer sammelten sich vor der Pforte, aber nur einer trat ein. Sie kannten die Gesetze von Berande, wie jeder Eingeborene das Gesetz auf den Besitzungen aller Weißen in dem auf Tausende von Meilen verstreuten Salomon-Archipel kannte. In dem Manne, der den Weg heraufkam, erkannte Scheldon Seelee, den Häuptling des Dorfes Balesuna. Der Wilde stieg nicht die Stufen empor, sondern blieb unten stehen und sprach zu dem weißen Herrn oben.

Seelee war intelligenter als die meisten seines Stammes. Seine eng beieinanderstehenden, kleinen Augen zeugten von Grausamkeit und List. Eine G-Saite und ein Patronengürtel machten seine ganze Kleidung aus. Die geschnitzte Perlmutterschale, die ihm von der Nase bis zum Kinn hing und ihn am Sprechen hinderte, diente nur als Zierat, und die Löcher in seinen Ohren hatten nur den Zweck, Pfeife und Tabak zu tragen. Die Stümpfe seiner ausgebrochenen Schneidezähne waren schwarz gefärbt vom Betelsaft, den er hin und wieder ausspie.

Wenn er sprach oder zuhörte, schnitt er Grimassen wie ein Affe. Er sagte »ja«, indem er die Augenlider senkte und das Kinn vorschob. Die kindische Arroganz seiner Sprache stand in krassem Widerspruch zu der unterwürfigen Haltung, die er vor der Veranda einnahm. Er hatte viele Anhänger und war Herr und Meister des Dorfes Balesuna. Aber der Weiße, der keine Anhänger hatte, war Herr und Meister von Berande – ja, er, der Einzelne, hatte sich gelegentlich sogar zum Herrn und Meister des Dorfes Balesuna gemacht. Seelee erinnerte sich nicht gern dieses Vorfalls. Damals hatte er die Natur der Weißen kennen und verabscheuen gelernt. Er hatte sich strafbar gemacht, indem er drei Durchbrennern aus Berande Unterschlupf gewährte. Sie hatten ihm alles, was sie besaßen, für das Obdach und die für das Entkommen nach Malaita versprochene Hilfe gegeben. Das hatte ihm die Aussicht auf eine einträgliche Zukunft verschafft, in der das Dorf zu einer Station der Untergrundbahn zwischen Berande und Malaita werden konnte.

Unglücklicherweise kannte er das Wesen der Weißen nicht. Dieser merkwürdige Weiße belehrte ihn, als er bei

Tagesanbruch vor seinem Grashause erschien, eines Besseren. Im ersten Augenblick hatte es ihn belustigt, er fühlte sich so vollkommen sicher inmitten seines Dorfes. Aber im nächsten Augenblick hatten ihn, ehe er schreien konnte, ein paar Handfesseln, die der Weiße in der Hand hielt, auf den Mund getroffen und das Hilfegeschrei in seiner Kehle erstickt. Gleichzeitig hatte ihn die andere Faust des Weißen hinter dem Ohr getroffen, so daß er von dem folgenden nichts mehr wußte. Als er wieder zu sich kam, lag er in dem Boot des Weißen, das nach Berande fuhr. Auf Berande war er wie ein gewöhnlicher Nigger behandelt, war in Ketten gelegt und mit Handschellen an Händen und Füßen gefesselt worden. Nachdem sein Stamm die drei Durchbrenner wiedergebracht, wurde er freigelassen. Aber dann hatte der furchtbare Weiße ihn und Balesuna noch mit einer Strafe von zehntausend Kokosnüssen belegt. Nie wieder hatte er den Malaita-Leuten Unterschlupf gewährt. Statt dessen machte er sich nun ein Geschäft daraus, sie einzufangen. Das war sicherer. Zudem bekam er eine Kiste Tabak für jeden. Sollte dieser Weiße ihm aber je eine Gelegenheit bieten – daß er ihm krank in die Hände fiele, daß er, Seelee, ihm in den Rücken käme, wenn der Weiße im Busch stolperte und fiel – nun, dann gab es einen Kopf, der in Malaita etwas wert war.

Scheldon war über das, was Seelee ihm sagte, erfreut. Der siebente von den letzten Ausreißern war gefaßt worden. Er wurde hereingeschleppt. Es war ein kräftiger Mann, dessen Arme mit Kokosfaserstricken gebunden waren; das geronnene Blut vom Kampfe mit seinen Überwältigern klebte ihm noch am Körper. »Mich savvee du gut fella, Seelee«, sagte Scheldon, während der Häuptling ein viertel Wasserglas voll starkem Genever hinuntergoß. »Fella Boy gehören mir kurze Zeit klein bißchen. Dies fella Boy stark fella zuviel. Ich geben dir fella eine Kiste Tabak – mein Wort, eine Kiste Tabak. Dann, du gut fella, ich geben dir drei Faden Kaliko, ein fella Messer groß fella zuviel.«

Der Tabak und die andern Gegenstände wurden von zwei Hausboys aus dem Lager gebracht und dem Häuptling von Balesuna ausgehändigt, der die Zusatzbelohnung mit einem verbindlichen Grunzen entgegennahm und zu seinen Kanus zurückging. Auf Scheldons Anweisung legten die Hausboys dem Gefangenen Hand- und Fußschellen an und fesselten ihn an einen der Pfosten des Hauses. Als die Arbeiter um 11 Uhr von der Plantage kamen, ließ Scheldon sie vor der Veranda zusammentreten. Alle gesunden, einschließlich derer, die im Hospital helfen mußten, waren zur Stelle. Selbst die Frauen und Kinder der Plantage waren mit den übrigen in zwei Reihen angetreten – eine Horde von kaum weniger als zweihundert nackten Wilden. Außer dem Zierat aus Perlen, Muscheln und Knochen trugen ihre durchbohrten Ohren und Nasenflügel Sicherheitsnadeln, Nägel, Haarnadeln, rostige Pfannenstiele und Büchsenöffner. Einige hatten sich Federmesser in die krausen Locken geklemmt. Auf der Brust des einen hing ein Porzellantürknauf, auf der eines andern ein Messingrad aus einer Weckuhr. Ihnen gegenüber, aufs Verandageländer gestützt, stand der Weiße. Jeder einzelne von ihnen hätte ihn mit dem kleinen Finger umwerfen können. Trotz seiner Feuerwaffen wäre es für die Horde eine Kleinigkeit gewesen, ihn über den Haufen zu rennen, und dann hätten sein Kopf und die Plantage ihnen gehört. Haß, Mordgier und Rachedurst besaßen sie im Übermaß. Aber eines fehlte ihnen, eben das, was er besaß: der Zorn des Herrschenden, der nicht zu löschen war, der immer noch in diesem von Krankheit zermürbten Körper glimmte und jederzeit bereit war, aufzulodern und sie zu vernichten.

»Narada! Billy!« rief Scheldon scharf.

Zwei Mann schoben sich unwillig vor und warteten. Scheldon gab einem Hausboy den Schlüssel zu den Handschellen, und der Gefangene wurde losgemacht. »Du fella Narada, du fella Billy, nehmen dies fella Boy und machen ihn an Beinen fest, Hände ganz hoch!« befahl Scheldon.

Während dies langsam und unter dem Murren der Zuschauer geschah, brachte einer der Hausboys eine schwere Peitsche. Scheldon hielt eine Ansprache: »Dies fella Arunga mich machen cross auf ihn zuviel. Ich nicht bestehlen dies fella Arunga, ich nicht betrügen. Ich sagen, ›all right, du kommen zu mir Berande, arbeiten drei fella Jahre.‹ Er sagen

›all right, mich kommen zu dir drei fella Jahre.‹ Er kommen. Er kriegen viel gut fella Kai-kai, viel gut fella Geld. Was Name er laufen weg. Mich zuviel cross auf ihn. Ich zeigen was Name dies fella. Ich bezahlen Seelee, groß fella Herr in Balesuna, eine Kiste Tabak, weil fangen dies fella Arunga. Schön. A-runga bezahlen dies fella Kiste Tabak. Sechs Pfund dies fella Arunga bezahlen. Das heißen ein Jahr mehr dies fella Arunga arbeiten Berande. Schön. Jetzt er kriegen zehn fella Hiebe dreimal. Du fella Billy geben Hiebe, geben dies fella Arunga zehn fella dreimal. Alle fella Jungen zusehen, alle fella Marys zusehen; sie jemals möchten weglaufen, sie denken stark fella zuviel, nicht weglaufen. Billy, stark fella zuviel zehn fella dreimal.« Der Hausboy reichte Billy die Peitsche, aber der nahm sie nicht. Scheldon wartete ruhig. Die Augen aller Kannibalen waren in Zweifel, Furcht und Gier auf ihn gerichtet. In diesem Augenblick handelte es sich für den einsamen Weißen um Sein oder Nichtsein.

»Zehn fella dreimal, Billy«, sagte Scheldon ermunternd, aber es lag ein gewisser metallischer Klang in seiner Stimme.

Billy runzelte die Stirn, hob den Blick und senkte ihn wieder, regte sich aber nicht.

»Billy!«

Scheldons Stimme explodierte wie ein Pistolenschuß. Der Wilde erschrak sichtlich. Ein Grinsen lief über die grotesken Züge der Zuschauer, und ein leichtes Kichern war zu hören.

»Meinen, du wollen zuviel Hiebe das fella Arunga, du schicken ihn fella Tulagi?« sagte Billy. »Ein fella Regierungsagent befehlen Prügel. Das fella Gesetz. Mich savvee fella Gesetz.«

Es war Gesetz, und Scheldon wußte das. Aber er wollte heute und morgen am Leben bleiben und nicht sterben in der Erwartung, daß das Gesetz nächste oder übernächste Woche in Kraft träte. »Zuviel sprechen du!« schrie er wütend. »Was Name, he? Was Name?«

»Mich, savvee Gesetz«, wiederholte der Wilde hartnäckig.

»Astoa!«

Ein anderer Mann sprang vor und blickte ihn unverschämt an. Scheldon suchte sich die schlimmsten Kerle für diese Lehre aus.

»Du fella Astoa, du fella Narada, binden dies fella Billy neben anderen fella auf selbe fella Art. Fest fella binden«, warnte er sie.

»Du fella Astoa nehmen das fella Peitsche. Tüchtig groß fella zuviel zehn fella dreimal. Savvee!«

»Nein«, grunzte Astoa.

Scheldon griff nach der Büchse, die er an das Geländer gelehnt hatte, und spannte sie.

»Ich kennen dich, Astoa«, sagte er ruhig. »Du arbeiten Queensland sechs Jahre.«

»Mich fella Mission«, unterbrach ihn der Schwarze mit wohlberechneter Frechheit.

»Queensland du bleiben Gefängnis ein fella Jahr. Weiß fella Herr verdammter Narr dich nicht aufhängen. Du zuviel schlimm fella. Queensland du bleiben Gefängnis sechs Monate zweimal. Zwei fella Mal du stehlen. Du Mission? Schön. Du savvee ein fella Gebet?«

»Ja, mich savvee Gebet«, lautete die Antwort. »Schön. Dann du beten jetzt, kurze Zeit klein bißchen. Du sagen ein fella Gebet verdammt schnell, dann mich töten dich.«

Scheldon richtete die Büchse auf ihn und wartete. Der Schwarze blickte sich nach seinen Genossen um, aber keiner rührte sich, um ihm zu helfen. Sie waren gespannt, was da kommen sollte und starrten regungslos auf den Weißen, der, den Tod in der Hand, auf der großen Veranda stand. Scheldon hatte gewonnen, und das wußte er. Astoa trat unschlüssig von einem Fuß auf den andern. Er blickte den Weißen an und sah über das Visier hinweg in seine Augen.

»Astoa!« sagte Scheldon, den psychologischen Moment wahrnehmend. »Ich zählen drei fella Mal. Dann ich schießen dich fella tot, gute Nacht, alles aus.«

Und Scheldon wußte, daß er ihn auf der Stelle erschießen mußte, wenn er drei gezählt hatte. Der Schwarze wußte es ebenfalls, und das war der Grund, warum Scheldon es nicht zu tun brauchte, denn, als er eins gezählt hatte, streckte Astoa die Hand nach der Peitsche aus. Und recht kräftig handhabte er sie, aufgebracht darüber, daß seine Genossen ihn im Stich gelassen hatten. Mit jedem Hiebe machte er seiner Wut Luft. Von der Veranda aus trieb Scheldon ihn an, kräftig zu schlagen, bis die beiden gepeitschten Wilden schrieen und heulten und das Blut ihnen vom Rücken troff. Es war ein tüchtiger Denkzettel.

Als der letzte von der Bande mit den beiden heulenden Übeltätern durch die Pforte verschwunden war, sank Scheldon halb ohnmächtig auf sein Ruhebett.

»Ich bin ein kranker Mann«, murmelte er. »Ein kranker Mann.

Aber ich kann heute nacht ruhig schlafen«, fügte er eine halbe Stunde später hinzu.

Die Jessie

Zwei Tage vergingen, und Scheldon, der immer schwächer wurde, fühlte, daß es mit ihm zu Ende ginge, und daß er nicht mehr lange seine täglichen vier Hospitalbesuche machen könnte. Es gab durchschnittlich vier Todesfälle täglich, und die Krankheit griff immer mehr um sich. Die Schwarzen befanden sich in großer Angst. Jeder schien sich, krank geworden, die größte Mühe zu geben, zu sterben. Waren sie einmal von der Krankheit gepackt, so fehlte ihnen der Mut, sich gegen sie zu wehren. Sie glaubten, daß sie sterben mußten, und taten ihr bestes, diesen Glauben zu rechtfertigen. Selbst die Gesunden waren überzeugt, daß es nur eine Frage von Tagen war, bis die Krankheit auch sie packte und hinwegraffte. Aber so fest sie es auch glaubten, fehlte ihnen doch der Mut, den weißen Mann, der dem Tod so nahe war, über den Haufen zu rennen, und dem Hause des Grauens in den Booten zu entfliehen. Sie blieben lieber und warteten auf den schleichenden Tod, der ihrer, wie sie bestimmt wußten, wartete, als daß sie den sofortigen Tod wählten, der sie ereilen mußte, wenn sie sich gegen ihren Gebieter auflehnten. Daß er nie schlief, wußten sie. Daß er nicht tot gezaubert werden konnte, wußten sie ebenso sicher – sie hatten es versucht, und selbst die Krankheit, die sie alle hinwegraffte, konnte ihn nicht töten.

Seit der Auspeitschung hatte sich die Disziplin gehoben. Die Schwarzen krümmten sich unter der eisernen Faust des Weißen. Sie zeigten ihre finsteren, bösen Blicke nur mit abgewandten Gesichtern oder hinter seinem Rücken. Sie warteten mit ihrem Murren bis zur Nacht in der Baracke, wo er sie nicht hören konnte. Und es gab keine Ausreißer und keine nächtlichen Lauscher auf der Veranda mehr.

In der Morgendämmerung des dritten Tages nach der Auspeitschung erschienen die weißen Segel der Jessie. Sie war acht Meilen entfernt, und es dauerte bis zwei Uhr nachmittags, ehe die schwache Brise ihr ermöglichte, eine Viertelmeile vor der Küste zu ankern. Ihr Anblick verlieh Scheldon neuen Mut, und die ermüdenden Stunden des Wartens verdrossen ihn nicht. Er erteilte den Vorarbeitern seine Befehle und machte seine regelmäßigen Hospitalbesuche. Jetzt war alles gut. Er hatte es überstanden. Er konnte sich niederlegen und sich gesund pflegen. Die Jessie war da. Sein Teilhaber war an Bord, gesund und frisch vom sechswöchigen Rekrutieren in Malaita. Der konnte jetzt den Betrieb leiten, und alles auf Berande wurde gut.

Scheldon lag auf dem Deckstuhl und beobachtete das zum Strande rudernde Boot der Jessie. Er wunderte sich, daß nur mit drei Riemen gepullt wurde, und wunderte sich noch mehr, daß nach der Landung das Aussteigen so lange dauerte. Dann verstand er. Die drei Schwarzen, die gepullt hatten, kamen mit einer Tragbahre auf den Schultern über den Strand. Ein Weißer, in dem er den Kapitän der Jessie erkannte, schritt voran, öffnete die Pforte und ließ sie vorbei. Scheldon wußte, daß der, der auf der Bahre lag, Hughie Drummond war, und ein Schleier legte sich über seine Augen. Er spürte ein überwältigendes Verlangen zu sterben. Die Enttäuschung war zu groß. In seinem eigenen, entsetzlich schwachen Zustand fühlte er, daß es ihm unmöglich war, seine Aufgabe, die Berande-Plantage fest in der Hand zu halten, weiter zu erfüllen. Dann aber erwachte seine Willenskraft wieder, und er wies die Schwarzen an, die Tragbahre neben ihn auf den Boden zu setzen. Hughie Drummond, den er zuletzt vor Gesundheit strotzend gesehen hatte, war ein abgezehrtes Skelett. Die geschlossenen Augen waren tief eingesunken. Die eingeschrumpften Lippen entblößten die Zähne, und die Backenknochen schienen die Haut durchstechen zu wollen. Scheldon schickte einen Hausboy nach dem Thermometer und blickte fragend den Kapitän an.

»Schwarzwasserfieber«, sagte der Kapitän. »Er ist seit sechs Tagen bewußtlos. Und dazu haben wir Dysenterie an Bord. Was ist mit Ihnen los?«

»Ich begrabe vier Mann täglich«, erwiderte Scheldon, indem er sich von seinem Liegestuhl hinabbeugte und seinem Partner das Thermometer unter die Zunge steckte.

Kapitän Olson fluchte und schickte einen Hausboy nach Whisky. – Scheldon sah auf das Thermometer. Hundertsieben«, sagte er. »Armer Hughie.« Kapitän Olson bot ihm Whisky an.

»Das hat gerade noch gefehlt«, sagte Scheldon.

Er ließ einen Aufseher holen und befahl, ein Grab zu schaufeln und aus ein paar Kisten einen Sarg zu zimmern. Die Schwarzen bekamen keinen Sarg. Sie wurden begraben, wie sie starben, indem sie nackt, wie sie waren, auf ein Stück Wellblech vom Hospital zur Grube gefahren wurden. Nachdem er seine Befehle erteilt hatte, legte sich Scheldon mit geschlossenen Augen auf seinem Stuhl zurück.

»Es war die reine Hölle, Herr Scheldon«, begann Kapitän Olson; er brach ab, um einen Schluck Whisky zu nehmen. »Die reine Hölle, Herr Scheldon, sage ich Ihnen. Widrige Winde oder überhaupt keine. Zehn Tage sind wir getrieben. Zehntausende von Haien folgten uns zehn Tage lang, weil wir sie fütterten. Als wir an Land pullten, schnappten sie nach den Riemen. Ich wünschte, ein Nordwest wäre gekommen und hätte die ganzen Salomons in die Hölle geweht.

»Wir kriegten es vom Wasser – Wasser vom Owgabach. Füllten die Fässer damit. Konnten es ja nicht ahnen. Ich hatte früher Wasser dort eingenommen, und es war immer gut gewesen. Wir hatten sechzig Rekruten – genau sechzig – und fünfzehn Mann Besatzung. Tag und Nacht mußten wir sie über Bord schmeißen. Die Kerls wollten nicht leben, verdammt sollen sie sein! Aus reiner Bosheit starben sie. Nur drei von meiner Mannschaft stehen noch auf den Füßen. Fünf liegen. Sieben sind tot. Verfluchte Kiste! Was sollen wir weiter darüber reden!«

»Wieviel Rekruten sind noch übrig?« fragte Scheldon. »Die Hälfte ist weg. Dreißig sind noch übrig, davon liegen zwanzig, und die letzten zehn schwanken noch eben herum.«

Scheldon seufzte. »Das bedeutet wieder Erweiterung meines Hospitals. Sie müssen irgendwie an Land geschafft werden. Viaburi! He, du, Viaburi, läuten groß fella Glocke stark fella zuviel.«

Die Leute, zu so ungewöhnlicher Zeit von der Arbeit gerufen, wurden in Gruppen abgeteilt. Einige wurden in den Busch geschickt, um Holz für die Häusergerüste zu schlagen, andere mußten Gras zur Bedachung schneiden, und vierzig Mann hoben das Walboot über ihre Köpfe und trugen es zum Strand hinunter. Scheldon hatte mit den Zähnen geknirscht, den sinkenden Mut zusammengerafft und Berande wieder in seine Faust genommen.

»Haben Sie das Barometer beobachtet?« fragte Kapitän Olson, der am Fuß der Treppe stehengeblieben war, um die Ausschiffung der Kranken zu beobachten.

»Nein«, antwortete Scheldon. »Steht es niedrig?«

»Es fällt.«

»Dann schlafen Sie heute Nacht lieber an Bord«, meinte Scheldon. »Kümmern Sie sich nicht um das Begräbnis. Ich werde nach dem armen Hughie sehen.«

»Ein Schwarzer biß ins Gras, als ich vor Anker ging.« Der Kapitän sagte dies ganz beiläufig, wartete aber offenbar auf einen Vorschlag.

Den andern überkam plötzlich der Zorn.

»Schmeißen Sie ihn über Bord!« schrie er. »Großer Gott, Mann, glauben Sie nicht, daß ich genug Gräber an Land habe?«

»Ich meinte ja nur«, antwortete der Kapitän, durchaus nicht gekränkt.

Scheldon tat sein kindisches Benehmen leid.

»Ach, Kapitän Olson,« rief er. »Wenn Sie Rat wissen, kommen Sie morgen an Land und helfen Sie mir. Wenn Sie nicht selber können, schicken Sie mir den Steuermann.«

»Ich komme selbst. Johnsson ist tot. Ich vergaß, es Ihnen zu erzählen – vor drei Tagen.«

Scheldon sah dem Kapitän der Jessie nach, wie er, die Arme schwingend und Gott und die Salomoninseln verfluchend, den Weg hinunterging. Seine Blicke fielen auf die Jessie, die draußen in der glasigen Dünung rollte, und schweiften weiter nach Nordosten, wo, hoch über der Floridainsel, eine hohe dunkle Wolkenwand lagerte. Dann dachte er an seinen Partner. Er rief nach Leuten, um ihn ins Haus tragen zu lassen. Aber mit Hughie Drummond ging es zu Ende. Sein Atem war kaum noch zu spüren. Durch bloße Berührung konnte Scheldon feststellen, daß die Temperatur des Sterbenden sank. Sie mußte schon im Sinken gewesen sein, als das Thermometer hundertsieben zeigte. Er hatte ausgelitten. Scheldon kniete neben ihm nieder, und die Hausboys stellten sich herum. Ihre weißen Hemden und Lendentücher bildeten einen merkwürdigen Kontrast zu ihrer schwarzen Haut, ihrem wilden Aussehen und ihren großen Ohrpflöcken und glänzenden, geschnitzten Nasenringen. Mit Anstrengung kam Scheldon wieder auf die Füße und ließ sich auf den Liegestuhl fallen. So schwül es auch vorher gewesen, jetzt wurde es noch drückender. Man konnte kaum atmen. Er rang nach Luft. Die Gesichter und die bloßen Arme der Hausboys waren mit Schweißperlen bedeckt. »Herr,« wagte einer von ihnen zu sagen, »groß fella Wind er kommen stark fella zuviel.«

Scheldon nickte, sah aber nicht auf. So nahe ihm Hughie Drummond auch gestanden hatte, sein Tod und das sich daraus ergebende Begräbnis schienen ihm eine unerträgliche Last aufzubürden, zu der, unter der er bereits zusammenbrach. Er hatte das Gefühl – nein, die Gewißheit – daß er nur die Augen schließen und alles gehen lassen sollte, wie es wollte, und daß er dann sterben, in einer Unermeßlichkeit von Ruhe versinken dürfte. Er wußte, daß es so war. Es war sehr einfach. Er brauchte nur die Augen zu schließen; denn er war jetzt so weit, daß er nur noch durch seinen Willen lebte. Sein ausgezehrter Körper schien von der aufsteigenden Angst vor der Auflösung zerrissen. Er war ein Narr, daß er sich ans Leben klammerte. Zwanzig Tode war er schon gestorben, und welchen Zweck hatte es, das Leben nochmals um zwanzig Tode zu verlängern, ehe er wirklich starb. Er hatte nicht nur keine Furcht vor dem Tode, er wünschte ihn herbei. Sein zermarterter Körper und sein Geist wünschten es, und warum sollte seine Lebensflamme nicht ganz erlöschen? Aber sein Wille, der Leben und Tod meisterte, war noch wach. Er sah die beiden Boote am Strande landen und sah die Kranken auf Tragbahren oder Huckepack in trauriger Prozession vorbeiziehen. Er sah die Anzeichen des aufsteigenden Windes am bewölkten Horizont und dachte an die Kranken im Hospital. Hier wartete seiner etwas, das geschafft werden mußte, und es lag nicht in seiner Natur, sich schlafen zu legen oder zu sterben, wenn es noch eine Aufgabe zu erfüllen galt.

Die Aufseher wurden gerufen und erhielten den Befehl, das Hospital mit den beiden Anbauten festzulaschen. Er erinnerte sich der Reserveankerkette, die, neu gestrichen, unter den Deckenbalken des Hauses aufgehängt war, und befahl, sie gleichfalls beim Hospitalbau zu verwenden. Der Sarg wurde gebracht, grotesk aus Kistenholz zusammengezimmert, und nach seiner Anweisung wurde Hughie Drummond hineingelegt. Ein halbes Dutzend Leute trugen ihn zum Strand hinunter, und er ritt auf den Schultern eines Schwarzen, die Arme um seinen Hals geklammert, ein Gebetbuch in der Hand, hinterher. Während er das Gebet las, starrten die Schwarzen furchtsam auf die schwarze Linie, über der die Wolken, sich überstürzend, daherjagten. Als er die Andacht beendet hatte, wehte der erste Hauch, schwach, zärtlich und erfrischend durch seinen ausgedörrten Körper. Während dann die Schaufeln schnell das Grab mit Sand füllten, kam der zweite Windstoß. So heftig war er, daß Scheldon, der noch auf dem Boden stand, sich, um nicht fortgeweht zu werden, an seinen Träger klammerte. Die Jessie war nicht mehr zu sehen, und ein merkwürdiges, unheilverkündendes Geräusch erhob sich, während Unmengen kleiner Wellen schäumend auf den Strand rollten. Es war wie das Aufwallen eines mächtigen Kessels. Überall her ertönte das dumpfe Geräusch fallender Kokosnüsse. Die hohen zierlichen Stämme wanden sich und klatschten wie Peitschenschläge. Die Luft schien angefüllt mit ihren fliegenden Wedeln, deren jeder mit seiner Schneide den Kopf eines Mannes hätte zerschmettern können. Dann kam der Regen; eine Sintflut, eine horizontale Masse, die, allen Gesetzen der Schwere Hohn sprechend, wie ein Strom daherschoß. Der Schwarze, auf dem Scheldon ritt, stürzte sich mitten in das Unwetter hinein, indem er sich weit vorbeugte, um nicht rücklings niedergeworfen zu werden.

»Er kann sich heute nacht ausschlafen«, fuhr es Scheldon durch den Kopf, als er an den toten Mann im Sande und an das auf den kalten Lehm rieselnde Regenwasser dachte.

So kämpften sie sich den Strand hinauf. Die andern Schwarzen packten seinen Träger und schleiften, zerrten ihn vorwärts. Manche von ihnen hätten nichts lieber getan, als den Reiter in den Sand zu werfen, auf ihn zu springen und ihn zu einem widerlichen Nichts zu zerstampfen. Aber die automatische Pistole mit ihrem schnell ratternden Tod in seinem Gürtel und der automatische, todesverachtende Geist in dem Manne selbst hielten sie zurück und trieben sie, ihn mit Aufgebot ihrer ganzen Kräfte durch den Sturm in Sicherheit zu bringen.

Durchnäßt und erschöpft, wie er war, mußte er sich über die Leichtigkeit wundern, mit der er die Kleider wechseln konnte. Obwohl er furchtbar schwach war, fühlte er sich doch tatsächlich besser. Die Krankheit hatte ausgetobt, und die Genesung begann.

»Jetzt nur kein Fieber«, sagte er laut und entschloß sich im selben Augenblick, zum Chinin überzugehen, sobald er stark genug war, es wagen zu können.

Er kroch auf die Veranda. Der Regen hatte aufgehört, aber der Wind war schon zum halben Sturm geworden und wuchs immer noch. Die See toste, und meilenlange Brecher überstürzten sich zweihundert Meter vor dem Strande und krachten auf den Sand. Die Jessie, die jetzt wieder zu sehen war, stampfte wild vor zwei Ankern, und jede zweite oder dritte See brach über ihren Bug hinweg. Zwei Flaggen flatterten steif an der Flaggleine, wie Vierecke aus biegsamem Eisenblech. Die eine war blau, die andere rot. Er kannte ihre Bedeutung aus dem Privatcode von Berande: »Was wünschen Sie? Soll ich versuchen, ein Boot zu landen?« An der Wand, zwischen Flaggenmast und Billardregeln, hing der Code, mit dessen Hilfe er das Signal entziffert hatte und jetzt antwortete. An der Gaffel des Flaggenmastes ging eine weiße Flagge über einer roten hoch, was bedeutete: »Gehen Sie in Schutz der Nealinsel.«

Daß Kapitän Olson dies Signal erwartet hatte, erkannte er an der Schnelligkeit, mit der die Schäkel aus beiden Ankerketten geschlagen wurden. Er slippte die Anker, nachdem er sie mit Bojen versehen hatte, um sie bei besserem Wetter aufzunehmen. Die Jessie wendete unter vollem Stagsegel, dann wurde das doppelt gereffte Toppsegel gehißt. Sie schoß fort wie ein Rennpferd und kam auf eine halbe Kabellänge vom Balesunariff frei. Eben bevor sie die Spitzen rundete, wurde sie von einer furchtbaren Bö getroffen, die weit heftiger als die erste war.

Diese ganze Nacht hindurch schlief Scheldon, während Bö auf Bö über Berande hinwegfegte, Bäume entwurzelte, Kopraschuppen umstürzte, und das Haus auf seinen hohen Pfosten wankte. Er merkte nichts von dem Aufruhr. Er schlief fest, ohne sich nur zu rühren, ohne zu träumen. Wie neugeboren erwachte er. Er war hungrig. Es war über eine Woche her, seit Nahrung über seine Lippen gekommen war. Er trank ein Glas mit Wasser verdünnter kondensierter Milch, und gegen zehn Uhr getraute er sich, eine Tasse Brühe zu trinken. Auch die Lage im Hospital hatte sich gebessert. Trotz des Sturmes war nur ein Mann gestorben und ein neuer Kranker eingeliefert, während ein halbes Dutzend Leute schwach nach den Baracken schlichen. Er hätte gern gewußt, ob es der Wind gewesen, der die Krankheit fortgeblasen und das verseuchte Land gereinigt hatte.

Gegen elf Uhr traf ein Bote von Seelee aus Balesuna ein. Die Jessie war halbwegs zwischen dem Dorfe und der Nealinsel gestrandet. Erst gegen Abend brachten zwei Mann von der Besatzung die Nachricht, daß Kapitän Olson und der dritte Mann ertrunken waren. Aus dem, was sie sagten, konnte Scheldon nur schließen, daß die Jessie total verloren war. Um seine Laune noch zu verbessern, wurde er von Schüttelfrost gepackt und hatte eine halbe Stunde später hohes Fieber. Und er wußte, daß er wenigstens noch einen Tag warten mußte, ehe er auch nur die kleinste Dosis Chinin nehmen konnte. Er kroch unter einen Haufen von Decken und überraschte sich kurz darauf dabei, wie er laut lachte. Er hatte die Grenze seines Unglücks erreicht. Von Erdbeben und Flutwellen abgesehen, konnte ihm nichts mehr geschehen. Die Flibberty-Gibbet lag wohl sicher in der Mbolipassage. Da nichts Schlimmeres geschehen konnte, mußte es wohl besser werden. Und so kam es, daß er, unter seinen Decken frierend, lachte, daß die Hausboys die Köpfe zusammensteckten, und sich über die Teufel in ihm wunderten.

Joan Lackland

Am zweiten Tage des Nordweststurmes brach Scheldon unter dem Fieber zusammen. Er hatte sich in seiner Schwäche zu viel zugemutet, und wenn es auch nur ein gewöhnlicher Malariaanfall war, so hatte er ihn doch nach achtundzwanzig Stunden soweit heruntergebracht, wie sonst, wenn er in Form gewesen, zehn Tage Fieber. Aber die Dysenterie hatte Berande verlassen. Einige zwanzig Rekonvaleszenten lungerten noch im Hospital herum, doch ihr Zustand besserte sich stündlich. Nur einer war noch gestorben – der Mann, den sein Bruder bejammert hatte, statt die Fliegen zu vertreiben. Am Morgen seines vierten Fiebertages lag Scheldon auf der Veranda und blickte müde über das wütende Meer. Der Sturm hatte nachgelassen, aber die Wellen donnerten noch gegen den Strand von Berande, der Gischt spritzte bis an den Fuß des Flaggenmastes, und die schäumenden Ausläufer brandeten gegen die Türpfosten. Er hatte eine starke Dosis Chinin genommen, und das Medikament summte wie ein Wespennest in seinen Ohren, ließ seine Hände und Knie zittern und verursachte einen widerwärtigen Aufruhr in seinem Magen. Plötzlich sah er, die Augen öffnend, etwas, das er für eine Halluzination hielt. Nicht weit draußen sah er die Spitze eines Bootes, das sich dem Ankerplatz der Jessie näherte, auf dem stäubenden Kamm einer Woge gen Himmel zeigen und in ganz natürlicher Weise wieder verschwinden, wie es die Spitze eines wirklichen Bootes tun kann, wenn es in ein Wellental hinabgleitet. Er wußte, daß kein Boot draußen sein konnte, und er war dazu ganz sicher, daß kein Mensch auf den Salomoninseln so verrückt war, bei diesem Sturm draußen zu sein.

Aber die Halluzination blieb. Als er nach einer Minute wieder die Augen öffnete, sah er das Boot wieder, diesmal in seiner ganzen Länge, da es sich oben auf einer Woge befand. Er sah sechs Riemen pullen und, am Heck, sich scharf von dem überhängenden weißen Wall abhebend, einen aufrechtstehenden riesigen Mann, der mit seinem Gewicht das Steuerruder lenkte. Dazu sah er noch einen achten Mann, der zum Bug kroch und nach dem Lande starrte. Was Scheldon aber am meisten überraschte, war ein weibliches Wesen achtern im Boot zwischen dem Mann am Schlagriemen und dem Rudergast. Daß es ein weibliches Wesen war, erkannte er an einer Haarflechte, die im Winde flatterte, und die sie jetzt einfing und unter ihren Hut steckte, einen Hut, der ganz seinem eigenen Cowboyhut glich.

Das Boot verschwand hinter der Welle und kam auf der nächsten wieder zum Vorschein. Wieder blickte er hin. Der Mann war schwarz und größer als die Salomoninsulaner, die Frau aber, wie er jetzt deutlich sehen konnte, weiß. Wirre Gedanken, wer sie sein mochte und was sie hier zu suchen hatte, schossen ihm durch den Kopf. Er war zu krank, um wirklich neugierig zu sein, und zudem glaubte er immer noch, daß alles nur ein Traum sei. Jetzt sah er, wie die Leute sich auf den Riemen ausruhten, während die Frau und der Rudergast aufmerksam auf die Wogen hinter sich blickten.

»Tüchtige Bootsleute«, entschied Scheldon, als er sah, wie das Boot vor einem gewaltigen Brecher einherschoß, während die Riemen schwirrten, um es vor dem anstürmenden Wasserberg zu halten, der wie toll landeinwärts raste. Halb voll Wasser wurde das Boot auf den Strand geschleudert, die Leute sprangen heraus und zogen das Boot mit der Spitze voran nach dem Türpfosten. Scheldon rief vergebens nach den Hausboys, die jetzt gerade die letzten Kranken im Hospital versorgten. Er wußte, daß er unfähig war, sich zu erheben und den Weg hinabzugehen, um die Besucher zu begrüßen; daher legte er sich in seinem Liegestuhl zurück und wartete eine Ewigkeit, während die Leute mit ihrem Boot beschäftigt waren. Die Frau stand daneben und stützte sich mit dem Arm gegen die Pforte; hin und wieder spülte eine See über ihre Füße, die, wie er sehen konnte, in Gummiseestiefeln steckten. Sie blickte forschend nach dem Hause und sah ihn eine Weile fest an. Schließlich wandte sie sich an zwei der Männer, die sich umdrehten und ihr den Weg zum Hause hinauf folgten.

Scheldon versuchte aufzustehen, erhob sich halb und sank hilflos zurück. Er war erstaunt über die Größe der Männer, die hinter ihr wie Riesen aussahen. Sie waren wenigstens sechs Fuß hoch und entsprechend kräftig. Noch nie hatte er Insulaner wie diese gesehen. Sie waren nicht schwarz wie die Salomoninsulaner, sondern hellbraun, und ihre Züge waren breiter, regelmäßiger, beinahe schön.

Die Frau – oder eher das junge Mädchen, wie er entschied – hatte jetzt die Veranda erstiegen und trat auf ihn zu. Die beiden Männer warteten gespannt auf der obersten Treppenstufe. Das Mädchen war ärgerlich, das konnte er sehen. Ihre grauen Augen blitzten, und ihre Lippen zuckten. Sie hat Temperament, dachte er. Ihre Augen überraschten ihn. Er sah, daß sie eigentlich gar nicht grau, wenigstens nicht ganz grau waren. Sie standen weit auseinander und blickten ihn groß, unter geraden Brauen an. Ihre Züge waren so rein geschnitten, daß sie kameenartig wirkten. Es war noch mehr Auffallendes an ihr: der Cowboyhut, die schweren Flechten ihres braunen Haares und der langläufige 38-Colts-Revolver, der ihr an der Hüfte hing. »Schöne Gastfreundschaft, das muß ich sagen«, lautete ihr Gruß. »Besucher im Vorgarten versinken und schwimmen zu lassen.«

»Ich – ich bitte um Verzeihung«, stammelte er und kam mit äußerster Anstrengung auf die Beine.

Die Füße schlotterten ihm, und mit einem Gefühl des Erstickens sank er langsam zu Boden. Er fühlte eine schwache Befriedigung, als er ihre besorgten Blicke auf sich gerichtet sah; dann wurde ihm schwarz vor den Augen, und im selben Augenblick dachte er, daß er jetzt zum erstenmal in seinem Leben ohnmächtig würde.

Das Läuten der großen Glocke brachte ihn zu sich. Er öffnete die Augen und sah, daß er auf dem Ruhebett lag. Ein Blick auf die Uhr zeigte ihm, daß es sechs Uhr, und die Richtung der Sonnenstrahlen, die ins Zimmer fielen, daß es Morgen war. Im ersten Augenblick dachte er nach, was ihm Unangenehmes zugestoßen sein mochte. Dann sah er an der Wand einen Cowboyhut und darunter einen gefüllten Patronengürtel und einen langläufigen 38-Colts-Revolver hängen. Da erinnerte er sich des Bootes vom Tage zuvor und der grauen Augen, die ihn unter geraden Brauen angeblitzt hatten. Sie mußte es sein, die soeben die Glocke geläutet hatte. Die Sorge um die Plantage überkam ihn, und er richtete sich halb im Bett auf, indem er nach einem Halt an der Wand tastete. Aber das Moskitonetz umtaumelte ihn schwindelerregend. Mit geschlossenen Augen hielt er sich fest und bemühte sich, das Schwindelgefühl zu überwinden, als er ihre Stimme hörte.

»Sie werden sich sofort wieder hinlegen, mein Herr«, sagte sie.

Es war der scharfe Befehl einer Stimme, die gewohnt ist, zu kommandieren. Gleichzeitig drückte ihn eine Hand in die Kissen zurück, während eine andere ihm den Rücken stützte.

»Sie sind jetzt vierundzwanzig Stunden ohne Besinnung gewesen«, fuhr sie fort. »Ich habe die Pflege übernommen, und Sie werden aufstehen, wenn ich es erlaube. Nun sagen Sie, was für Medizin Sie nehmen? – Chinin? Bitte. So ist es recht. Sie werden ein braver Patient sein.«

»Meine Gnädige«, begann er.

»Sie dürfen nicht sprechen«, unterbrach sie ihn. »Das heißt, widersprechen. Sonst dürfen Sie es.«

»Aber die Plantage –.«

»Ein toter Mann kann einer Plantage nichts nützen. Wollen Sie gar nichts über mich wissen? Sie kränken meine Eitelkeit. Jetzt stehe ich hier, gerade nach meinem ersten Schiffbruch, und da sind Sie nicht im geringsten neugierig und reden von Ihrer Plantage. Können Sie denn nicht sehen, daß ich darauf brenne, endlich jemand von meinem Schiffbruch erzählen zu können?«

Er lächelte zum erstenmal seit Wochen. Und nicht so sehr über das, was sie sagte, wie über ihre Art, es zu sagen – den launischen Ausdruck ihres Gesichts, ihre lachenden Augen und die winzigen Lachfältchen in ihren Augenwinkeln. Er hätte gern gewußt, wie alt sie war. Aber laut sagte er: »Ja, bitte, erzählen Sie.« »Das tue ich nicht – jetzt nicht«, erwiderte sie, indem sie den Kopf zurückwarf. »Ich werde schon jemand finden, dem ich meine Geschichte erzählen kann, ohne daß ich ihn zu bitten brauche. Im übrigen wünsche ich auch einige Auskünfte. Ich habe herausgebracht, wann die große Glocke geläutet werden muß, um die Leute an die Arbeit zu schicken. Das ist aber auch alles. Ich verstehe die lächerliche Sprache Ihrer Leute nicht. Wann hören Sie mit der Arbeit auf?«

»Um elf Uhr – und um ein Uhr fangen sie wieder an.«

»Das genügt. Danke. Und jetzt sagen Sie mir, wo Sie den Schlüssel zu den Vorräten verwahren? Ich will meinen Leuten zu essen geben.«

»Ihren Leuten!« Er schnappte nach Luft. »Konserven! Nein, nein. Lassen Sie sie draußen mit meinen Leuten essen.«

Ihre Augen blitzten wie am Tage zuvor, und wieder sah er den gebieterischen Ausdruck in ihrem Gesicht. »Das will ich nicht. Meine Leute sind Menschen. Ich war draußen bei Ihren elenden Baracken und habe die Kerle essen sehen. Pfui! Kartoffeln! Kein Salz! Nichts als Kartoffeln. Ich mag falsch gefragt haben, aber jedenfalls habe ich verstanden, daß das alles sei, was sie zu essen bekämen. Zwei Mahlzeiten täglich, und das alle Tage der Woche?« Er nickte.

»Nun, meine Leute würden dabei nicht einen Tag bleiben, viel weniger eine ganze Woche. Wo ist der Schlüssel?«

»Er hängt am Kleiderhaken dort unter der Uhr.«

Er erhob keinen Widerspruch, als sie aber den Schlüssel herunternahm, hörte sie ihn murmeln: »Nigger und Konserven.«

Diesmal war sie wirklich zornig. Das Blut schoß ihr in die Wangen, und sie wandte sich zu ihm:

»Meine Leute sind keine Nigger. Je schneller Sie das verstehen, desto besser ist es für unsere Bekanntschaft. Und was die Konserven betrifft, so werde ich bezahlen, was sie essen. Bitte, machen Sie sich deshalb keine Sorgen. Sorgen sind nicht gut für Sie, bei Ihrem Zustand. Und ich bleibe nicht länger, als ich muß – gerade so lange, bis ich Sie wieder auf die Beine gebracht habe und weggehen kann mit dem Gefühl, einen Weißen nicht im Stich gelassen zu haben.«

»Sie sind Amerikanerin, nicht wahr?« fragte er ruhig. Die Frage brachte sie für einen Augenblick aus der Fassung. »Ja«, gab sie mit herausforderndem Blick zu. »Warum?«

»Nichts. Ich meinte nur.«

»Sonst etwas?«

Er schüttelte den Kopf. »Wieso?«

»Oh, nichts. Ich dachte nur, Sie wollten mir etwas Angenehmes sagen.«

»Mein Name ist Scheldon, David Scheldon«, sagte er mit Nachdruck und streckte seine abgezehrte Hand aus. Sie streckte unwillkürlich die ihre aus, hielt sie aber zurück.

»Mein Name ist Lackland, Joan Lackland.«

Jetzt umschloß ihre Hand die seine. »Wollen wir Freunde sein?«

»Wie könnte es anders sein –«, begann er stockend.

»Und ich darf meinen Leuten soviel Konserven geben, wie ich will?« forschte sie.

»Bis die Kühe heimkommen«, antwortete er ihr, indem er auf ihren leichten Ton einging.

Sie prüfte ihn mit einem kühlen Blick.

»Soll das ein Witz sein?« fragte sie.

»Ich weiß wirklich nicht – ich – ich hielt es dafür, aber, Sie sehen, daß ich krank bin.«

»Sie sind Engländer, nicht wahr?« lautete ihre nächste Frage.

»Na, das ist aber zuviel, selbst für einen Kranken«, rief er. »Sie wissen ganz genau, daß ich einer bin.«

»Ach,« sagte sie geistesabwesend, »wirklich?«

Er runzelte die Stirn, kniff die Lippen zusammen und brach dann in ein Lachen aus, in das sie einstimmte.

»Ich habe selbst Schuld«, gestand er. »Ich hätte Sie nicht reizen sollen. In Zukunft werde ich vorsichtiger sein.«

»Lachen Sie nur ruhig weiter, ich werde unterdessen nach dem Frühstück sehen. Haben Sie besondere Wünsche?« Er schüttelte den Kopf.

»Es wird Ihnen gut tun, etwas zu essen. Ihr Fieber ist vorbei, und Sie sind nur noch schwach. Warten Sie einen Augenblick.«

Sie eilte hinaus, um sich in die Küche zu begeben, trat in der Tür in ein Paar Sandalen, in denen ihre Füße vollkommen ertranken und verschwand in rosiger Verwirrung.

»Himmel, das sind meine Sandalen!« dachte er. »Sie hat nichts anzuziehen außer dem Zeug, in dem sie landete, und da hatte sie bestimmt Seestiefel an.«

Sie will Pflanzer werden

Scheldon erholte sich zusehends. Das Fieber hatte ausgetobt, und er brauchte nichts zu tun, als Kräfte zu sammeln.
Joan hatte den Koch in die Mache genommen, und zum
ersten Male war die Küche in Berande, wie Scheldon bemerkte, die Küche eines Weißen. Eigenhändig bereitete Joan die
Speisen für den Kranken, und das und ihre Heiterkeit brachten ihn soweit, daß er nach zwei Tagen, wenn auch noch
unsicher, auf der Veranda herumgehen konnte. Die Situation
erschien ihm seltsam, noch seltsamer aber die Tatsache, daß
sie dem Mädchen offenbar natürlich erschien. Sie hatte sich
hier eingenistet und den Haushalt übernommen, als ob er ihr
Vater oder Bruder, oder als ob sie ein Mann gleich ihm wäre.

»Es ist herrlich«, versicherte sie ihm. »Es ist wie eine Seite
aus einem Roman. Da komme ich vom Meere und finde
einen kranken Mann ganz allein mit zweihundert Sklaven...«

»Rekruten«, verbesserte er. »Kontraktarbeiter. Sie haben
nur drei Jahre zu dienen und schließen ihren Kontrakt als
freie Männer.«

»Ja, ja,« rief sie hastig, »also einen kranken Mann allein mit
zweihundert Rekruten auf einer Kannibaleninsel –. Es sind
doch Kannibalen, nicht wahr? Oder ist das nur Gerede?«

»Gerede!« lächelte er. »Es ist schon ein bißchen mehr. Die
meisten von meinen Leuten sind aus dem Busch, und alle
Buschleute sind Menschenfresser.«

»Aber doch nicht, wenn sie Rekruten geworden sind? Die
Leute, die Sie hier haben, würden es doch nicht tun.«

»Wenn sie Gelegenheit dazu fänden, würden sie Sie fressen.«

»Ist das nur Theorie, oder wissen Sie das wirklich?« fragte
sie.

»Ich weiß es.«

»Woher? Was bringt Sie zu diesem Glauben? Ihre eigenen
Leute hier?«

»Ja, meine eigenen Leute hier, selbst die Hausboys, der
Koch, der in diesem Augenblick dank Ihnen noch schmack-
hafte Brötchen bäckt. Es ist keine drei Monate her, da mach-

ten sich elf von ihnen mit einem Boot davon. Fuhren nach Malaita. Neun davon waren Malaitaner, zwei Buschleute aus San Christoval. Sie waren Narren, die aus Christoval. Und das wären auch zwei Malaitaner, die sich einem Boot mit neun Mann aus Christoval anvertrauen wollten.«

»Und?« fragte sie gespannt. »Was geschah dann?«

»Die neun von Malaita fraßen die beiden von Christoval, bis auf die Köpfe, die zu wertvoll zum Fressen sind. Die verstauten sie bis zu ihrer Landung achtern im Boot. Und jetzt befinden sich die beiden Köpfe in irgendeinem Buschdorf im Innern von Langa-Langa.« Sie klatschte in die Hände, und ihre Augen strahlten. »Es sind wirklich und wahrhaftig Menschenfresser! Und das im zwanzigsten Jahrhundert! Und da dachte ich, Romantik und Abenteuer seien ausgestorben!«

Er blickte sie leise belustigt an.

»Was ist jetzt los?« fragte sie.

»Ach, nichts, ich finde es nur nicht im geringsten romantisch, von einer Bande schmutziger Nigger gefressen zu werden.«

»Nein, das natürlich nicht,« gab sie zu, »aber unter ihnen zu leben, zweihundert von ihnen zu gebieten und zu verhüten, daß man von ihnen gefressen wird – das ist, wenn nicht romantisch, so doch sicher das herrlichste aller Abenteuer. Und Abenteuer und Romantik sind nicht zu trennen, wie Sie wissen.«

»Dann müßte es also das herrlichste aller Abenteuer sein, in den Magen eines Niggers zu wandern«, erwiderte er.

»Ich glaube, Sie haben nicht die geringste Romantik im Leibe«, rief sie. »Sie sind genau so blöd und schwerfällig und langweilig wie die Geschäftsleute daheim. Ich weiß nicht, warum Sie überhaupt hier sind. Sie hätten lieber zu Hause bleiben sollen als Bankbeamter oder – oder –.«

»Als Krämergehilfe, besten Dank.«

»Ja, so was. Was, um Himmels willen, tun Sie hier am Ende der Welt?«

»Ich versuche mir mein Brot zu verdienen, in der Welt vorwärtszukommen.«

»Den steinigen Weg muß der jüngere Sohn wandeln, ehe er sich selbst Herd und Sattel verdient«, zitierte sie. »Nun, wenn das nicht romantisch ist, dann gibt es überhaupt keine Romantik. Denken Sie an all die jüngeren Söhne draußen, die sich in unzähligen Abenteuern Sättel und Herde gewinnen. Und einer davon sind Sie, und ich auch.«

»Ich – ja, verzeihen Sie –«, sagte er gedehnt.

»Nun ja, ich bin eine jüngere Tochter, und ich habe weder Herd noch Sattel – ich habe niemand und nichts, und ich bin gerade so weit wie Sie.«

»Dann ist Ihr Fall, wie ich zugebe, ein wenig romantisch«, gestand er. Unwillkürlich mußte er an die letzte Nacht denken, die sie in der Hängematte auf der Veranda unter dem Moskitonetz geschlafen hatte, während ihre Tahitianerleibwache in Rufweite in der entgegengesetzten Ecke der Veranda gelegen hatte. Er war zu schwach gewesen, um sich zu widersetzen, aber jetzt beschloß er, daß sie sein Bett drinnen haben sollte, während er mit der Hängematte vorlieb nahm.

»Sehen Sie, mein ganzes Leben habe ich von Romantik gelesen und geträumt«, sagte sie. »Aber ich hätte nie geglaubt, daß ich sie je selbst erleben sollte. Es kam alles so unerwartet. Vor zwei Jahren dachte ich, daß mir nichts übrig bliebe, als – –« sie stockte und machte eine Gebärde des Abscheus – »nun, das einzige, was mir übrig zu bleiben schien, war heiraten.«

»Und da zogen Sie eine Kannibaleninsel und einen Patronengürtel vor?« fragte er.

»An die Kannibaleninsel dachte ich nicht, aber der Patronengürtel erwies sich als äußerst praktisch.«

»Sie würden doch nicht wagen, den Revolver zu gebrauchen, wenn es sein müßte. Oder – –« er bemerkte einen Schimmer in ihren Augen, »–oder, wenn Sie ihn doch gebrauchen sollten, etwa – nun, etwa zu treffen.«

Sie stand plötzlich auf und schickte sich an, ins Haus zu gehen. Er wußte, daß sie den Revolver holen wollte. »Lassen Sie«, sagte er. »Hier ist meiner. Was wollen Sie damit?«

»Den Block von Ihrer Flaggenleine herunterschießen.« Er lächelte ungläubig.

»Ich kenne die Waffe nicht«, sagte sie unsicher. »Sie geht sehr leicht, und Sie brauchen nicht darunter zu halten. Nehmen Sie gestrichenes Korn!«

»Ja, ja«, sagte sie ungeduldig. »Ich kenne automatische Pistolen, sie klemmen sich, wenn sie heiß werden – ich kenne nur Ihre nicht.«

Sie betrachtete die Waffe einen Augenblick.

»Sie ist gespannt. Ist eine Patrone im Magazin?«

Sie schoß, und der Block blieb heil.

»Der Abstand ist sehr groß«, sagte er in der Absicht, ihren Ärger zu mildern. Aber sie biß sich auf die Lippen und schoß wieder. Die Kugel schlug auf und prallte mit einem scharfen Ton ab. Der eiserne Block schwang hin und her. Immer wieder schoß sie, bis der Ladestreifen seine acht Patronen hergegeben hatte. Sechsmal hatte sie getroffen. Der Block schwankte immer noch an der Gaffel, war aber vollkommen zerschossen. Sheldon war überrascht. Besser hätten selbst er und Hughie Drummond es nicht machen können. Hatte er sonst Frauen ein Gewehr oder einen Revolver abfeuern sehen, so hatten sie meistens geschrien, die Augen geschlossen und aufs Geratewohl abgedrückt. »Das war wirklich gut geschossen – für eine Frau«, sagte er. »Sie haben nur zweimal vorbeigeschossen, und dabei war es eine fremde Waffe.«

»Aber ich kann mir die beiden Fehlschüsse nicht erklären«, klagte sie. »Die Pistole arbeitete wunderbar. Geben Sie mir noch einen Ladestreifen, und diesmal werden alle acht Schüsse sicher treffen.«

»Ich zweifle nicht. Jetzt muß ich aber einen neuen Block haben. Viaburi! Hier du fella, holen ein fella Block vom Lager.«

»Ich wette, daß Sie bei acht Schüssen nicht acht Treffer machen«, forderte sie ihn heraus.

»Sie brauchen nicht zu fürchten, daß ich die Wette annehme«, lautete seine Antwort. »Wer hat Sie schießen gelehrt?«

»Ach, zuerst mein Vater, dann Von und seine Cowboys. Das war ein Schütze! Mein Vater, meine ich, obgleich Von auch glänzend schoß.«

Scheldon zerbrach sich den Kopf, wer Von sein mochte, und dachte, ob es wohl Von gewesen, der sie vor zwei Jahren zu dem Glauben gebracht hatte, daß ihr nichts anderes übrig bliebe als die Ehe.

»Aus welchem Teil der Vereinigten Staaten stammen Sie?« fragte er. »Aus Chicago oder Wyoming? Oder woher sonst? Sie haben mir ja noch nichts über sich erzählt. Alles, was ich weiß, ist, daß Sie Joan Lackland heißen.«

»Sie müssen weiter nach Westen gehen, wenn Sie meinen Geburtsort finden wollen.« »So! Also warten Sie! Nevada?«

Sie schüttelte den Kopf.

Kalifornien?«

»Noch weiter westlich.«

»Das ist doch nicht möglich, wenn ich meine Geographie nicht ganz vergessen habe.«

»Nicht Geographie – Politik!« lachte sie. »Denken Sie an die Annexionen.«

»Philippinen!« rief er triumphierend.

»Nein, Hawai. Dort bin ich geboren. Ein herrliches Land! Ach, ich habe schon beinahe Heimweh. Nicht, daß ich nie fortgewesen wäre. Als der große Krach kam, war ich in Newyork. Aber es ist doch das schönste Fleckchen Erde – Hawai meine ich.«

»Aber was in aller Welt tun Sie denn in dieser gottverlassenen Gegend?« fragte er. »Nur Narren kommen hierher«, fügte er bitter hinzu.

»Neilson war doch wohl kein Narr«, meinte sie. »Wenn ich recht verstanden habe, hat er drei Millionen hier verdient.«

»Das ist leider nur zu wahr und der Grund, daß ich hier bin.«

»Und auch, daß ich hier bin«, sagte sie. »Vater hörte von ihm in den Marquesas, und deshalb fuhren wir her. Aber mein armer Vater kam nicht bis hierher.«

»Er – Ihr Vater starb?« stammelte er.

Sie nickte, und ihre Augen wurden feucht und weich. »Ich kann Ihnen ebensogut alles erzählen.« Sie schüttelte ihre Traurigkeit ab und hob den Kopf mit der stolzen Miene einer Frau, die einen Cowboyhut und einen langläufigen Revolver

40

tragen kann. »Ich bin in Hilo geboren. Das ist auf der Insel Hawai – der größten und schönsten der ganzen Gruppe. Ich wurde erzogen wie die meisten Mädchen in Hawai. Sie leben stets im Freien und können reiten und schwimmen, ehe sie wissen, was sechs mal sechs macht. Ich kann mich nicht erinnern, wann ich zum erstenmal ein Pferd bestieg und wann ich schwimmen lernte. Aber es war jedenfalls vor dem ABC. Vater besaß Viehranchs auf Hawai und Maui, und für die dortigen Verhältnisse waren sie groß. Hokuna allein war zweihunderttausend Morgen groß. Es lag zwischen Mauna Kea und Mauna Loa, und dort lernte ich Ziegen und Büffel schießen. Auf Molokai gibt es großes geflecktes Rotwild. Von war der Manager von Hokuna. Er hatte zwei Töchter, etwa in meinem Alter, und ich verbrachte stets die heiße Jahreszeit dort und blieb einmal ein ganzes Jahr. Wir drei waren die reinen Indianer. Nicht, daß wir geradezu wild aufwuchsen, aber wir waren wild. Wir hatten aber eine Erzieherin, wissen Sie, und Unterricht in Sprachen, Nähen und Kochen. Aber ich fürchte, daß man uns nur durch die Aussicht auf Reiten und Viehtreiben zum Arbeiten bringen konnte.

»Von war Soldat gewesen, Vater war alter Seemann, und beide hielten streng auf Disziplin. Aber sie waren letzten Endes zwei Männer, und weder die beiden Mädchen noch ich hatten eine Mutter. Unsere Väter verzogen uns schrecklich. Sie hatten keine Frauen und behandelten uns, wenn unsere Arbeit getan war, als Kameraden. Alles im Haushalt mußten wir doppelt so gut lernen wie die Dienerschaft, um eines Tages selbst wirtschaften zu können. Und wir bereiteten stets die Cocktails, was ein zu heiliges Ritual für einen Diener gewesen wäre. Ferner wurde uns nie etwas erlaubt, was wir nicht selbst schaffen konnten. Natürlich holten die Cowboys unsere Pferde ein und sattelten sie. Aber wir mußten selbst dazu imstande sein –.« »Was meinen Sie mit dem Einholen?« fragte Scheldon. »Mit dem Lasso fangen. Und das Satteln ließen uns Vater und Von gehörig üben, und dann mußten wir eine gründliche Prüfung ablegen. Ebenso ging es mit unsern Revolvern und Gewehren. Die Hausboys reinigten und ölten sie; aber wir mußten es selbst verstehen, um sie dabei überwachen zu können. Mehr als einmal wurde einer von uns im Anfang das Gewehr nur wegen eines kleinen Rostfleckchens weggenommen. Wir mußten verstehen, bei strömendem Regen, und noch dazu mit nassem Holz, ein Feuer im Freien anzumachen, was, glaube ich, das allerschönste war außer Grammatik. Wir lernten mehr von Vater und Von als von den Erzieherinnen; Vater lehrte uns Französisch und Von Deutsch. Wir lernten beide Sprachen recht gut, und zwar ausschließlich im Sattel und im Lager.

»In der kühlen Jahreszeit pflegten die Mädchen mich in Hilo zu besuchen, wo Vater zwei Häuser besaß, das eine am Strande, oder wir gingen alle drei nach unserm Grundstück in Puna hinunter, und das hieß: Kanus, Boote, Fischen und Schwimmen. Vater gehörte auch dem Königlich Hawaiischen Yachtklub an und nahm uns stets auf Regatten und andern Segelfahrten mit. Vater konnte die See nicht lassen, wissen Sie. Mit vierzehn Jahren war ich Vaters richtige Wirtschafterin, mit voller Gewalt über die Dienerschaft, und ich bin sehr stolz auf diese Zeit meines Lebens. Mit sechzehn Jahren wurden wir drei Mädchen in das sehr vornehme Seminar von Mills in Kalifornien geschickt. Wie sehnten wir uns heim! Wir befreundeten uns nicht mit den andern Mädchen, die uns kleine Kannibalen nannten, nur weil wir von den Sandwichinseln kamen, und die uns damit neckten, daß unsere Vorfahren Kapitän Cook gefressen hätten – eine geschichtliche Unwahrheit, abgesehen davon, daß unsere Vorfahren gar nicht in Hawai gelebt hatten.

Drei Jahre war ich in Mills Seminar, einschließlich der Reisen nach Hause natürlich, und zwei Jahre in Newyork, und dann machte Vater mit einer Zuckerplantage auf Maui Bankrott. Die Berichte der Ingenieure waren falsch gewesen. Vater hatte eine Eisenbahn gebaut, die man ›Lacklands Narrheit‹ nannte –, sie hätte sich schließlich trotz allem gelohnt, trug aber jetzt mit zu dem Bankrott bei. Und es wäre doch nichts geschehen, wenn nicht gerade die große Panik in Wall-Street gekommen wäre. Mein lieber, guter Vater! Er schrieb mir nichts davon. Aber ich las von dem Krach in der Zeitung und reiste sofort nach Hause. Früher hatten mir die Leute in den

Ohren gelegen, daß Heiraten das höchste Ziel im Leben für ein Mädchen sei, und daß es damit heiße, von der Romantik Abschied nehmen. Jetzt, mit Vaters Fehlschlag, fing für mich die Romantik erst richtig an.«

»Wann war das?« fragte Sheldon.

»Voriges Jahr – das Jahr der großen Panik.«

»Warten Sie –«, Sheldon sann mit ernster Miene nach. »Sechzehn plus fünf plus eins macht zweiundzwanzig. Sie sind Siebenundachtzig geboren?«

»Ja – aber das ist nicht nett von Ihnen.«

»Es tut mir wirklich leid, aber die Rechnung lag so auf der Hand.«

»Können Sie mir nicht etwas Angenehmes sagen? Oder sind die Engländer so?« Ihre grauen Augen flackerten, und ihre Lippen bebten einen Augenblick. »Ich habe die Engländer überhaupt nie gemocht. Der letzte, den ich kannte, war ein Aufseher. Vater mußte ihn entlassen.«

»Das beweist wenig.«

»Aber dieser Engländer machte eine Menge Schwierigkeiten. Aber bitte, machen Sie sich nicht über mich lustig.«»Ich werde es versuchen.«

»Oh, was das betrifft–.« Sie warf den Kopf zurück und öffnete den Mund, um den Satz zu vollenden, änderte dann aber ihre Absicht. »Ich werde weiter erzählen. Vater hatte tatsächlich nichts übrig behalten und beschloß, wieder zur See zu gehen. Er hatte sie immer geliebt, und ich glaube fast, er freute sich, daß es so gekommen war. Er war wieder ein Knabe, von morgens bis abends mit Vorbereitungen und Plänen beschäftigt. Die halbe Nacht saß er mit mir auf und besprach alles mit mir, als ich ihm erst gezeigt hatte, daß ich wirklich entschlossen war, mitzumachen. Er hatte, wie Sie wissen, in der Südsee angefangen – mit Perlen und Muschelschalen – und glaubte auch jetzt fest, dort irgendwie wieder ein Vermögen machen zu können. In der Hauptsache dachte er daran, Kokospalmen zu pflanzen, daneben wollte er Handel und vielleicht Perlenfischerei betreiben, bis die Plantage ertragfähig war. Er vertauschte seine Yacht gegen einen Schoner, die Miélé, und wir fuhren los. Ich sorgte für ihn und lernte Navigation. Er war sein eigener Schiffer. Wir hatten einen dänischen Steuermann, Herrn Erikson, und eine Mannschaft aus Japanern und Hawaiiern. Zunächst fuhren wir die Inseln am Äquator ab, aber Vater war tief enttäuscht. Alles hatte sich verändert. Sie waren von den Großmächten annektiert oder aufgeteilt worden, große Handelsgesellschaften hatten ihren Einzug gehalten und Land, Handelsrechte, Fischereigerechtsame, alles verschlungen.

»Dann segelten wir nach den Marquesas. Es ist schön dort, aber die Eingeborenen sind fast ausgestorben. Vater war aufgebracht, als er hörte, daß die Franzosen einen Einfuhrzoll auf Kopra legten – er nannte es mittelalterlich – aber das Land gefiel ihm. Er verliebte sich in ein Tal von fünfzehntausend Morgen auf Nuka-Hiva, das einen vorzüglichen Ankerplatz bot, und kaufte es für zwölfhundert Chile-Dollar. Aber die französischen Steuern waren übertrieben hoch (deshalb war das Land so billig) und das schlimmste war, daß wir keine Arbeiter bekommen konnten. Die Kanaken, die es gab, wollten nicht arbeiten, und die Beamten schienen nachts aufzusitzen und sich die Köpfe darüber zu zerbrechen, welche neuen Hindernisse sie uns in den Weg legen könnten.

»Nach sechs Monaten hatte Vater genug. Es war aussichtslos. ›Wir wollen nach den Salomons gehen und es mit der englischen Regierung versuchen,‹ sagte er, ›und wenn es dort keine Möglichkeit gibt, gehen wir nach dem Bismarck-Archipel. Ich möchte wetten, daß die Admiralitätsinseln noch nicht zivilisiert sind.‹ Alle Vorbereitungen wurden getroffen, unsere Habseligkeiten an Bord verstaut und eine neue Mannschaft aus Marquesas- und Tahiti-Leuten angemustert. Wir wollten gerade nach Tahiti abfahren, wo die Miélé überholt werden sollte, als mein armer Vater krank wurde und starb.«

»Und nun standen Sie ganz allein?«

Joan nickte. »Ganz allein. Ich hatte weder Brüder noch Schwestern, und alle Verwandten Vaters waren bei einem Wolkenbruch in Kansas umgekommen. Das geschah, als er noch ein kleiner Junge war. Ich hätte zwar wieder zu Von gehen können. Dort wartete stets ein Heim auf mich. Aber was sollte ich da? Zudem fühlte ich, daß ich die Pflicht hatte,

Vaters Pläne zur Ausführung zu bringen. Das war eine sehr schöne Aufgabe. Und ich wollte sie erfüllen. Und – da bin ich nun.

»Wenn Sie auf meinen Rat hören wollen, so gehen Sie nie nach Tahiti. Es ist ein reizendes Fleckchen Erde, und die Eingeborenen sind prachtvoll. Aber die Weißen! Das sind Diebe, Räuber und Lügner. Die ehrlichen Leute kann man an den Fingern einer Hand aufzählen. Daß ich eine Frau bin, erleichterte es ihnen nur. Sie raubten mich unter jedem Vorwand aus, und wenn sie logen, gebrauchten sie nicht einmal einen Vorwand. Der arme Herr Erikson wurde bestochen. Er stellte sich auf die Seite der Räuber und erkannte alle ihre Forderungen an, selbst die unverschämtesten. Von zehn Franken, die sie mir wegnahmen, bekam er drei. Eine Rechnung über fünfzehnhundert Franken, die ich bezahlen mußte, brachte ihm fünfhundert ein. Das erfuhr ich natürlich erst hinterher. Aber die Miélé war alt, die Überholung war notwendig, und mir wurden nicht dreifache, sondern siebenfache Preise berechnet.

»Wieviel Erikson dabei verdiente, werde ich wohl nie erfahren. Er wohnte an Land in einem schön möblierten Hause, das ihm die Werft mietefrei überlassen hatte. Obst, Gemüse, Fisch, Fleisch und Eis wurden ihm täglich ins Haus geliefert, ohne daß er etwas zu bezahlen brauchte. Er erhielt es als einen Teil seiner Provision von den verschiedenen Lieferanten. Und dabei jammerte er mit Tränen in den Augen über die Behandlung, die ich von der Bande erfuhr. Nein, ich war nicht in die Hände von Räubern gefallen, ich war nur nach Tahiti gekommen.

»Erst als die Räuber anfingen, sich gegenseitig zu betrügen, erhielt ich Einblick in die Dinge. Einer der betrogenen Betrüger brachte mir in der Dunkelheit Tatsachen, Zahlen und Behauptungen. Ich wußte, daß das Gericht in Anspruch nehmen den Ruin für mich bedeutet hätte. Die Richter waren ebenso schlimm wie alle andern. Aber ich tat etwas anderes. Mitten in der Nacht ging ich in Eriksons Haus. Ich hatte meinen Revolver bei mir und zwang ihn, im Bett zu bleiben, während ich seine Sachen durchsuchte. Einige neunzehnhundert Franken nahm ich mit. Er zeigte mich nie an und kam nie wieder an Bord. Aber die andern Banditen lachten mich einfach aus. Zwei Amerikaner, die am Orte lebten, rieten mir ab, irgendwelche gerichtlichen Schritte zu unternehmen, wenn ich nicht auch noch die Miélé verlieren wollte.

»Da ließ ich mir von Neu-Seeland einen deutschen Steuermann kommen. Er besaß das Schifferpatent und war in den Schiffspapieren als Kapitän bezeichnet, aber ich verstand mehr davon als er und war in Wirklichkeit selbst der Schiffer. Ich habe zwar das Schiff verloren, aber das hatte andere Gründe. Vier Tage trieben wir in völliger Windstille. Dann packte uns der Nordwest und trieb uns an die Küste. Als wir Segel setzten, um freizukommen, offenbarte sich die elende Arbeit der Schiffsbauer auf Tahiti. Klüverbaum und alle Stags gingen über Bord. Unsere einzige Hoffnung war, daß es uns gelingen würde, zu wenden und in die Passage zwischen Florida und Ysabel zu gelangen. Als wir sie glücklich hinter uns hatten, strandeten wir in der Dämmerung auf einem Korallenriff an einer Stelle, wo die Karte als geringste Tiefe vierzehn Faden angab. Die arme, alte Miélé stieß nur einmal auf und kam dann wieder frei; aber das war schon zuviel für sie gewesen, und wir hatten gerade noch Zeit, ins Boot zu gehen, ehe sie unterging. Der deutsche Steuermann ertrank. Wir trieben die ganze Nacht vor Sturmanker, bis wir am nächsten Morgen Ihre Plantage sichteten.«

»Ich vermute, daß Sie jetzt zu Von zurückkehren werden?« fragte Sheldon.

»Keineswegs. Vater wollte nach den Salomons gehen. Ich werde mich hier nach Land umsehen und eine kleine Plantage gründen. Wissen Sie etwas gutes Land hier in der Gegend? Billig?«

»Donnerwetter! Ihr Amerikaner seid fabelhaft! Wirklich fabelhaft!« sagte Sheldon. »Mir wäre ein solches Wagnis nie in den Sinn gekommen.«

»Abenteuer«, verbesserte ihn Joan.

»Das stimmt – ein Abenteuer ist es. Und wenn Sie auf Guadalcanar oder Malaita gelandet wären, dann hätte man Sie schon längst samt ihren vornehmen Tahitianern aufgefressen.«

Joan schauderte.

»Um die Wahrheit zu gestehen,« sagte sie, »hatten wir große Angst, auf Guadalcanar zu landen. Im Seefahrts-Lexikon las ich, daß die Eingeborenen verräterisch und feindlich seien. Aber ich möchte doch gern einmal nach Malaita gehen. Gibt es dort Plantagen?«

»Keine einzige! Nicht einmal einen weißen Händler!«

»Dann werde ich einmal auf einem Werberschiff hinfahren.«

»Unmöglich!« rief Scheldon. »Dort kann eine Frau nicht allein hingehen!«

»Ich werde trotzdem hingehen«, wiederholte sie.

»Aber eine Frau mit Selbstachtung –.«

»Hüten Sie sich«, warnte sie ihn. »Eines Tages gehe ich doch, und dann wird es Ihnen leid tun, wie Sie von mir gesprochen haben.«

Sturm

Es war das erste Mal, daß Scheldon in nähere Berührung mit einer jungen Amerikanerin kam, und er wäre wohl neugierig gewesen, ob alle amerikanischen Mädchen wie Joan Lackland seien, hätte er nicht Verstand genug besessen, um sich klar zu machen, daß sie keineswegs einen Typ darstellte. Ihre schnelle Auffassungsgabe und ihre wechselnden Launen verwirrten ihn, und ihre Anschauungen waren so verschieden von dem, was er sich unter den Anschauungen einer Frau vorgestellt hatte, daß er oft ganz ratlos war. Er wußte nie, was sie im nächsten Augenblick sagen oder tun würde. Nur eines wußte er: daß, was sie auch sagte oder tat, etwas Unvorhergesehenes, Unerwartetes war. Ihr Wesen mutete ihn fast hysterisch an. Ihr Temperament war rasch und stürmisch, sie baute zuviel auf sich und zuwenig auf ihn, was er als Benehmen einer Frau, namentlich in Gegenwart eines Mannes, keineswegs besonders schätzte. Sie verlangte Gleichberechtigung, und das beunruhigte ihn, und zuweilen verletzte ihn halb unbewußt ihre Dreistigkeit und ihr Selbstbewußtsein, mit denen sie, nachdem sie soeben erst Erikson ihren Revolver unter die Nase gehalten, im Schutz einer Bande riesiger polynesischer Seeleute in einem heulenden Nordwest über die See gekommen und sich wie ein schiffbrüchiger Seemann in Berande eingenistet hatte. Aber es paßte zu ihrem Cowboyhut und ihrem langen Colts. Und dabei sah sie gar nicht so aus. Und gerade das konnte er ihr nicht verzeihen. Hätte sie kurze Haare und derbe Backenknochen gehabt, wäre sie verwittert und reizlos gewesen, dann würde es noch gegangen sein. Statt dessen war sie von einer berückenden lieblichen Weiblichkeit. Ihr Haar peinigte ihn – es war so wunderschön. Und sie war eine schlanke, hübsche Frau – ein Mädchen vielmehr –, daß es ihm wie ein Messer durch die Seele schnitt, wenn er sie vor sich sah, wie sie mit ihren schnellen durchdringenden Augen, ihrer scharfen befehlenden Stimme das Boot durch die Brandung dirigierte. Im Geiste konnte er sich vorstellen, wie sie ein Pferd mit dem Lasso fing, und das verursachte ihm stets einen Schauder. Auch war sie zu vielseitig. Es überraschte ihn, wieviel sie von Literatur und Kunst wußte, und er hatte das Gefühl, daß ein Mädchen, das solche Dinge kannte, nicht wissen dürfte, wie man Taljen aufbrachte, Anker hievte und mit einem Schoner in der Südsee kreuzte. Solche Dinge in ihrem Kopf waren wie ebensoviele Flüche auf ihren Lippen. Und daß sie darauf bestand, nach Malaita gehen zu wollen, war eine direkte Selbstentweihung.

Aber immer wieder beunruhigte ihn ihre Weiblichkeit. Sie spielte viel besser und mit viel feinerem Verständnis Klavier als seine Schwestern daheim – das Klavier, das der arme Hughie so tapfer bearbeitet hatte, um es in gutem Zustand zu erhalten. Und wenn sie Guitarre spielte und sanfte, weiche hawaiische Hulas sang, war er entzückt. Dann war sie ganz Weib, und der Zauber ihrer Weiblichkeit ließ ihn den großen Revolver, den Cowboyhut und alles andere vergessen. Aber, und das war sein nächster Gedanke, wie darf ein solches Mädchen wie ein Mann prahlen und frohlocken, daß die Abenteuer noch nicht ausgestorben sind? Frauen, die auf Abenteuer ausgehen, sind Abenteuerinnen, und das ist kein schöner Name. Zudem schätzte er Abenteuer nicht. Seit seiner Kindheit hatten sie ihn nicht mehr gelockt – wenn es ihm auch schwer geworden wäre zu erklären, was ihn von England nach den Salomons geführt hatte, wenn nicht Abenteuerlust.

Scheldon war durchaus nicht zufrieden. Die ungewohnte Situation war zuviel für seine konservative Veranlagung und Erziehung. Das von einem einsamen Weißen bewohnte Berande war kein Aufenthalt für Joan Lackland. Er zermarterte sich das Hirn nach einem Ausweg und sprach sogar mit ihr darüber. Aber der Dampfer aus Australien war erst in drei Wochen fällig.

»Eins ist klar: Sie wollen mich nicht hierbehalten«, sagte sie. »Ich mache morgen das Boot klar und fahre nach Tulagi hinüber.«

»Aber ich sagte Ihnen ja schon, daß das unmöglich ist«, rief er aus. »Es ist niemand dort. Der Gouverneur ist nach Australien gereist. Es ist nur ein Weißer da, ein früherer Seemann, ein gewöhnlicher Matrose. Der vertritt die Regierung der Salomoninseln, abgesehen von etwa hundert Schwarzen, – Sträflingen. Dazu ist er ein solcher Narr, daß er Ihnen eine Geldstrafe von fünfhundert Pfund Sterling auferlegen würde, weil Sie Tulagi, den Eingangshafen, nicht zuerst angelaufen haben. Er ist kein angenehmer Mensch, und ich wiederhole Ihnen: es ist unmöglich.«

»Dann käme noch Guvutu in Frage«, schlug sie vor. Er schüttelte den Kopf.

»Dort gibt es nichts als Fieber und fünf Weiße, die sich zu Tode trinken. Das könnte ich nicht erlauben.« »Danke sehr«, sagte sie ruhig. »Ich gedenke heute aufzubrechen –. Viaburi! Du gehen bei Noah-Noah, sagen ihm, kommen zu mir.«

Noah-Noah war ihr Bootsmann von der Miélé.

»Wo wollen Sie hin?« fragte Sheldon überrascht. – »Viaburi! Du bleiben.«

»Nach Guvutu – sofort«, lautete ihre Antwort.

»Aber ich erlaube es nicht.«

»Deshalb gehe ich eben. Sie sagten es schon einmal, und das kann ich mir nicht gefallen lassen.«

»Was?« Ihr plötzlicher Zorn verwirrte ihn. »Wenn ich Sie irgendwie verletzt habe –.«

»Viaburi, du holen ein fella Noah-Noah zu mir!« befahl sie.

Der Schwarze schickte sich an, zu gehorchen.

»Viaburi! Du nicht bleiben, ich dir schlagen den Schädel ein. – Und jetzt, Fräulein Lackland, bestehe ich auf einer Erklärung. Was habe ich gesagt oder getan, daß ich das verdient hätte?«

»Sie haben sich erkühnt – Sie haben gewagt–.«

Sie würgte und schluckte und konnte nicht weiter sprechen. Sheldon sah dies Bild der Verzweiflung. »Ich gestehe, daß ich ganz wirr im Kopfe bin«, sagte er. »Wenn Sie nur deutlich sein wollten.«

»Ebenso deutlich wie Sie, als Sie mir sagten, daß Sie mir nicht erlauben würden, nach Guvutu zu gehen?« »Aber was ist denn dabei?«

»Sie haben kein Recht – kein Mann hat das Recht – mir zu sagen, was er erlauben will oder nicht. Ich bin alt genug, um keinen Vormund mehr zu brauchen, und ich bin auch nicht den weiten Weg nach den Salomons gekommen, um einen zu finden.«

»Für jede Frau ist der Mann der gegebene Vormund.« »Ich bin nicht ›jede Frau‹ – das ist es eben. Wollen Sie mir jetzt erlauben, Ihren Boy zu Noah-Noah zu schicken. Ich wünsche, daß er das Boot zu Wasser bringt. Oder soll ich selbst gehen?«

Beide hatten sich erhoben. Sie mit geröteten Wangen und zornigen Blicken, er verwirrt und erschrocken. Der Schwarze stand wie eine Statue – eine kohlschwarze Statue – daneben und nahm keinen Anteil an den Verhandlungen dieser unverständlichen Weißen, sondern träumte mit ruhigen Blicken von einem Buschdorf hoch in den bewaldeten Hängen von Malaita, wo der blaue Rauch vor dem grauen Hintergrund einer heraufziehenden Wolkenwand von den Grashütten aufsteigt.

»Aber Sie werden doch nicht etwas so Törichtes tun«, begann er.

»Nun fangen Sie schon wieder an!« rief sie.

»Ich meinte es nicht so, und das wissen Sie auch.« Er sprach langsam und ernst. »Und was das ›nicht erlauben‹ betrifft, so ist das doch nur eine Redensart. Gewiß bin ich nicht Ihr Vormund. Sie wissen, daß Sie nach Guvutu fahren können, wenn Sie es wünschen. Aber ich würde es tief bedauern. Und es tut mir sehr leid, wenn ich etwas gesagt habe, das Sie verletzt hat, vergessen Sie nicht, daß ich Engländer bin.«

Joan lächelte und setzte sich wieder.

»Vielleicht war ich zu heftig«, gab sie zu. »Sehen Sie, ich kann keinen Zwang vertragen. Wenn Sie wüßten, wie ich mir meine Freiheit habe erkämpfen müssen! Es ist mein wunder Punkt, wenn Ihr selbstgeschaffenen Herren der Schöpfung mir sagen wollt, was ich tun und lassen soll. – Viaburi du bleiben in Küche. Nicht bringen Noah-Noah. – Und jetzt, Mister Scheldon, sagen Sie mir, was ich tun soll? Hier wollen Sie mich nicht behalten, und es scheint keinen andern Ort zu geben, wo ich hingehen könnte.«

»Das ist nicht richtig. Ihre Strandung an meiner Insel bedeutet für mich eine Gottesfügung. Ich war sehr einsam und sehr krank. Ich bin durchaus nicht sicher, ob ich die Krankheit überstanden hätte, wenn Sie nicht gekommen wären. Aber darum handelt es sich jetzt nicht. Mir persönlich würde es sehr leid tun, wenn Sie wieder fortgingen. Aber ich komme nicht in Frage. Ich denke nur an Sie, und für Sie ist es hier kaum der richtige Ort, wie Sie selbst einsehen werden. Wäre ich verheiratet, gäbe es hier irgendeine Frau Ihrer Rasse – aber so –.«

Sie rang die Hände in gespielter Verzweiflung.

»Ich kenne mich nicht mehr aus. In einem Atemzug erzählen Sie mir, daß ich gehen soll, daß es keinen Ort gibt, wohin ich gehen könnte, und daß Sie mir nicht erlauben würden, zu gehen. Was soll ich armes Mädchen denn nur tun?«

»Das ist es ja eben«, sagte er ratlos.

»Und diese Situation ist Ihnen peinlich?«

»Nur Ihretwegen.«

»Dann möchte ich Ihre Bedenken beseitigen, indem ich Ihnen sage, daß sie mir keineswegs peinlich wäre – wenn Sie nur nicht so viel Aufhebens davon machen wollten. Ich lasse mich nie durch Dinge stören, die sich nicht ändern lassen. Es hat keinen Zweck, sich gegen das Unvermeidliche aufzulehnen. Und so steht es hier. Sie sind hier, und ich bin hier. Wie Sie selbst sagen, kann ich nirgends hingehen, und Sie können es sicher auch nicht und mich hier allein lassen mit einer ganzen Plantage und zweihundert krausköpfigen Kannibalen. Und deshalb bleiben Sie, und deshalb bleibe ich, das ist ganz einfach. Außerdem ist es ein Abenteuer. Und Sie brauchen keine Angst zu haben: ich bin nicht für die Ehe geschaffen. Ich kam nach den Salomons, um eine Plantage, und nicht, um einen Mann zu bekommen.«

Sheldon errötete, schwieg jedoch.

»Ich weiß, was Sie denken«, lachte sie heiter. »Wenn ich ein Mann wäre, würden Sie mir jetzt den Hals umdrehen. Und wirklich, ich verdiente es. Es tut mir leid. Ich wollte Ihr Gefühl nicht noch mehr verletzen.« »Ich fürchte fast, daß ich selbst Schuld habe«, sagte er erleichtert, als er merkte, daß der Sturm abflaute. »Jetzt hab' ich's!« erklärte sie. »Geben Sie mir eine Abteilung Ihrer Leute. Ich will mir drüben in der Ecke des Grundstücks ein Grashaus bauen, natürlich auf Pfählen. Ich kann heute Nacht noch einziehen und werde mich dort wohl und sicher fühlen. Die Tahitianer können, ganz wie an Bord, Wache halten. Und dann werden Sie mich lehren, Kokosnüsse zu pflanzen. Dafür werde ich Ihren Haushalt leiten und für ordentliches Essen sorgen. Und nun ein für allemal: alle Ihre Einwände werden an mir abprallen. Ich weiß alles, was Sie sagen wollen. – Sie wollen mir Ihren Bungalow überlassen und sich selbst ein Grashaus bauen, aber das will ich nicht. Die Sache ist erledigt. Wenn Sie aber nicht einverstanden sind, dann gehe ich über den Fluß, baue drüben für mich und meine Leute ein Dorf und lasse Lebensmittel im Boot von Guvutu holen. Und jetzt können Sie mir das Billardspielen beibringen.«

Ein schwerer Kampf

Joan nahm die Leitung des Haushalts mit sicherem Griff in die Hand und kehrte das Unterste zu oberst, bis Scheldon das Haus kaum wiedererkannte. Zum ersten Male war das Bungalow sauber und ordentlich. Die Hausboys lungerten nicht mehr faul herum, und der Koch jammerte, daß von dem gründlichen Kochkursus, den sie ihm erteilte, »Kopf gehören ihm gehen herum zuviel.« Und Scheldon selbst wurde ein Rüffel nicht erspart, weil er nichts als Konserven hatte. Sie schalt ihn nachlässig und schlapp, weil er nicht auf gesunde Kost achtete. Zwanzigmal schickte sie ihr Boot nach Zitronen und Apfelsinen die Küste entlang, wollte durchaus wissen, warum diese Früchte nicht längst auf Berande angepflanzt waren, und machte ihm Vorwürfe, weil er keinen Gemüsegarten angelegt hatte. Mumienäpfel, die er für Unkraut gehalten hatte, erwiesen sich von ihr zubereitet als appetitanregende Frühstücksmarmelade und wurden beim Mittagessen als Puddings aufgetischt, die seine unbegrenzte Bewunderung erregten. Bananen wurden aus dem Busch geholt, und auf dutzenderlei Arten zubereitet, von denen eine immer besser als die andere schmeckte. Sie oder ihre Seeleute fischten täglich mit Dynamit, und die Eingeborenen Balesunas wurden mit Tabak belohnt, wenn sie Austern aus den Mangroven-Sümpfen brachten. Was sie alles aus Kokosnüssen bereiten konnte, war direkt eine Offenbarung für ihn. Sie zeigte dem Koch, wie er aus der Milch Hefe und daraus wieder ein leichtes, lockeres Brot bereiten konnte. Das Herzblatt ergab einen wohlschmeckenden Salat; aus Milch und Fleisch zusammen stellte sie verschiedene süße und saure Saucen her, die je nach ihrer Art zu den verschiedensten Gerichten, von Fisch bis zu Pudding, aufgetragen wurden. Sie machte Scheldon auf die Vorzüge der Kokossahne gegenüber der kondensierten Milch zum Kaffee aufmerksam. Aus dem schwammigen Kern bereits keimender Nüsse machte sie Salat. Das schien überhaupt ihre Stärke zu sein, und einmal überraschte sie ihn mit einem äußerst wohlschmeckenden Salat aus Bambussprossen. Wilde Tomaten, die früher ins Kraut geschossen oder bei der Anlage von

Berande rücksichtslos umgehackt worden, wurden ebenfalls für Salate, Suppen und Saucen gesammelt. Den Hühnern, die stets in den Busch gelaufen waren und dort gelegt hatten, wurden Legekästen hingestellt, und Joan selbst schoß wilde Enten und Tauben.

»Nicht etwa, daß ich diese Arbeit besonders liebte,« erklärte sie einmal, »aber ich kann von Vaters Erziehung nicht loskommen.«

Das verpestete Hospital brannte sie nieder, und als Scheldon sie deswegen auszankte, ließ sie aus Ärger von ihren Seeleuten ein neues bauen, das sie ein anständiges Krankenhaus nannte. Sie riß die Musselin-Gardinen von den Fenstern und ersetzte sie durch farbige Baumwollstoffe vom Lager, aus denen sie sich selbst mehrere Kleider verfertigte. Als sie eine Liste der Kleidungsstücke und anderer Gegenstände zusammenstellte, die sie sich mit dem nächsten Dampfer von Sydney schicken lassen wollte, dachte Scheldon, wie lange sie wohl eigentlich bleiben wollte. Sicher hatte er nie zuvor eine solche Frau gekannt oder sich ihre Existenz auch nur träumen lassen. Seiner Auffassung nach war sie überhaupt keine Frau. Sie kannte weder Schwäche noch Zärtlichkeit. Kein weibliches Gefühl kam ihm gegenüber zum Ausdruck. Sie hätten Brüder sein können, so wenig hatte das Geschlecht mit diesem seltsamen Verhältnis zu tun. Jedes höfliche Entgegenkommen von seiner Seite wurde übersehen oder abgelehnt, und er gab es sehr bald auf, ihr die Hand zu bieten, wenn sie ins Boot oder über einen Baumstamm kletterte; er mußte zugeben, daß sie durchaus imstande war, selbst für sich zu sorgen. Trotz seiner Warnung vor Krokodilen und Haien bestand sie darauf, in dem tiefen Wasser vor der Küste zu schwimmen. Er konnte sie auch nicht überreden, beim Dynamitfischen vom Boot aus einen ihrer Leute die Patrone werfen zu lassen; als Grund gab sie an, daß sie zum mindesten etwas intelligenter wäre als die Kanaken, und daß daher ein Unglücksfall weniger zu befürchten sei, wenn sie selbst es täte. Sie war in seinen Augen die männlichste und doch die weiblichste Frau, die er je getroffen hatte.

Andauernde Meinungsverschiedenheiten bestanden zwischen ihnen über die Behandlung der Schwarzen. Sie behandelte sie stets mit freundlichem Ernst, lobte selten, strafte nie, und er mußte zugeben, daß ihre eigenen Leute sie vergötterten, und daß seine Hausboys ihr sklavisch ergeben waren und jetzt dreimal soviel leisteten, als er je aus ihnen herausgeholt hatte. Sie erkannte schnell die Unruhe unter den Kontraktarbeitern und war nicht blind gegen die Gefahr, die ihr und Scheldon stets drohte. Weder sie noch er gingen je ohne Revolver aus, und die Seeleute, die nachts bei Joans Grashaus wachten, waren mit Gewehren bewaffnet. Aber Joan betonte, daß diese Vorsichtsmaßregeln nur durch die Gewaltherrschaft bedingt worden seien, die der Weiße ausgeübt hatte. Sie war unter ruhigen Hawaianern aufgewachsen, die keine schlechte oder rohe Behandlung kannten, und daraus schloß sie, daß auch die Salomon-Insulaner bei freundlicher Behandlung sanftmütig werden müßten.

Eines Abends erhob sich in den Baracken ein furchtbarer Lärm, und Scheldon gelang es, mit Hilfe von Joans Seeleuten zwei Weiber zu befreien, die von den Schwarzen zu Tode geprügelt werden sollten. Um sie vor der Rache ihrer Landsleute zu schützen, wurden sie diese Nacht im Küchenhaus bewacht. Es waren die Frauen, die für die Arbeiter kochten, und ihr Vergehen bestand darin, daß die eine von ihnen in dem großen Kessel, in dem die Kartoffeln gekocht wurden, ein Bad genommen hatte. Die Schwarzen waren nicht etwa aus Reinlichkeit wütend – sie badeten oft selbst in den Kesseln – der Grund war, daß die Badende ein verachtetes Weib war, denn bei den Salomon-Insulanern gilt jedes weibliche Wesen als niedrig und verächtlich. Am nächsten Morgen wurden Joan und Scheldon beim Frühstück durch ein immer lauter werdendes aufgeregtes Gemurmel aufgeschreckt. Das oberste Gesetz von Berande war gebrochen. Das Grundstück war ohne Erlaubnis oder Befehl betreten worden, und alle zweihundert Arbeiter mit Ausnahme der Aufseher hatten sich dieses Vergehens schuldig gemacht. Sie drängten sich drohend und schreiend um die vordere Veranda. Scheldon lehnte sich über das Geländer, während Joan hinter ihm stehen blieb. Der Lärm legte sich etwas, und zwei Brüder, große, muskulöse Männer mit Gesichtern, die selbst für Salomon-Insulaner ungewöhnlich wild waren, traten vor. Der eine war Carin-Jama, oder der Stille, der andere Bellin-Jama, der Prahlhans. Beide hatten vor Jahren auf Plantagen in Queensland gearbeitet und waren unter allen Weißen als üble Gesellen bekannt.

»Wir fella Jungen, wir wollen die zwei schwarzen fella Marys«, sagte Bellin-Jama.

»Was du wollen mit fella Marys?« fragte Scheldon.

»Sie totschlagen«, sagte Bellin-Jama.

»Was Name du fella Junge reden mit mir?« fragte Scheldon in steigendem Zorn. »Große Glocke sie läuten. Du nicht bleiben hier. Du bleiben auf Feld. Nachher, groß fella Glocke sie läuten, du aufhören und kai-kai, du kommen und reden mit mir über zwei fella Marys. Jetzt alle ihr Jungen machen fort von hier.«

Die Bande wartete, was Bellin-Jama tun würde. Bellin-Jama blieb stehen.

»Mich nicht gehen«, sagte er.

»Du passen auf, Bellin-Jama,« sagte Scheldon scharf, »oder ich schicken dich Tulagi für ein dick fella Prügel. Mein Wort, du bekommen tüchtig.«

Bellin-Jama starrte ihn kriegerisch an.

»Du wollen Kampf«, sagte er wie ein echter Queensländer.

In den Salomons, wo wenige Weiße und viele Schwarze leben und die Weißen herrschen, ist eine solche Herausforderung zum Kampf die tötlichste Beleidigung. Die Schwarzen dürfen nie so weit gehen, einem Weißen den Kampf anzubieten. Das wenigste, was sie dafür bekommen, ist eine Tracht Hiebe.

Ein beifälliges Gemurmel erhob sich bei Bellin-Jamas tapferen Worten in den Reihen der zuhörenden Schwarzen. Aber die Worte waren noch nicht verklungen, und das Gemurmel hatte eben erst begonnen, als Scheldon schon mit einem Satz über das Geländer sprang. Es war ein Sprung von fünfzehn Fuß, und Bellin-Jama stand gerade unter dem Geländer.

Scheldon traf ihn mit der ganzen Wucht seines Körpers und schmetterte ihn zu Boden. Ein Schlag war nicht mehr nötig. Der Schwarze war hilflos zusammengebrochen. Joan, die durch den unerwarteten Sprung völlig überrascht war, sah jetzt, wie Carin-Jama, der Stille, sich auf Scheldon stürzte, der gerade wieder auf die Füße kam, und ihn an der Gurgel packte, während sich die zweihundert Schwarzen mordlustig vordrängten. Ihr Revolver fuhr heraus und Carin-Jama taumelte mit einer Kugel in der Schulter zurück. Sie hatte ihn in den Arm schießen wollen, was bei der geringen Entfernung ein leichtes gewesen wäre, aber die Woge der vordringenden Wilden hatte den Schuß abgelenkt. Es war ein Augenblick, in dem alles auf dem Spiel stand. Sobald Scheldon seine Kehle frei fühlte, holte er mit der Faust aus, und Carin-Jama lag neben seinem Bruder auf dem Boden. Die Meuterei war unterdrückt, und fünf Minuten später wurden die Brüder zum Hospital geschafft und die Meuterer von den Aufsehern an die Arbeit geführt.

Als Scheldon wieder auf die Veranda kam, fand er Joan in Tränen aufgelöst auf dem Liegestuhl zusammengebrochen. Dieser Anblick regte ihn mehr auf, als der ganze Auftritt es getan. Eine Frau in Tränen war etwas Schreckliches für ihn; und daß diese Frau Joan Lackland war, von der er alles andere eher als Tränen erwartet hätte, machte ihn geradezu ängstlich. Er blickte hilflos auf sie nieder und befeuchtete sich die Lippen.

»Ich möchte Ihnen danken,« begann er, »Sie haben mir zweifellos das Leben gerettet, und ich muß sagen –.« Sie nahm plötzlich die Hände vom Gesicht und zeigte ihm ein zorniges, tränenüberströmtes Gesicht.

»Sie gräßlicher Mensch, Sie Feigling«, rief sie. »Sie haben mich gezwungen, einen Menschen zu erschießen, zum erstenmal in meinem Leben.«

»Es ist nur eine Fleischwunde, und er wird nicht daran sterben«, versuchte Scheldon einzuwerfen.

»Was heißt das. Geschossen habe ich doch. Es war durchaus nicht nötig, daß Sie auf ihn hinuntersprangen; das war roh und feige.«

»Darf ich –« begann er besänftigend.

»Gehen Sie weg! Fühlen Sie nicht, daß ich Sie hasse, hasse! Wollen Sie nicht gehen?«

Scheldon wurde blaß vor Zorn.

»Warum haben Sie denn geschossen?« fragte er.

»Weil Sie ein Weißer sind,« schluchzte sie, »und Vater hätte nie einen Weißen im Stich gelassen. Aber es war Ihre Schuld. Sie hatten kein Recht, sich in diese Lage zu bringen, und zudem war es gar nicht nötig.«

»Ich bedaure, aber ich verstehe Sie nicht«, sagte er kurz und wandte sich ab. »Wir wollen später darüber reden.«

»Sie sehen doch, wie ich mit den Leuten fertig werde«, sagte sie, während er mit erzwungener Höflichkeit an der Tür stehen blieb. »Denken Sie zum Beispiel an die beiden Kranken, die ich pflege. Wenn sie wieder gesund sind, werden sie alles für mich tun, ohne daß ich sie immer um ihr Leben fürchten lassen muß. Diese Roheiten und Grausamkeiten sind gar nicht nötig, sage ich Ihnen. Was heißt das, daß sie Kannibalen sind? Es sind Menschen, genau wie Sie und ich, und Vernunftgründen zugänglich. Gerade das ist es ja, was uns alle von den niedrigen Lebewesen unterscheidet.« Er nickte und ging.

»Ich glaube, ich bin unverzeihlich albern gewesen«, begrüßte sie ihn, als er mehrere Stunden später von einem Rundgang zurückkehrte. »Ich war im Hospital, und es geht dem Manne ganz gut. Es ist keine ernste Verletzung.«

Scheldon fühlte sich seltsam zufrieden und glücklich über ihre veränderte Stimmung.

»Sehen Sie, Sie können die Lage nicht richtig beurteilen,« begann er, »diese Schwarzen müssen mit Strenge behandelt werden. Freundlichkeit ist gut und schön, aber Sie können sie nicht allein damit regieren. Ich erkenne alles an, was Sie über Hawaianer und Tahitianer sagen. Ich glaube Ihnen gern, daß die so behandelt werden können. Ich habe keine Erfahrung mit ihnen; aber Sie haben keine Erfahrung mit den Schwarzen hier, und ich bitte Sie, mir zu glauben: die sind anders als Ihre Eingeborenen. Sie haben mit Polynesiern zu tun gehabt, die Leute hier sind Melanesier. Sie sind schwarz, Neger – sehen

Sie ihr krauses Haar. Sie stehen bedeutend tiefer als die afrikanischen Neger. Es ist wirklich ein gewaltiger Unterschied.

»Die Leute kennen keine Dankbarkeit, keine Sympathie, keine Freundlichkeit. Wenn Sie freundlich zu ihnen sind, halten sie Sie für dumm. Wenn Sie milde mit ihnen sind, glauben sie, Sie hätten Angst. Und wenn die Kerle erst glauben, daß Sie Angst haben, dann müssen Sie sich hüten, denn dann werden Sie doch schließlich von ihnen gefaßt. Nur um Ihnen das zu beweisen, möchte ich Ihnen beschreiben, was unbedingt im Kopfe eines Schwarzen vorgeht, wenn er auf seinem Grund und Boden einem Fremden begegnet. Sein erster Gedanke ist Furcht: ›Wird der Fremde mich töten?‹ Wenn er sieht, daß er nicht getötet wird, so ist sein nächster Gedanke: ›Kann ich den Fremden töten?‹ Zwölf Meilen die Küste abwärts lebte ein Händler namens Packard. Er rühmte sich, mit Güte zu regieren und nie zu schlagen. Das Ergebnis war, daß er überhaupt nicht regierte. Er pflegte in seinem Boot heraufzukommen, um Hughie und mich zu besuchen. Wenn seine Bootsmannschaft beschloß, heimzufahren, mußte er seinen Besuch abbrechen, um überhaupt mitgenommen zu werden. Ich erinnere mich, wie Packard eines Sonntags unsere Einladung zum Essen angenommen hatte. Die Suppe war gerade aufgetragen, als Hughie einen Nigger durch die Tür gucken sah. Er ging hinaus, denn es war dies eine Verletzung der Gebräuche auf Berande. Jeder Nigger hatte, wenn er etwas wollte, durch den Hausboy Bescheid zu schicken und vor dem Grundstück zu bleiben. Der Mann, der zu Packards Bootsmannschaft gehörte, stand auf der Veranda, obgleich er wußte, daß er es nicht durfte. ›Was Name?‹ fragte Hughie. ›Du sagen dies weißer Mann aufbrechen, wir fella Bootsmannschaft gehen weg. Er nicht kommen jetzt, wir fella Jungen nicht warten. Wir gehen.‹ Im selben Augenblick versetzte Hughie ihm eine solche Ohrfeige, daß er glatt die Verandatreppe hinunterflog.«

»Aber das war eine unnötige Grausamkeit,« warf Joan ein, »einen Weißen würden Sie doch nicht so behandeln.«

»Das ist eben der Haken. Er war kein Weißer. Er war ein gewöhnlicher schwarzer Nigger, und er beleidigte bewußt nicht nur den eigenen weißen Herrn, sondern alle Weißen in den Salomons überhaupt, er beleidigte mich, er beleidigte Hughie, er beleidigte Berande.«

»Selbstverständlich, nach Ihrer Ansicht, Ihrer Auffassung vom Recht des Stärkeren.«

»Ja,« unterbrach sie Scheldon, »aber Packard regierte eben nach seiner Auffassung vom Recht des Schwächeren. Und das Ergebnis: ich lebe noch, und Packard ist tot. Er war unentwegt freundlich und sanft zu seinen Leuten, und die warteten nur, bis er eines Tages am Fieber darniederlag. Jetzt ist sein Kopf drüben auf Malaita. Dazu nahmen sie noch zwei Boote mit, die sie bis an den Rand aus dem Lager füllten. – Oder Kapitän Mackenzie von der Jacht Minota. Er glaubte auch an die Macht der Freundlichkeit. Er war überzeugt, Vertrauen erwecken zu können, wenn er keine Waffen trug. Auf seiner zweiten Werbefahrt lief er Bina in der Nähe von Langa-Langa an. Die Büchsen, mit denen die Bootsbesatzung hätte bewaffnet sein sollen, waren in der Kajüte eingeschlossen. Als das Boot an Land ging, spazierte er selbst ohne Revolver an Deck herum. Er wurde mit dem Beil erschlagen. Sein Kopf befindet sich auf Malaita. Es war der reine Selbstmord, und dasselbe kann man von Packards Ende sagen.«

»Ich gebe zu, daß in Ihrer Lage Vorsicht am Platze ist«, sagte Joan. »Aber ich glaube, daß man viel weiter käme, wenn man sie mit Verständnis, Freundlichkeit und Milde behandelte.«

»Da bin ich ganz Ihrer Meinung. Aber Sie dürfen eines nicht vergessen. Berande ist, was die Arbeitskräfte betrifft, weitaus die schlechteste Plantage in den ganzen Salomons. Und wie das gekommen ist, beweist die Richtigkeit Ihres Standpunktes. Die früheren Besitzer von Berande waren durchaus nicht freundlich. Es waren ein Paar rohe Kerle, der eine ein heruntergekommener Amerikaner, der andere ein versoffener Deutscher. Es waren richtige Sklaventreiber. Sie bezogen ihre Arbeiter vom ›Henkerjohnny‹, dem berüchtigsten Werber in den Salomons. Er verbüßt jetzt eine zehnjährige Gefängnisstrafe auf den Fidschiinseln, weil er einen Schwarzen erschlagen hat. Zuletzt hatte er sich so verhaßt gemacht, daß die Eingeborenen von Malaita nichts mehr mit ihm zu tun haben wollten. Er konnte nur noch Arbeiter bekommen, wenn er schleunigst dorthin ging, wo gerade ein Mord oder eine Anzahl von Morden begangen war. Die Mörder waren meistens bereit zu unterschreiben, um der Rache zu entgehen. Am Strande erhebt sich Lärm, und ein Nigger läuft, von Speeren und Pfeilen bedroht, ans Wasser hinunter. Natürlich liegt ›Henkerjohnnys‹ Boot bereit, ihn aufzunehmen. Wie gesagt, zuletzt bekam Johnny nur noch derartige Leute. Und die früheren Besitzer von Berande kauften ihm die Arbeiter ab – eine schlimme Bande von Mördern. Sie waren alle auf fünf Jahre verpflichtet. Sie sehen, daß der Werber noch besondere Vorteile erzielt, wenn er solche Leute nimmt. Wenn das Gesetz es erlaubte, würden sie sich auf zehn Jahre anwerben lassen. Nun, und die Leute, die wir jetzt hier haben, sind eben diese Mörderbande. Einige sind zwar gestorben, andere ermordet, und wieder andere verbüßen Strafen in Tulagi. Die ersten Besitzer rodeten sehr wenig und pflanzten noch weniger. Es war ein andauernder Kriegszustand. Ein Verwalter wurde ermordet. Einem der Teilhaber wurde fast die Schulter mit einem großen Buschmesser abgeschlagen. Der andere wurde zweimal durch Speere verwundet. Beides waren Raufbolde, dabei aber doch feige, und schließlich konnten sie nicht weiter. Sie wurden weggejagt – buchstäblich weggejagt – von ihren eigenen Niggern. Und dann kamen der arme Hughie und ich, zwei Neulinge, und mußten diese üble Bande übernehmen. Wir hatten Berande gekauft, ohne die Verhältnisse zu kennen; es blieb uns nichts übrig, als zu bleiben und zu sehen, wie wir durchkamen.

»Zuerst begingen wir den Fehler, es mit unkluger Güte zu versuchen. Wir bemühten uns, durch friedliches Zureden und gerechte Behandlung zum Ziel zu kommen. Die Nigger schlossen daraus, daß wir Angst hätten. Ich schäme mich, wenn ich daran denke, was für Narren wir in der ersten Zeit waren. Wir wurden betrogen, bedroht und beleidigt, und wir ließen es uns gefallen in der Hoffnung, daß unsere gerechte Behandlung bald Besserung schaffen würde. Statt dessen wurde es immer schlimmer. Dann kam ein Tag, an dem Hughie, als er einen von den Leuten zurechtwies, beinahe von der Bande getötet worden wäre. Was ihn rettete, war einzig und allein der Umstand, daß der ganze Haufen über ihm lag, dadurch wurde es mir möglich, ihm noch rechtzeitig zu Hilfe zu kommen.

Und dann begann die Herrschaft der starken Hand. Das war die einzige Möglichkeit, wenn wir die Geschichte nicht ganz aufgeben wollten. Und da wir unser ganzes Kapital in das Unternehmen gesteckt hatten, konnten wir sie nicht aufgeben. Außerdem stand unser Stolz auf dem Spiel. Wir waren ausgezogen, um etwas zu unternehmen, und was wir einmal angefangen hatten, mußten wir auch durchführen. Es war ein harter Kampf, denn, wie gesagt, Berande hat die schlimmsten Arbeiter in den ganzen Salomons. Wir waren nicht imstande, Weiße zu bekommen. Einem halben Dutzend haben wir den Verwalterposten angeboten. Ich will nicht sagen, daß sie Angst hatten, das war nicht der Fall. Sie hielten die Stellung für ungesund – das gab wenigstens der letzte, der unser Angebot ausschlug, als Grund an. Daher mußten Hughie und ich die Plantage selbst verwalten.«

»Und als er starb, wollten Sie ganz allein weiterarbeiten?« rief Joan mit glänzenden Augen.

»Ich glaubte schon, durchkommen zu können. Und nun, Fräulein Lackland, verargen Sie es mir nicht, wenn ich etwas rauh erscheine, und berücksichtigen Sie, daß ich mich hier in einer einzigartigen Lage befinde. Wir haben nun einmal sehr schlimme Arbeiter und müssen sie zur Arbeit zwingen. Sie haben die Plantage gesehen und sollten das wissen. Ich versichere Ihnen, daß die drei- und vierjährigen Palmen auf keiner Plantage in den Salomons besser sind als hier. Wir haben beständig an der Verbesserung der Plantage gearbeitet. Ganz allmählich haben wir auch neue Arbeitskräfte bekommen. Und deshalb haben wir uns auch die Jessie gekauft. Wir wollten uns unsere Arbeiter selbst aussuchen. Noch ein Jahr, und die Zeit der meisten Arbeiter von früher ist abgelaufen. Sie waren im ersten Jahr des Bestehens von Berande angeworben, und ihre Kontrakte laufen in verschiedenen Monaten ab. Natürlich haben sie die neuen Leute bis zu einem gewissen

Grade verdorben, aber das werde ich denen schon austreiben, und dann wird Berande eine gute Pflanzung sein.«

Joan nickte, sagte aber nichts. Sie sah den einsamen Weißen vor sich, wie sie ihn zuerst gesehen hatte: hilflos, im Fieber auf dem Liegestuhl, durch eine Eigentümlichkeit seiner Rasse bis zum letzten Atemzuge verpflichtet, die Herrschaft in der Hand zu behalten. »Es ist traurig,« sagte sie schließlich, »aber ich vermute, daß der Weiße nun einmal herrschen muß.«

»Ich weiß es nicht«, versicherte Scheldon. »Und wenn es mein Leben gälte, könnte ich nicht sagen, wie ich hierher gekommen bin. Aber nun bin ich einmal hier, und weglaufen kann ich auch nicht.«

»Blindes Schicksal unserer Rasse«, sagte sie mit schwachem Lächeln. »Wir Weißen sind seit Urzeiten Land- und Seeräuber gewesen. Ich vermute, daß es uns im Blute liegt, und daß wir nicht davon loskommen können.«

»Darüber habe ich noch nie so genau nachgedacht«, gestand er. »Ich hatte zuviel zu tun, als daß ich mir den Kopf zerbrochen hätte, wieso ich hierhergekommen bin.«

Lokalkolorit

Bei Sonnenuntergang lief eine kleine Jacht langsam ein, und kurz darauf kam der Kapitän an Land. Er war ein junger Mann von zwanzig Jahren mit sanfter Stimme, aber er hatte Joans Bewunderung sofort gewonnen, als Scheldon ihr erzählte, daß er ganz allein die Besatzung der Jacht befehligte, die ausschließlich aus schwarzen Malaitanern bestand. Die Romantik lockte und winkte, als Joan erfuhr, daß es Christian Young, ein geborener Norfolker, aber direkter Nachkomme John Youngs, eines der Meuterer von der Bounty, war. Die Mischung von tahitischem und englischem Blute zeigte sich in seinen sanften blauen Augen und der dunklen Hautfarbe, und die englische Energie, die auf den ersten Blick verschwunden zu sein schien, lebte in ihm, denn sie allein ermöglichte es ihm, seine Jacht mit den kriegerischen Salomoninsulanern zu bemannen und sich seinen Lebensunterhalt zu verdienen. Die unerwartete Gegenwart Joans machte ihn verlegen, aber seine Verlegenheit schwand durch die freie, kameradschaftliche Art, die Scheldon unweiblich erschien, und die seine Gefühle verletzt hatte. Neuigkeiten von der Außenwelt brachte Young nicht, wohl aber eine ganze Masse von den Salomons. Fünfzehn Leute von der Lunga-Plantage, die weiter östlich an der Guadalcanarer Küste lag, hatten Gewehre gestohlen und waren in den Busch entwichen. Dann hatten sie Nachricht gesandt, daß sie zurückkehren und die drei Weißen ermorden würden. Unterdessen hatten sich zwei von diesen dreien an ihre Verfolgung gemacht. Es wäre sehr leicht möglich, so folgerte Young, daß die Schwarzen, wenn sie nicht gefangen würden, bei Berande an die Küste kämen, um ein Boot zu stehlen.

»Ich vergaß zu erzählen, daß Ihr Händler auf Ugi ermordet ist«, sagte er zu Scheldon. »Fünf große Kanus kamen von Port Adams herunter. Sie landeten nachts und überfielen Oskar im Schlaf. Was sie nicht mitnehmen konnten, verbrannten sie. Die Flibberty-Gibbet erhielt Nachricht in der Mbolipassage und fuhr nach Ugi herunter. Ich war gerade in Mboli, als die Nachricht eintraf.«

»Ich fürchte, ich muß Ugi aufgeben«, bemerkte Scheldon.

»Das ist der zweite Händler, der dort in einem Jahre ermordet wurde«, stimmte Young ihm bei. »Es müssen wenigstens zwei Weiße dort sein. Diese Malaitakanus unternehmen stets derartige Raubzüge, und Sie wissen ja, was für ein Pack die Port-Adams-Leute sind. Ich habe Ihnen einen Hund mitgebracht. Tommy Jones schickt ihn von der Nealinsel. Er sagt, er hätte ihn Ihnen versprochen. Es ist ein erstklassiger Niggerjäger. Er war noch keine zwei Minuten an Bord, als er schon meine ganze Mannschaft in die Wanten gehetzt hatte. Tommy nennt ihn Satan.«

»Ich habe mich immer schon gewundert, warum Sie keine Hunde hier haben«, sagte Joan zu Scheldon.

»Es ist so schwer, sie zu halten. Sie werden stets von den Krokodilen gefressen.«

»Jack Hanley ist vor zwei Monaten in der Marovolagune ermordet worden«, verkündete Young mit seiner sanften Stimme. »Die Apostel brachte die Nachricht.«

»Wo liegt die Marovolagune?« fragte Joan.

»In Neu-Georgien, einige hundert Meilen westlich. Gerade gegenüber von Bougainville.«

»Seine eigenen Hausboys taten es,« fuhr Young fort, »aber die Eingeborenen von Marovo hatten sie angestiftet. Seine Santa-Cruz-Bootsmannschaft entkam nach Choiseul, und später segelte Mather mit der Lily nach Marovo hinüber. Er steckte ein Dorf in Brand und holte Hanleys Kopf. Er fand ihn in einer Hütte, wo die Nigger ihn dörrten. Das sind alle meine Neuigkeiten, abgesehen davon, daß eine Menge neue Lee-Enfield-Gewehre auf dem östlichen Teil von Ysabel im Umlauf sind; niemand weiß, wie die Eingeborenen sie bekommen haben. Die Regierung müßte die Angelegenheit untersuchen. Ach ja – ein Kriegsschiff ist im Archipel. Die Cambrian. Sie hat auf Bina drei Dörfer niedergebrannt – wegen der Minota, Sie wissen – und den Busch beschossen. Dann ging das Schiff nach Sio, um dort Ordnung zu schaffen.«

Sie sprachen von anderen Dingen, und als Young aufstand, um sich an Bord zu begeben, fragte Joan:

»Wie können Sie so gut allein fertig werden, Herr Young?«

Seine großen, fast mädchenhaften Augen ruhten einen Augenblick auf ihr; dann antwortete er mit seiner ruhigsten und sanftesten Stimme:

»Ach, ich komme ganz gut mit ihnen aus; natürlich gibt es hin und wieder Schwierigkeiten, aber darauf muß man gefaßt sein. Man darf sie nie auf den Gedanken kommen lassen, daß man sich fürchtet. Ich habe mich manchmal gefürchtet, es mir aber nie merken lassen.«

»Sie würden kaum glauben, daß er einen Moskito totschlagen könnte, der ihn sticht«, sagte Scheldon, als Young sich entfernt hatte. »Alle Norfolker Leute, die von der Besatzung der Bounty abstammen, sind so. Aber sehen Sie diesen Young. Vor kaum drei Jahren, als er gerade die Minerva bekommen hatte, lag er vor Suu auf Malaita. Es gibt dort sehr viele Leute, die früher auf Queensland gearbeitet haben – eine rohe Bande. Sie gedachten, sich seinen Kopf zu verschaffen. Der Sohn ihres Häuptlings, des alten einäugigen Billys, war auf Lunga, wo er Arbeiter geworben hatte, an Dysenterie gestorben; das hieß, daß Suu den Kopf eines Weißen haben mußte – irgendeines Weißen, wenn es nur der Kopf eines Weißen war. Young war noch ganz unerfahren, und sie glaubten, seinen Kopf mit Leichtigkeit bekommen zu können. Durch das Versprechen, ihm Arbeiter zu geben, lockten sie sein Boot an den Strand und töteten die ganze Besatzung, und im selben Augenblick stürzten sich die Suuleute, die an Bord der Minerva waren, auf Young. Der war gerade dabei, eine Dynamitpatrone zum Fischen fertig zu machen. Er zündete die Lunte an und warf sie zwischen die Schwarzen. Man kann ihn nicht dazu kriegen, die Geschichte zu erzählen, aber die Lunte war kurz, und was am Leben blieb, sprang über Bord, während er den Anker kappte und wegfuhr. Sie haben hundert Faden Muschelgeld auf seinen Kopf gesetzt, was in englischer Münze hundert Pfund Sterling bedeutet. Und trotzdem geht er immer wieder nach Suu. Erst kürzlich war er dort, um dreißig Leute von Cape Marsh – der Plantage der Brüder Fulcurm – zurückzubringen.«

»Jedenfalls habe ich heute durch ihn einen besseren Einblick in das Leben hier erhalten«, sagte Joan. »Es ist, gelinde gesagt – recht abwechslungsreich. Die Salomons sollten auf den Karten mit roter Farbe eingezeichnet werden – und dazu noch gelb, wegen der Krankheiten.«

»Es geht nicht immer so zu in den Salomons«, erwiderte Sheldon. »Berande ist allerdings die schlimmste Plantage, und hier geschieht immer gerade das Schlimmste. Ich glaube kaum, daß sonst irgendwo eine so schwere Epidemie vorgekommen ist, wie sie bei Ihrem Eintreffen geherrscht hat. Und dazu wollte es das Schicksal, daß die Jessie auch von der Krankheit befallen wurde. Berande hat sehr viel durchgemacht. Alle alten Südseeleute schütteln den Kopf und spucken aus, wenn sie den Namen hören.«

»Berande wird aufblühen«, sagte Joan bestimmt. »Ich lache über allen Aberglauben. Sie werden sich schon durcharbeiten. Das Unglück kann nicht ewig dauern. Aber ich fürchte doch, daß das Klima im Salomonarchipel nichts für einen Weißen ist.«

»Das wird sich ändern. Warten Sie noch fünfzig Jahre, bis der Busch bis zu den Bergen hinauf abgeholzt ist. Dann werden wir das Fieber ausgerottet haben, und es wird hier viel gesünder sein. Kleine und große Ansiedlungen werden entstehen, denn es gibt hier ungeheure Strecken guten Bodens, die jetzt brach liegen.« »Und doch wird das Klima nie für den Weißen taugen«, beharrte Joan. »Der Weiße wird nie imstande sein, hier körperliche Arbeit zu verrichten.«

»Das stimmt.«

»Und das bedeutet: Sklaverei«, meinte sie.

»Ja, wie überall in den Tropen. Die Schwarzen, die Braunen und die Gelben müssen die Arbeit unter Aufsicht der Weißen verrichten. Die Arbeit der Schwarzen ist jedoch zu unergiebig, und wir werden bald chinesische und indische Kulis einführen müssen. Die Frage ist bereits von den Pflanzern erwogen worden. Ich meinerseits habe die Schwarzen herzlich satt.«

»Dann werden die Schwarzen also aussterben?«

Sheldon zuckte die Achseln und erwiderte:

»Ja, wie die nordamerikanischen Indianer, die doch eine weit edlere Rasse waren als die Melanesier. Die Erde hat nur eine bestimmte Größe und wird langsam voll.«

»Und die ungeeigneten Rassen müssen verschwinden?«

»Ja, die ungeeigneten müssen verschwinden.«

Am nächsten Morgen wurde Joan durch einen starken Lärm geweckt. Ihr erster Griff war nach dem Revolver, als sie aber Noah-Noah, der Wache hielt, draußen lachen hörte, wußte sie, daß keine Gefahr bestand, und ging hinaus, um zu sehen, was es gäbe. Kapitän Young hatte Satan an Land gebracht, und zwar gerade in dem Augenblick, als die Brückenbauabteilung am Strand vorbeigekommen war. Satan war ein großer schwarzer Hund, kurzhaarig, muskulös und mochte gut siebzig Pfund wiegen. Er liebte die Schwarzen nicht. Tommy Jones hatte ihn gut dressiert. Er hatte ihn mehrere Stunden täglich angebunden und einigen Schwarzen befohlen, daß sie ihn necken sollten. Daher hatte Satan eine schreckliche Wut auf die ganze schwarze Rasse, und einen Augenblick, nachdem er an Land gesetzt war, jagte die Brückenbauabteilung in wilder Flucht über den Zaun und kletterte in die Kokospalmen.

»Guten Morgen«, rief Scheldon ihr von der Veranda aus zu. »Was sagen Sie zu diesem Niggerjäger?«

»Wir werden ihm wohl beibringen müssen, sich an die Hausboys zu gewöhnen«, rief sie zurück.

»Und auch an Ihre Tahitianer. Paß auf, Noah! Lauf!« Satan, der sich überzeugt hatte, daß die Schwarzen in den Palmen unerreichbar waren, ging jetzt geradeswegs auf den großen Tahitianer los. Noah aber blieb, wenn auch etwas unentschlossen, stehen, und zu allgemeiner Überraschung tanzte und hüpfte Satan mit lachenden Sehern und wedelnder Rute um ihn herum. »Das nenne ich einen vernünftigen Hund!« meinte Joan. »Er ist vernünftiger als Sie, Herr Scheldon. Er braucht keine Belehrung, um den Unterschied zwischen einem Tahitianer und einem Schwarzen kennenzulernen. Was meinst du, Noah, warum beißt er dich nicht. Er weiß, daß du Tahitianer bist, nicht wahr?« Noah schüttelte den Kopf und grinste.

»Er nicht savvee mich Tahitianer«, erklärte er. »Er savvee mich tragen Hosen wie weiße Männer.«

Scheldon lachte, kam herunter und begann sich mit Satan zu befreunden.

In diesem Augenblick betraten Adamu-Adam und Matau-are, zwei von Joans Seeleuten, auf der entgegengesetzten Seite das Grundstück. Sie waren in Balesuna gewesen, um eine Alligatorenfalle zu bauen, und trugen statt der Hosen Lenden-tücher, die sich ihren kräftigen Gliedern gefällig anschmieg-ten. Kaum hatte Satan sie gesehen, als er sich von Scheldons Hand losriß und zum Angriff ansetzte.

»Nicht tragen Hosen«, bemerkte Noah mit einem Grin-sen, das sich noch verstärkte, als Adamu-Adam die Flucht ergriff. Er erkletterte das Gerüst, das den eisernen Wassertank trug, der das vom Dache abfließende Regenwasser auffing. Satan, der hier seinen Angriff vereitelt sah, wandte sich gegen Matauare.

»Lauf, Matauare! Lauf!« rief Joan. Der aber blieb stehen und erwartete den Hund.

»Er ist der furchtloseste von allen – das besagt auch sein Name«, erklärte Joan Scheldon.

Kaltblütig beobachtete der Tahitianer den Hund, und als das blutdürstige Tier auf ihn lossprang, streckte er blitzschnell die Hand aus. Mit einem geschickten Griff packte er den Unterkiefer. Satan wurde in einem Halbkreis hintenüber ge-schleudert; er überschlug sich in der Luft und fiel schwer auf den Rücken. Dreimal sprang er zu, und dreimal warf ihn derselbe Griff zurück. Da gab er es auf und trabte hinter Matauare her, indem er ihn beäugte und argwöhnisch be-schnüffelte.

»So ist es recht, Satan, so ist es recht,« versicherte ihm Scheldon, »das gut fella gehören zu mir.«

Aber Satan verfolgte die Bewegungen Matauares noch ei-ne volle Stunde, ehe er sich vergewissert hatte, daß der Mann zum Hause gehörte. Dann wandte er sein Interesse den drei Hausboys zu, drängte Ornfiri in der Küche gegen den heißen Herd, riß Lalaperu, der in der Aufregung einen Verandapfos-ten erklimmen wollte, das Lendentuch vom Leibe, und sprang

Viaburi auf das Billard nach, wo der Kampf tobte, bis Joan dem Schwarzen zu Hilfe kam.

Kampf zwischen den Geschlechtern

Die unerschöpfliche Energie und gute Laune Satans waren beispiellos. Immer schienen seine Zähne Arbeit zu suchen, und in Ermangelung schwarzer Beine machte er sich an die Kokosnüsse, die innerhalb des Grundstücks von den Palmen fielen, hielt den Garten von eindringenden Hühnern frei und versetzte die Vorarbeiter, die etwas zu berichten hatten, in Schrecken. Er konnte die Quälereien seiner Jugend nicht vergessen: sie hatten seinem Bewußtsein einen unauslöschlichen Haß gegen die Schwarzen eingeätzt. Ein solcher Schrecken wurde er für den ganzen Ort, daß Scheldon zuletzt gezwungen war, ihn im Wohnzimmer einzuschließen, sobald er fremden Eingeborenen aus irgendeinem Grunde den Zutritt zum Grundstück gewähren mußte. Das aber verletzte Satans Gefühle und fachte seinen Zorn so an, daß selbst die Hausboys sich vor ihm hüten mußten, wenn er wieder losgelassen war.

Christian Young segelte mit der Minerva ab und nahm eine, Gott weiß wann abzuliefernde Einladung an Tommy Jones mit, das nächste Mal, wenn er vorbeikäme, in Berande vorzusprechen.

»Was für Pläne haben Sie, wenn Sie nach Sidney kommen?« fragte Scheldon an diesem Abend beim Essen.

»Das ist das erste, was ich davon höre, daß ich nach Sidney gehe«, erwiderte Joan. »Ich vermute, Sie haben durch den Buschtelegraphen Nachricht erhalten, daß dieser dritte Assistent und Exmatrose in Tulagi die Absicht hat, mich als unerwünschten Einwanderer abzuschieben.«

»O nein, durchaus nicht, versichere ich Ihnen«, stammelte Scheldon unbeholfen, aus Furcht, sie verletzt zu haben, obgleich er nicht wußte, wieso. »Ich fragte nur so. Sehen Sie, der Verlust Ihres Schoners und – – und alles sonst –, Sie verstehen – ich dachte, daß, wenn – wenn – nun, kurz, bis Sie sich mit Ihren Freunden in Verbindung gesetzt haben, könnten meine Agenten in Sidney Ihnen ja ein Darlehen geben – vorübergehend natürlich – kurz, ich würde mich nur freuen, und – – Sie wissen, die eigentliche – —«

Aber plötzlich brach er ab und betrachtete sie gereizt und besorgt.

»Was ist denn?« fragte er mit einer gewissen Erregung.

»Was habe ich nun wieder getan?«

Joans Augen funkelten kampflustig. Ihre Lippen kräuselten sich spöttisch.

»Durchaus nichts Unerwartetes«, sagte sie ruhig. »Sie haben mich in Ihrer gewohnten selbstgefälligen, überlegenen Art einfach übergangen. Natürlich ist meine Erklärung, daß ich gar nicht die Absicht habe, nach Sidney zu gehen, für Sie ganz bedeutungslos. Nach Sidney soll ich nur, weil Sie es in Ihrer höheren Weisheit so beschlossen haben.«

Sie machte eine Pause und betrachtete ihn neugierig, als wenn er irgendein fremdartiges Geschöpf gewesen wäre.

»Natürlich bin ich Ihnen dankbar, weil Sie mir Ihre Hilfe anbieten, aber selbst das ist kein Pflaster für verletzten Stolz. Im übrigen ist es nicht mehr, als jeder Weiße vom andern erwarten kann. Schiffbrüchigen Seeleuten hilft man stets weiter. Nur dieser eine Seemann braucht keine Hilfe. Außerdem geht dieser Seemann gar nicht nach Sidney, also besten Dank.«

»Aber was gedenken Sie denn zu tun?«

»Ich will einen Ort ausfindig machen, wo ich der Schande entgehen kann, vom starken Geschlecht unter Zwang und Vormundschaft gehalten zu werden.«

»Halt, jetzt gehen Sie wohl etwas zu weit.« Scheldon lachte, aber der offensichtliche Zwang, den er sich antat, strafte ihn Lügen. »Sie wissen selbst, wie unmöglich die Situation ist.«

»Das weiß ich gar nicht, mein Herr. Und wenn sie unmöglich war, nun ja, dann habe ich sie eben möglich gemacht.«

»Aber es kann doch nicht so weiter gehen, wirklich —«

»Doch! Wenn ich es bis jetzt ermöglicht habe, so werde ich es auch weiterhin ermöglichen. Ich gedenke in den Salomons zu bleiben, aber nicht auf Berande. Morgen fahre ich mit dem Boot nach Pari-Sulay. Ich habe mit Kapitän Young darüber gesprochen. Er sagt, daß es dort mindestens vierhundert Morgen gutes Brachland gibt. Da es eine Insel ist, sagt er, brauchte ich nicht zu fürchten, daß die jungen Palmen von den Wildschweinen vernichtet würden. Ich hätte nichts zu tun, als das Unkraut niederzuhalten, bis die Palmen tragfähig sind. Ich werde zunächst die Insel kaufen, dann vierzig bis fünfzig Leute anwerben und mit dem Roden und Pflanzen beginnen; und gleichzeitig werde ich mir ein Bungalow bauen, und dann sind Sie von meiner Gegenwart erlöst – nun, bitte, widersprechen Sie mir.«

»Das tue ich auch«, sagte er scharf. »Sie wollen eben meinen Standpunkt nicht anerkennen, und deshalb hat es gar keinen Zweck, daß wir weiter darüber reden. Und nun bitte ich Sie, vergessen Sie alles andere und verfügen Sie ganz über mich bei diesen – diesen Ihren Plänen. Ich verstehe etwas mehr vom Kokosnußpflanzen als Sie. Sie reden wie ein Kapitalist. Ich weiß nicht, wieviel Kapital Sie besitzen, aber ich kann mir nicht denken, daß Sie übermäßig reich sind. Und ich weiß, was es kostet, ein Stück Boden zu roden. Nehmen wir an, die Regierung verkauft Ihnen Pari-Sulay zu einem Pfund Sterling den Morgen; das Roden kostet Sie mindestens noch vier; das macht zusammen fünf, also für vierhundert Morgen rund zwanzigtausend Dollar; haben Sie die?«

Sie zeigte starkes Interesse, und er konnte sehen, daß sie den vorangegangenen Streit schon fast vergessen hatte. Mit offensichtlicher Enttäuschung gab sie zu:

»Nein, ich habe nicht ganz achttausend Dollar.«

»Noch etwas müssen Sie bedenken. Wie Sie selbst sagten, brauchen Sie wenigstens fünfzig Leute. Außer der Prämie beträgt der Lohn dreißig Dollar jährlich.«

»Ich gebe meinen Tahitianern fünfzehn Dollar monatlich«, warf sie ein.

»Die würden sich nicht für regelmäßige Plantagenarbeit eignen. Aber weiter: der Lohn für fünfzig Leute macht dreihundert Pfund jährlich, also eintausendfünfhundert Dollar. Schön. Sieben Jahre dauert es, ehe die Palmen zu tragen beginnen. Sieben mal eintausendfünfhundert macht zehntausendfünfhundert Dollar – mehr, als Sie haben, und das würde nur der Leutelohn ausmachen, und Sie behielten nichts für das Bungalow, die anderen Gebäude, die Geräte, Chinin, die Reisen nach Sidney und so weiter.«

Scheldon schüttelte ernst den Kopf. »Diesen Gedanken werden Sie aufgeben müssen.«

»Aber ich will nicht nach Sidney, ich will einfach nicht. Dann beteilige ich mich mit meinem Geld an irgendeiner Pflanzung. Ich möchte mich an Berande beteiligen.«

»Gott behüte!« rief er in so natürlichem Entsetzen, daß sie in herzliches Lachen ausbrach.

»Nun, ich will Sie nicht länger quälen. Ich pflege meine Gegenwart wirklich nicht aufzudrängen, wo sie nicht erwünscht ist. Ja, ja, ich weiß schon, Sie suchen jetzt nach Worten, um mir klar zu machen, daß ich mich Ihnen seit meiner Landung aufgedrängt habe; Sie sind nur zu höflich, um es mir direkt zu sagen. Aber wie Sie wissen, war es mir nicht möglich, fortzugehen, und ich mußte eben bleiben. Nach Tulagi wollten Sie mich auch nicht fahren lassen. Sie haben mich also gezwungen, mich Ihnen aufzudrängen. Aber ich würde nie einen passenden Teilhaber finden. Ich werde Pari-Sulay kaufen, aber nur zehn Leute beschäftigen und langsam roden. Dann werde ich etwas Geld in eine alte Jacht stecken und mir eine Handelslizenz verschaffen. Und dann fahre ich als Werber nach Malaita.« Sie hatte Scheldons Protest erwartet und fand ihn wirklich in seinen zusammengepreßten Händen und in jeder Linie seines scharfgeschnittenen Gesichts.

»Sagen Sie nur ruhig Ihre Meinung«, forderte sie ihn auf. »Nehmen Sie keine Rücksicht auf mich. Ich gewöhne mich allmählich daran, wirklich.«

»Ich wünschte, ich wäre eine Frau, dann könnte ich Ihnen sagen, wie unnatürlich, ungesund und unmöglich das sein würde«, platzte er heraus.

Sie beobachtete ihn und sagte:

»Es ist schon besser, daß Sie ein Mann sind. Auch dann kann Sie nichts davon abhalten, mir alles zu sagen, denn ich verlange, als Mann angesehen zu werden. Ich bin nicht hergekommen, um auf den Salomons die Dame zu spielen. Vergessen Sie bitte, daß ich zufällig etwas anderes als ein Mann bin; ich wünsche, wie ein Mann zu leben.«

Innerlich ärgerte sich Scheldon. Spielte sie mit ihm? Oder steckte eine geheime, eine ungesunde Unweiblichkeit in ihr?

Oder war es nur die reine, dumme, starrköpfige, sentimentale Unschuld?

»Ich habe Ihnen schon gesagt,« begann er förmlich, »daß das Arbeiterwerben auf Malaita für eine Frau unmöglich ist. Und mehr will und kann ich Ihnen nicht sagen.«

»Und ich erwidere Ihnen, daß dem nicht so ist. Ich habe die Miélé als Schiffer den ganzen Weg von Tahiti hierhergeführt, wenn Sie nichts dagegen haben, und ich habe sie zwar verloren, aber daran sind Ihre Admiralitätskarten schuld. Ich bin Seemann, und das ist mehr, als man von den meisten Ihrer Salomonskapitäne sagen kann. Kapitän Young hat mir davon erzählt. Ich bin Seemann, ein besserer Seemann als Sie, wenn es darauf ankommt, und das wissen Sie. Ich kann schießen, ich bin kein Narr, ich kann selbst für mich sorgen, und ich werde mir ganz bestimmt eine Jacht kaufen, sie selbst fahren und auf Malaita werben.«

Scheldon machte eine hoffnungslose Gebärde.

»So ist's recht,« rief sie, »geben Sie mich nur auf. Aber wie Von zu sagen pflegte: ›Jetzt erst recht!‹«

»Es hat ja doch keinen Zweck, darüber zu reden. Lassen Sie uns etwas Musik hören.« Er stand auf und trat an das große Grammophon. Während er aber noch das Werk aufzog; hörte er sie sagen:

»Sie haben sicher ihr ganzes Leben noch nie etwas anderes als Zuckerpüppchen kennengelernt; darum verstehen Sie mich nicht. Komm, Satan, lassen wir ihn bei seiner alten Musik.«

Er blickte ihr verdrießlich nach und sagte nichts, bis er sah, wie sie ein Gewehr aus dem Ständer nahm, das Magazin untersuchte und zur Tür schritt.

»Wo wollen Sie hin?« fragte er geradezu.

»Es würde für Sie als Mann schrecklich – oder – unschicklich sein,« antwortete sie, »mir als Frau die Gründe sagen zu müssen, warum ich nicht Alligatoren schießen dürfte. Gute Nacht, schlafen Sie wohl!«

Er hielt das Grammophon unvermittelt an, ging ihr bis zur Tür nach und warf sich dann plötzlich auf einen Stuhl.

»Sie hoffen, daß ein Alligator mich packt, nicht wahr?« rief sie ihm von der Veranda aus zu, und als sie die Stufen hinabschritt, drang ihr spöttisches Lachen peinigend durch die breite Tür zu ihm herein.

Eine Nachricht von Boucher

Am nächsten Tage war Scheldon sich selbst überlassen. Joan war ausgezogen, um Pari-Sulay zu erforschen, und konnte erst spät am Nachmittag zurückkommen. Scheldon fühlte sich durch die Einsamkeit bedrückt, und am Nachmittag veranlaßten ihn mehrere Böen, häufig mit dem Glas in der Hand auf die Veranda zu treten, um die See ängstlich nach dem Boote abzusuchen. Dazwischen brütete er finster über seinen Abrechnungsbüchern, nahm oberflächliche Schätzungen vor, addierte und subtrahierte und brütete nur um so finsterer. Der Verlust der Jessie hatte Berande schwer getroffen. Es handelte sich nicht allein um das Kapital, sondern auch um die mit dem Schiff erzielten Einnahmen, denn sie waren es gerade gewesen, die in der Hauptsache die laufenden Ausgaben der Pflanzung gedeckt hatten.

»Armer alter Hughie«, murmelte er plötzlich. »Ich freue mich, daß du das nicht mehr erlebst, alter Freund, dies Elend, dies Elend!«

Unter Böen lief die Flibberty-Gibbet ein, und ihr Schiffer, Peter Olson (ein Bruder des Kapitäns von der Jessie) schleppte, alt, zusammengefallen, aufgeregt, vom Fieber ausgezehrt, seinen müden Körper die Treppe herauf und ließ sich in einen Liegestuhl fallen. Whisky und Soda belebten ihn soweit, daß er Bericht abstatten und seine Abrechnungen vorlegen konnte.

»Das Fieber hat Sie ja vollkommen heruntergebracht«, sagte Scheldon. »Warum gehen Sie nicht nach Sydney, damit Sie wieder in ein vernünftiges Klima kommen?«

Der alte Kapitän schüttelte den Kopf.

»Ich kann nicht, ich bin schon zu lange im Archipel; ich würde sterben. Dort unten würde das Fieber noch viel schlimmer zum Ausbruch kommen.«

»Sterben oder gesund werden«, meinte Scheldon.

»Es ist der sichere Tod für mich. Vor drei Jahren habe ich es versucht. Das kalte Wetter warf mich nieder, ehe ich noch an Land gekommen war. Man trug mich in ein Hospital. Volle zwei Wochen war ich ununterbrochen bewußtlos. Dann schickten die Ärzte mich wieder in die Südsee zurück. Sie sagten, das wäre die einzige Rettung für mich. Nun, noch bin ich am Leben, aber ich bin völlig vom Fieber durchseucht. Ein Monat Australien würde mir den Rest geben.«

»Aber was wollen Sie jetzt tun?« erkundigte sich Scheldon. »Sie können doch nicht bis zu Ihrem Tode hierbleiben.«

»Was bleibt mir sonst übrig? Ich würde sehr gern in meine Heimat zurückkehren, aber ich könnte es nicht vertragen. Ich muß eben hier aushalten und bis zu meinem Ende bleiben; aber, weiß Gott, ich wünschte, ich hätte die Salomons nie gesehen.«

Er weigerte sich, an Land zu schlafen, nahm seine Aufträge entgegen und begab sich an Bord des Kutters.

Ein düsterer Sonnenuntergang wurde durch die schwerste Bö dieses Tages ausgelöscht, und da sah Scheldon das Walboot auftauchen. Das Sprietsegel wurde eingeholt, das Boot hielt auf den Strand zu, und er empfand ein gewisses Unbehagen, als er sah, wie Joan, aufrechtstehend, sich mit ihrer ganzen Kraft auf das Steuerruder legte, um den Druck zu überwinden, der das Boot quer in die See zu werfen drohte. Ihre Tahitianer sprangen über Bord und schoben das Boot schnell auf den Strand, und sie führte ihre seltsame Gesellschaft zur Pforte herein.

Die ersten Regentropfen fielen schwer wie Hagelschloßen, die hohen Kokospalmen bogen sich unter der Gewalt des Windes, während die dichten Wolkenmassen der Böen die kurze Tropendämmerung unvermittelt in Nacht verwandelten.

Ganz unbemerkt verlor sich die Angst, die Scheldon den ganzen Nachmittag bedrückt hatte, und er fühlte sich merkwürdig angeregt durch ihren Anblick, wie sie mit lachendem, gerötetem Gesicht, wehenden Haaren und vor Anstrengung wogender Brust die Stufen heraufsprang.

»Wundervoll, wirklich wundervoll, dieses Pari-Sulay«, keuchte sie. »Ich kaufe es, noch heute abend schreibe ich an den Kommissar. Der Platz für das Bungalow – ich habe ihn schon ausgesucht – ist herrlich. Sie müssen einmal mit hinüberkommen und mir Ratschläge erteilen. Sie haben doch nichts dagegen, daß ich hierbleibe, bis alles erledigt ist? War die Böe nicht prächtig? Vermutlich komme ich zu spät zum Essen; ich mache mich schnell etwas zurecht und bin in einer Minute wieder hier.«

Während der kurzen Zeit ihrer Abwesenheit ging er in dem großen Wohnzimmer auf und nieder und erwartete mit Ungeduld und Sehnsucht ihre Wiederkehr. »Hören Sie, ich werde mich nicht wieder mit Ihnen zanken«, verkündete er, als sie sich gesetzt hatten.

»Zanken,« lautete die Antwort, »das ist ein häßliches Wort. Sagen wir, ehrlich streiten.«

»Nennen Sie es, wie Sie wollen, aber jedenfalls wollen wir es nicht wieder tun.«

Er räusperte sich nervös, denn ihre Augen verkündeten, daß die Eröffnung der Feindseligkeiten unmittelbar bevorstand.

»Entschuldigen Sie«, warf er schnell ein. »Ich hätte das für mich behalten sollen. Ich wollte nur sagen, daß ich meinerseits nicht mehr streiten will. Sie haben eine schreckliche Art, mich ohne ein Wort abzufertigen. Ich begann mit den besten Absichten, und jetzt mache ich —«

»Unpassende Bemerkungen«, beendete sie den Satz. »Das ist Ihre Art, mich hereinzulegen«, klagte er.

»Wieso? Ich habe kein Wort gesagt. Ich saß ruhig hier und träumte von Frieden auf Erden und so weiter, und da fangen Sie plötzlich an, mich zu beschimpfen.«

»Das wohl kaum.«

»Nun, Sie sagten, ich wäre schrecklich, oder ich hätte eine schreckliche Art, was ja auf dasselbe herauskommt. Ich wollte nur, mein Bungalow wäre fertig, dann würde ich morgen schon ziehen.«

Aber ihre zuckenden Lippen straften ihre Worte Lügen, und im nächsten Augenblick war dem Manne noch ungemütlicher zumute, denn sie lachte laut.

»Ich wollte Sie nur necken. Und wenn Sie nicht lachen, muß ich glauben, daß Sie mir böse sind. So ist's recht, lachen Sie. Aber wenn es Ihnen Mühe macht,« fügte sie schnell hinzu, »dann lassen Sie's bleiben. Sie sehen aus, als ob Sie Zahnschmerzen hätten. Schon gut, sagen Sie nichts. Sie haben versprochen, nicht zu streiten, während ich das Recht habe, weiter so streitbar zu sein, wie es mir beliebt. Zunächst: da liegt die Flibberty-Gibbet. Ich wußte nicht, daß sie ein so großer Kutter ist, aber sie befindet sich in einer traurigen Verfassung. Ihre Takelung ist etwas merkwürdig, und bei der nächsten starken Böe wird der obere Teil weggerissen. Ich habe Noah-Noahs Gesicht beobachtet, als wir vorbeifuhren, er sagte nichts, lächelte nur höhnisch, und ich kann es ihm nicht verdenken.«

»Der Kapitän hat schweres Fieber«, erklärte Scheldon. »Er mußte seinen Steuermann abgeben, der in Ugi blieb – das ist die Plantage, wo ich meinen Händler Oskar verloren habe. Und Sie wissen, was für Seeleute die Nigger sind.«

Sie nickte zustimmend, und während sie ernsthaft nach-zudenken schien, bat er sie um ein zweites Stück Büchsen-fleisch. Nicht, weil er hungrig war, sondern weil er gern ihre schlanken, festen, ganz schmucklosen Finger beobachten wollte, während er sich gleichzeitig an der Rundung ihres Unterarms erfreute. Der kam aus dem Ärmel hervor und ging in das glatte, runde Handgelenk über, das noch nicht durch das Adernnetz verunstaltet war, welches sich mit dem Alter einzustellen pflegt. Die Finger waren von der Sonne gebräunt und sahen wie die eines Knaben aus. Da kam ihm plötzlich das Verständnis für sie. Ja, das war es, er hatte die Lösung zu ihrer rätselhaften Persönlichkeit gefunden. Die sonnenver-brannten, knabenhaften Finger gaben sie ihm. Kein Wunder, daß sie ihn so oft bis aufs Blut gereizt hatte. Er hatte sie als Frau behandeln wollen, und sie war gar keine Frau. Sie war eben nur ein Mädel – und ein halber Junge dazu – mit son-nenverbrannten Fingern, die mit Vorliebe knabenhafte Dinge taten; ein Mädel, das Schwimmen und Anstrengungen aller Art liebte, das von kühnem Wagemut beseelt war, sich aber nicht weiter als bis zu knabenhaften Abenteuern verstieg und seine Freude hatte an Gewehren und Revolvern, Cowboyhü-ten und einer geschlechtslosen Kameradschaft mit Männern.

Beobachtete er sie jetzt sinnend, so war es ihm, als ob er daheim in der Kirche säße und dem Gesang der Chorknaben lauschte. Sie erinnerte ihn an diese Knaben, oder doch wenigstens an deren Stimmen. Es war dieselbe geschlechtslose Art. Körperlich war sie zwar eine Frau, aber geistig war sie nicht dazu erzogen. Ihr hatte der weibliche Einfluß gefehlt. Sie hatte keine Mutter gehabt. Von, der Vater, eingeborene Diener und das rauhe Inselleben hatten sie erzogen. Pferde und Gewehre waren ihr Spielzeug gewesen, Lager und Wald ihre Kinderstube. Nach dem, was sie erzählt hatte, waren ihre Schultage nur eine Verbannung gewesen, die sie neben dem Studium der unablässigen Sehnsucht nach dem wilden Reiten und Schwimmen auf Tahiti gewidmet hatte. Die Erziehung und die Ansichten eines Knaben. Das erklärte ihre Abneigung gegen Weiberröcke, ihre Empörung über Dinge, die doch nur schicklich waren. Eines Tages mußte sie wohl erwachsen sein. Jetzt aber war sie noch in der Entwicklung begriffen.

Ihm blieb eben nur übrig, sich mit ihrem knabenhaften Wesen abzufinden und nicht den Fehler zu begehen, sie als Frau zu behandeln. Er fragte sich, ob er die Frau, zu der sie sich entwickeln würde, und ob er sie geradeso, wie sie war, lieben könnte. Wie dem auch immer sein mochte, so nahm sie doch jedenfalls einen ziemlich großen Raum in seinem Leben ein, das hatte er an diesem Nachmittag empfunden, als er die See zwischen den Böen nach ihr absuchte. Dann fiel ihm wieder die finanzielle Lage von Berande und der unvermeidliche Zusammenbruch ein, und er runzelte die Stirn.

Jetzt erst wurde er gewahr, daß sie sprach.

»Verzeihen Sie«, sagte er. »Was meinten Sie?«

»Sie haben auch nicht ein einziges Wort gehört, ich wußte es«, schalt sie. »Ich sagte, daß die Flibberty-Gibbet sich in einer traurigen Verfassung befindet, und daß ich morgen, sobald Sie es dem Kapitän gesagt haben, und wenn er es nicht übel nimmt, mit meinen Leuten an Bord gehen und das Schiff überholen werde. Wir werden auch den Boden abschrapen, denn der Kupferbeschlag ist fast vier Zoll dick bewachsen. Ich sah es, als sie rollte. Vergessen Sie nicht, daß ich eines Tages mit der Flibberty-Gibbet fahren werde, und wenn ich mit ihr durchbrennen müßte.«

Als sie auf der Veranda Kaffee tranken, hörten sie Satan in der Nähe der Pforte anschlagen, und Scheldon mußte schließlich einen zerzausten, verängstigten Schwarzen befreien, den er zum Verhör auf die Veranda brachte.

»Was fella Herr du gehören?« fragte er. »Was Name du kommen dies fella Platz, Sonne er gehen unter?« »Mich gehören Boucher. Zuviel Jungen gehören Port Adams bleiben bei mein fella Herrn. Zuviel machen Lärm.«

Der Schwarze zog ein Stück Papier aus dem Gürtel und reichte es ihm. Scheldon überflog es hastig.

»Es ist von Boucher,« erklärte er, »dem Mann, der Packards Stelle übernommen hat. Packard wurde, wie ich Ihnen erzählte, von seiner Bootsmannschaft getötet. Boucher schreibt, daß fünfzig Port-Adams-Leute in großen Kanus an seinem Strand gelandet sind und sich häuslich niedergelassen haben. Sie haben schon ein halbes Dutzend Schweine getötet und scheinen Streit zu suchen. Er fürchtet, daß sie sich mit den fünfzehn Ausreißern aus Lunga vereinigen könnten.«

»Und dann?« fragte sie.

»Dann würde Billy Pape genötigt sein, einen Nachfolger für Boucher zu senden. Es ist Papes Station. Ich weiß nicht, was ich tun soll. Ich möchte Sie nicht allein hier lassen.«

»Nehmen Sie mich mit.«

Er schüttelte lächelnd den Kopf.

»Dann nehmen Sie wenigstens meine Leute mit«, riet sie. »Es sind brave Jungens, die nichts fürchten – außer Utami, der sich vor Geistern fürchtet.«

Die große Glocke wurde geläutet, und fünfzig Schwarze trugen das Boot zum Wasser hinunter. Die Bootsbesatzung nahm ihre Plätze ein. Matauare und drei andere Tahitianer setzten sich mit Patronengürteln und Gewehren bewaffnet ans Heck, und Scheldon selbst übernahm das Ruder.

»Ach, ich wollte, ich könnte mit Ihnen fahren«, sagte Joan sehnsüchtig, als das Boot absetzte.

Scheldon schüttelte den Kopf.

»Ich bin so gut wie ein Mann«, drängte sie.

»Sie sind wirklich jetzt hier nötig«, erwiderte er. »Diese Lunga-Bande könnte gerade, wenn wir beide abwesend sind, hier landen und die Pflanzung überfallen. Leben Sie wohl! Wir werden morgen früh zurückkommen. Es sind nur zwölf Meilen.«

Als Joan ins Haus zurückkehrte, mußte sie zwischen den Bootsträgern hindurchgehen, die sich am Strande herumtrieben und in wunderlicher, affenartiger Weise über die Ereignisse des Tages schwatzten. Sie machten ihr Platz. Als sie aber mitten zwischen ihnen war, überkam sie ein Gefühl ihrer eigenen Hilflosigkeit. Es waren ihrer so viele, was hinderte sie, sie niederzumachen, wenn sie wollten? Dann fiel ihr ein, daß ein Schrei von ihr Noah-Noah und ihre andern Leute herbeirufen würde, und daß jeder von ihnen im Kampfe gut ein Dutzend der Schwarzen aufwog. Als sie das Tor öffnete, trat ein Schwarzer auf sie zu. In der Dunkelheit konnte sie ihn nicht erkennen.

»Was Name?« fragte sie scharf. »Was Name gehören dir?«

»Mich Aroa«, sagte er.

Sie erkannte in ihm einen der beiden Kranken, die sie im Hospital gepflegt hatte; der andere war gestorben.

»Mich nehmen Masse fella Medizin zuviel«, sagte Aroa.

»Ja, und du all right jetzt«, antwortete sie.

»Mich wollen Tabak, viel fella Tabak; mich wollen Kaliko; mich wollen Schweinsfischzähne; mich wollen ein fella Gürtel.«

Sie blickte ihn belustigt an, in der Erwartung, ein Lächeln oder wenigstens ein Grinsen auf seinem Gesicht zu sehen. Aber das blieb völlig ausdruckslos. Mit Ausnahme eines Schurzes um die Lenden, zweier Ohrenpflöcke und eines Kranzes aus weißen Kaurimuscheln in seinem wolligen Haar war er nackt. Sein Körper war frisch geölt und glänzend, seine Augen leuchteten im Sternenlicht wie die eines Raubtieres. Die andern Leute hatten sich hinter ihm zu einer richtigen Mauer zusammengedrängt. Die einen kicherten, aber die andern beobachteten sie mit mürrischem, gespanntem Schweigen.

»Schön,« sagte sie, »wozu brauchen diese vielen fella Sachen?«

»Mich nehmen Medizin«, sagte Aroa. »Du bezahlen mich dafür.«

»Das ist der Dank«, dachte sie – Scheldon schien schließlich doch Recht zu haben. Aroa wartete stumpfsinnig. Ein springender Fisch klatschte draußen aufs Wasser. Eine kleine Welle murmelte schläfrig am Strande. Der Schatten eines fliegenden Hundes huschte schweigend über sie hinweg. Ein leichter Wind fächelte kühlend ihre Wangen. Es war die Landbrise, die zu wehen begann.

»Ihr gehen in die Baracken«, sagte sie, im Begriff die Pforte zu durchschreiten.

»Du bezahlen mich«, sagte der Schwarze.

»Aroa, du sein ein großer Narr. Ich nicht bezahlen dich, jetzt du gehen.«

Aber der Schwarze blieb stehen. Sie fühlte, daß er sie fast unverschämt ansah, als er wiederholte:

»Ich nehmen Medizin. Du bezahlen mich. Du bezahlen mich jetzt.«

Da verlor sie die Geduld und gab ihm eine so kräftige Ohrfeige, daß er zwischen seine Genossen taumelte. Aber die ließen sich nicht vertreiben. Ein anderer trat vor.

»Du bezahlen mich«, sagte er. Seine Augen hatten einen mürrischen, unruhigen Blick, wie sie ihn bei Affen gesehen hatte. Aber er hielt ihrem unbehaglich prüfenden Blick geduldig stand, und seine dicken Lippen preßten sich in mürrischer Entschlossenheit zusammen.

»Wofür?« fragte sie.

»Mich Gogoomy«, sagte er. »Bawo Bruder gehören mir.«

Sie entsann sich, daß Bawo der Name des Kranken war, der gestorben war.

»Geh weg«, befahl sie.

»Bawo nehmen Medizin. Bawo fertig. Bawo mein Bruder. Du bezahlen mich. Vater gehören mir ein groß fella Häuptling auf Port Adams. Du bezahlen mich.« Joan lachte.

»Gogoomy, du gerade wie Aroa, ein großer Narr. Mein Wort, wer bezahlen mir Medizin?«

Sie wollte die Sache beenden, indem sie durch die Pforte schritt und sie hinter sich verschloß. Aber Gogoomy drängte sich dagegen und sagte in unverschämtem Tone:

»Vater gehören mir ein groß fella Häuptling. Du nicht schlagen Kopf gehören mir. Mein Wort, du bange zuviel.«

»Mich bange?« fragte sie, während der Zorn sie übermannte.

»Du zuviel bange, schlagen Kopf gehören mir«, sagte Gogoomy überlegen.

Da langte sie über die Pforte hinüber und versetzte ihm einen so kräftigen Schlag, daß er zur Seite taumelte und beinahe hingestürzt wäre. Er sprang auf die Pforte zu, als wollte er sie mit Gewalt öffnen, während sich die Menge gegen den Zaun drängte. Joan überlegte blitzschnell. Ihr Revolver hing an der Wand im Grashause, doch ein Schrei von ihr mußte ihre Leute herbeirufen, und sie wußte, daß sie dann in Sicherheit war. Aber sie rief nicht um Hilfe. Statt dessen pfiff sie Satan und rief seinen Namen. Sie wußte, daß er im Schlafzimmer eingesperrt war, aber die Schwarzen warteten gar nicht erst, sondern flohen unter wildem Geschrei in die Nacht hinaus, während Gogoomy nur zögernd folgte.

Als sie das Bungalow betrat, lachte sie, dann aber traten ihr vor Ärger Tränen in die Augen. Eine ganze Nacht hatte sie bei dem Verstorbenen gewacht, und jetzt verlangte sein Bruder Bezahlung für sein Leben.

»Oh! Diese undankbaren Geschöpfe!« murmelte sie, während sie überlegte, ob sie den Vorfall Sheldon berichten sollte oder nicht.

Die Port-Adams-Bande

Und so ging die Geschichte ganz einfach«, sagte Scheldon. Er saß auf der Veranda und trank Kaffee, während das Boot in den Schuppen gebracht wurde. »Boucher war zuerst etwas zaghaft und wollte nicht mit starker Hand eingreifen, als aber einmal der Anfang gemacht war, machte er sich sehr gut. Wir hielten zum Schein eine Gerichtssitzung ab, und Telepasse, der alte Schuft, nahm das Urteil an. Er ist ein Port-Adams-Häuptling, ein schmieriger Halunke. Er mußte den zehnfachen Wert der Schweine erlegen und mit seiner Bande abziehen. Oh, ich sage Ihnen, das ist eine feine Gesellschaft! Mindestens sechzig Mann in fünf Kanus, die Streit suchen. Sie haben sich auch ein Dutzend Gewehre verschafft, die man ihnen wegnehmen müßte.«

»Warum haben Sie es denn nicht getan?« fragte Joan. »Soll ich mich mit dem Kommissar einlassen? Er ist schrecklich empfindlich in bezug auf seine schwarzen ›Mündel‹, wie er sie nennt. Na, also, wir schoben sie ab, aber einige Meilen weiter am Strande landeten sie doch wieder, um abzukochen. Sie müßten eigentlich heute hier vorbeikommen.«

Zwei Stunden später waren die Kanus da. Niemand hatte sie kommen sehen. Die Hausboys waren in der Küche, die Plantagenarbeiter in ihren Baracken; alle aßen. Satan schlief fest, auf dem Rücken liegend, unter dem Billard und schüttelte im Schlaf die lästigen Fliegen ab. Joan kramte im Lager umher, und Scheldon hielt seinen Mittagsschlaf in der Hängematte auf der Veranda. Da wachte er auf. Eine Warnung, daß etwas nicht in Ordnung sei, hatte seinen Schlaf auf geheimnisvolle, unerklärliche Weise unterbrochen. Ohne sich zu regen, sah er hinunter. Der Platz wimmelte von bewaffneten Wilden. Es waren dieselben, mit denen er am Morgen zu tun gehabt, aber er bemerkte, daß sich ihre Zahl vermehrt hatte. Es waren Männer darunter, die er vorher nicht gesehen. Er ließ sich aus der Hängematte gleiten und schlenderte mit absichtlicher Langsamkeit ans Geländer, wo er, verschlafen gähnend, auf sie hinabsah. Er hatte das eigentümliche Gefühl, daß es seine Bestimmung sei, immer auf diesem erhöhten

Platz zu stehen und hinabzuschauen auf endlose Horden von aufrührerischen Schwarzen, die Aufsicht, Einschüchterung und Beruhigung brauchten. Während er aber scheinbar sorglos über sie hinblickte, ging er ernsthaft mit sich zu Rate. Die neu Hinzugekommenen waren nämlich mit modernen Gewehren bewaffnet. Aha! Er hatte es sich gedacht. Es waren fünfzehn zweifellos die Ausreißer aus Lunga. Außerdem befand sich ein Dutzend alter Gewehre in den Händen der ihm schon bekannten Leute. Die übrigen waren mit Speeren, Keulen, Bogen und Pfeilen und langstieligen Äxten bewaffnet. Am Strande konnte er die an Land gezogenen großen Kriegskanus mit phantastisch geschnitztem Bug und Heck sehen, die mit Schnörkeln und Schnüren aus weißen Kaurimuscheln verziert waren. Es waren die Leute, die seinen Händler Oskar in Ugi ermordet hatten.

»Was Name ihr gehen auf diesen Platz?« fragte er. Gleichzeitig warf er einen verstohlenen Blick auf das Meer, wo die Flibberty-Gibbet sich auf der spiegelglatten See wiegte. Nicht eine Seele zeigte sich unter ihrem Sonnensegel, und er sah, daß das Boot an ihrer Seite fehlte. Die Tahitianer waren vermutlich den Balesuna hinauf zum Fischfang gefahren. Er stand ganz allein dieser großen Gefahr gegenüber, während seine Welt an diesem windstillen, tropischen Mittag friedlich schlummerte.

Keiner antwortete, und er wiederholte seine Frage, diesmal herrischer und mit wachsendem Zorn. Die Schwarzen drängten sich beim Klange (seiner Stimme unbehaglich hin und her wie eine Viehherde. Aber keiner sprach. Alle Augen starrten ihn abwartend an. Etwas mußte geschehen, und darauf warteten sie, warteten mit schwankendem, doch einmütigen Masseninstinkt auf den unter ihnen, der den ersten Schritt unternähme, um sie alle zu gemeinsamem Vorgehen zu veranlassen. Auch Sheldon sah sich nach ihm um, denn es war der, den er zu fürchten hatte. Gerade unter sich erblickte er die Mündung eines Gewehrs, die sich, zwischen zwei schwarzen Körpern kaum hervorlugend, langsam gegen ihn hob; es wurde von einem Mann in der zweiten Reihe an der Hüfte gehalten.

»Was Name du?« rief Scheldon plötzlich, indem er auf den Mann zeigte, der das Gewehr hielt; der zuckte zusammen und senkte die Mündung.

Noch hielt Scheldon das Heft in der Hand, und er war entschlossen, es zu behalten.

»Fort hier, alle ihr fella Jungens«, befahl er. »Fort hier und gehen zu Salzwasser. Savvee!«

»Mich sprechen«, rief ein dicker, schmutziger Wilder, dessen behaarte Brust von einer jahrealten Schmutzkruste bedeckt war.

»Oh, bist du es, Telepasse?« sagte der Weiße heiter. »Du sagen den Jungens fortgehen, und du bleiben und reden mit mir.«

»Ihr gut fella Jungens«, lautete die Antwort. »Ihr bleiben.«

»Schön, was wünschest du?« fragte Scheldon, der seine Schwäche unter Sorglosigkeit zu verbergen trachtete.

»Das fella Junge gehören mir.« Der alte Häuptling zeigte auf Gogoomy, den Scheldon erkannte. »Weiße Mary gehören dir zuviel nicht gut«, fuhr Telepasse fort. »Schlagen Kopf gehören Gogoomy. Gogoomy wie Häuptling. Wenn mich tot, Gogoomy groß fella Häuptling. Weiße Mary schlagen ihn Kopf. Nicht gut. Du zahlen mir viel Tabak, viel Pulver, viel Kaliko.«

»Du alter Halunke!« sagte Scheldon. Vor einer Stunde hatte er noch über Joans Bericht gelächelt, und jetzt kam Telepasse schon selbst, um die Forderung einzutreiben.

»Gogoomy,« rief Scheldon, »was Name du gehen hier? Du gehen Baracke viel schnell.«

»Mich bleiben«, lautete die herausfordernde Antwort. »Weiße Mary gehören dir, schlagen ihn Kopf,« begann der alte Telepasse wieder, »mein Wort, viel groß fella Ärger, du nicht bezahlen.«

»Du reden mit Jungens«, sagte Scheldon mit wachsender Erregung. »Du sagen ihnen, gehen zu Hölle an Strand, dann ich sprechen mit dir.«

Scheldon spürte eine leichte Erschütterung der Veranda und wußte, daß Joan herausgetreten war und neben ihm stand, aber er wagte nicht, hinzusehen. Es gab zuviele Ge-

wehre dort unten, und diese Gewehre hatten die Eigentümlichkeit, von der Hüfte aus loszugehen.

Wieder erbebte die Veranda unter ihren Schritten, und er
wußte, daß Joan ins Haus zurücktrat. Gleich darauf stand sie
wieder neben ihm. Er hatte sie nie rauchen sehen, und es
berührte ihn eigentümlich, daß sie es gerade jetzt tat. Dann
ahnte er den Grund. Ein schneller Blick belehrte ihn, daß sie
in der Hand die wohlbekannte, in Papier gewickelte Dynamitpatrone hielt. Dazu bemerkte er noch das Ende der ord-
nungsgemäß gespaltenen und mit dem Kopf eines Wachs-
streichholzes versehenen Zündschnur.

»Telepasse, du alter Schuft, sagen Jungens gehen weg nach
Strand. Mein Wort, ich nicht warten mehr.«

»Mich nicht warten«, sagte der Häuptling. »Mich wollen,
du bezahlen, weiße Mary schlagen Kopf gehören Gogoomy.«

»Ich kommen runter und schlagen Kopf gehören dir«, erwiderte Sheldon, indem er sich an das Geländer lehnte, als
ob er gleich hinüberspringen wollte.

Ein drohendes Gemurmel erhob sich, und die Schwarzen
wurden unruhig. Mehrere Gewehrmündungen hoben sich an
den Hüften. Da hielt Joan das brennende Ende der Zigarette
an die Zündschnur. Ein Gewehr ging mit dem Krach eines
Böllerschusses los, und Sheldon hörte, wie eine Fenster-
scheibe hinter ihm zertrümmert wurde. Im selben Augenblick
schleuderte Joan die Dynamitpatrone in das dichte Gedränge
der Schwarzen; die Zündschnur zischte und sprühte. Die
Schwarzen drängten sich in zu großer Hast zurück, als daß sie
noch einmal hätten schießen können. Satan, durch den Schuß
geweckt, knurrte und kratzte drinnen an der Tür, um heraus-
gelassen zu werden. Joan hörte es und öffnete die Tür. Und
damit endete die Tragödie, und die Komödie begann.

Gewehre und Speere wurden zu Boden geworfen, und in
wilder Flucht ging es in die schützenden Kokospalmen. Satan
schien überall gleichzeitig zu sein. Noch nie hatte er Gelegenheit gehabt, sich auf eine solche Menge schwarzen Fleisches
zu stürzen, und er biß und schnappte nach den fliehenden
schwarzen Beinen, bis das letzte Paar über seinem Kopf verschwunden war. Alle waren in die Palmen geklettert, mit

Ausnahme Telepasses, der zu alt und dick war. Er lag regungslos mit dem Gesicht auf der Erde, wo er hingefallen war. Satan, der zu gutmütig war, um einen bewegungslosen Feind anzugreifen, jagte wütend bellend von Baum zu Baum und sprang nach denen, die am niedrigsten hingen.

»Ich glaube, Sie brauchen noch etwas Unterricht, wie man Zündschnüre befestigt«, sagte Scheldon zu Joan.

Joans Augen richteten sich spöttisch auf ihn.

»Es war kein Zündhütchen darauf«, sagte sie. »Und außerdem ist das Zündhütchen noch nicht erfunden, das diese Ladung zur Explosion bringen könnte. Es war eine Medizinflasche.«

Sie steckte die Finger in den Mund, und Scheldon zuckte zusammen, als er sie einen scharfen durchdringenden Pfiff wie ein Junge ausstoßen hörte, einen Pfiff, den sie stets für ihre Seeleute gebrauchte, und der ihn jedesmal zusammenzucken ließ.

»Sie sind zum Balesuna hinaufgegangen, um Fische zu schießen«, erklärte er. »Aber dort kommt Olson mit seiner Bootsbesatzung. Er ist ein alter Raufbold. Sehen Sie nur, wie er auf die Leute einschlägt; sie rudern ihm nicht schnell genug.«

»Und was soll jetzt geschehen?« fragte sie. »Sie haben Ihr Wild auf die Bäume gehetzt, aber Sie können es doch nicht dort oben lassen.«

»Nein, das nicht, aber ich werde ihnen jetzt eine gute Lehre erteilen.«

Scheldon ging zu der großen Glocke hinüber.

»Lassen Sie nur«, erwiderte er auf ihre abwehrende Bewegung. »Meine Leute sind fast alle aus dem Busch, während diese Kerle Salzwasserleute sind. Sie lieben sich nicht. Passen Sie auf, es gibt einen guten Spaß.« Er läutete die Glocke, und nach und nach versammelten sich die zweihundert Arbeiter vor dem Hause. Satan war wieder im Wohnzimmer eingesperrt und jammerte in den höchsten Tönen über die abscheuliche Behandlung. Die Plantagenarbeiter tanzten ihre Kriegstänze unter lauten Beschimpfungen ihrer Erbfeinde um den Fuß jeder Palme. Im lautesten Getöse kam der Kapitän der Flibberty-Gibbet an; das wiederkehrende Fieber ließ ihn schwanken und heftig zittern, sodaß er kaum sein Gewehr festhalten konnte. Sein Gesicht war geisterhaft blau, seine Zähne klapperten, und nicht einmal der starke Sonnenschein, durch den er schritt, konnte ihn erwärmen. »Ich werde mich hinsetzen und auf sie aufpassen«, stammelte er. »Zu dumm, jedesmal, wenn etwas los ist, bekomme ich das Fieber. Was wollen Sie tun?«

»Vor allem zunächst einmal die Gewehre auflesen.«

Auf Scheldons Anweisung sammelten die Hausboys und Vorarbeiter die verstreuten Waffen auf und legten sie in einem Haufen bei der Veranda nieder. Die modernen Gewehre stellte Scheldon beiseite; die alten zerschlug er, und den ganzen Haufen von Speeren, Keulen und Äxten schenkte er Joan.

»Eine wirklich einzigartige Bereicherung Ihrer Sammlung, direkt vom Schlachtfeld aufgelesen,« lächelte er. Am Strande ließ er mit dem Inhalt der Kanus ein Freudenfeuer anzünden, während seine Schwarzen alles, was ihnen in die Finger kam, zerschmetterten, zerbrachen oder plünderten. Die Kanus wurden mit Sand und Korallenblöcken gefüllt, auf zehn Faden Tiefe geschleppt und dort versenkt.

»Zehn Faden werden ihnen genug Arbeit machen«, sagte Scheldon, als sie zum Haus zurückgingen.

Hier war unterdessen ein böser Tanz ausgebrochen. Die Kriegsgesänge und Tänze waren immer zügelloser geworden, und die Schwarzen der Pflanzung waren vom Schimpfen dazu übergegangen, ihre hilflosen Feinde mit Holzpflöcken, Steinen und Korallenblöcken zu bewerfen. Die fünfundsiebzig stämmigen Kannibalen klammerten sich an die Bäume, ließen den Geschoßhagel stoisch über sich ergehen und schworen Rache.

»Das gibt Grund zu vierzigjährigen Feindseligkeiten auf Malaita. Aber ich glaube, der alte Telepasse wird nie wieder versuchen, eine Plantage zu überfallen.« »He, du alter Schuft«, lachte er, indem er sich an den alten Häuptling wandte, der am Fuße der Treppe saß und in ohnmächtiger Wut vor sich hin redete. »Jetzt Kopf gehören dir schlagen ihn. Kommen

Sie, Fräulein Lackland. Langen Sie ihm eine herunter. Das setzt dem Schimpf die Krone auf.«

»Hu, der ist mir zu schmutzig! Lieber verabreiche ich ihm ein Bad. Hier, du Adamu-Adam, geben diesem Teufel-Teufel eine Wäsche. Seife und Wasser! Füll den Waschtrog. Ornfiri, lauf und hole den Schrubber.«

Die Tahitianer, die vom Fischen zurückgekehrt waren, und über den Betrieb vor dem Hause lachten, gingen auf den Spaß ein.

»Tambo! Tambo!«[1] schrieen die Kannibalen aus den Palmen, erschrocken über die furchtbare Entweihung, als sie sahen, wie ihr Häuptling in den Waschtrog gesteckt und der heilige Schmutz von seinem Körper gerieben wurde.

Joan, die in das Bungalow gegangen war, warf ihnen einen Streifen weißen Kalikos hinunter, in den der alte Telepasse unverzüglich eingewickelt wurde, und jetzt stand er vor Sauberkeit glänzend da und spuckte und würgte den Seifenschaum, den Noah-Noah ihm in den Hals gespritzt hatte.

Die Hausboys mußten Handschellen holen, und die Ausreißer aus Lunga wurden einer nach dem andern von den Palmen heruntergeholt und gefesselt. Scheldon fesselte sie paarweise und befestigte die Handschellen an einer stählernen Kette. Gogoomy erhielt für sein aufrührerisches Verhalten eine Lektion und wurde für den Rest des Tages eingesperrt. Dann belohnte Scheldon die Plantagenarbeiter mit einem freien Nachmittag, und als sie sein Grundstück verlassen hatten, erlaubte er den Port-Adams-Leuten, von den Palmen herunter zu klettern. Den ganzen Nachmittag blieben er und Joan auf der kühlen Veranda und beobachteten die Schwarzen, wie sie tauchten und ihre versenkten Kanus entleerten. Der Tag ging bereits zur Neige, als sie sich einschifften und mit ein paar zerbrochenen Paddeln davonruderten. Eine Brise war aufgesprungen, und die Flibberty-Gibbet war schon nach Lunga unterwegs, um die Ausreißer zurückzubringen.

---

[1] Tambo = Tabu.

Herr Morgan und Herr Raff

Scheldon war auf der Plantage und beaufsichtigte den Bau einer Brücke, als der Schoner Malakula einlief und ankerte. Joan beobachtete das Einholen der Segel und das Einschwingen des Bootes mit seemännischem Interesse und begrüßte die beiden Männer, die an Land kamen. Während einer der Hausboys lief, um Scheldon zu holen, bewirtete sie die Besucher mit Whisky-Soda und plauderte mit ihnen.

Joans Anwesenheit schien die Männer verlegen und befangen zu machen, und sie merkte, wie beide sie mit heimlicher Neugier betrachteten. Sie fühlte, daß sie sich Gedanken über sie machten, und zum ersten Male kam ihr die eigentümliche Stellung, die sie auf Berande einnahm, klar zum Bewußtsein. Andererseits gaben auch die Männer ihr zu denken. Es waren weder Händler noch Seeleute von einer ihr bekannten Art, und sie redeten nicht wie gebildete Menschen, wenn auch nichts Verletzendes in ihrem Benehmen lag, und sie die äußeren Formen gesellschaftlicher Höflichkeit wahrten. Zweifellos waren es Geschäftsleute, aber was für Geschäfte konnten sie nach den Salomons und namentlich nach Berande führen? Der ältere, Morgan, war ein hochgewachsener, wettergebräunter Mann mit Schnurrbart, tiefer Baßstimme und einer Sprache, die ganz aus der Kehle zu kommen schien; der andere, Raff, war klein und verweichlicht, mit nervösen Händen und Augen von einem wässrigen, verwaschenen Grau; er sprach mit einem leichten, nicht festzustellenden Akzent, der irgendwie an London erinnerte, aber doch kein Cockney war, wie sie es kannte. Was sie auch sein mochten, so waren sie nach Joans Meinung Selfmademen, und es schauderte sie bei dem Gedanken, mit ihnen Geschäfte zu machen. Dann mußten sie erbarmungslos sein. Als Scheldon kam, beobachtete sie ihn scharf und erriet, daß er nicht sonderlich erfreut über den Besuch war. Aber sprechen mußte er sie, und zwar so dringend, daß er die beiden nach einer kurzen, oberflächlichen Unterhaltung über allgemeine Dinge in sein dumpfes Arbeitszimmer führte. Im Laufe des Nachmittags fragte Joan Lalaperu, wohin die weißen Männer gegangen wären.

»Mein Wort«, erklärte Lalaperu. »Viel gehen herum, viel sehen. Sehen Bäume; sehen Grund gehören Bäume; sehen alle fella Brücken; sehen Koprahäuser; sehen Grasland; sehen Fluß; sehen Walboot – mein Wort, viel groß fella sehen zuviel.«

»Was fella Männer die zwei fella?« forschte sie.

»Groß fella Herren bei weißen Männern«, war seine ganze Erklärung.

Aber Joan folgerte, daß die Leute von Bedeutung in den Salomons sein mußten, und daß die Besichtigung der Plantage und die Prüfung der Abschlüsse ein schlimmes Anzeichen sein mußten.

Beim Essen fiel kein Wort, das ihr Aufschluß gegeben hätte. Die Unterhaltung drehte sich lediglich um allgemeine Dinge; aber Joan bemerkte unwillkürlich den unruhigen, zerstreuten Ausdruck, der sich hin und wieder in Scheldons Augen zeigte. Nach dem Kaffee ließ sie die Männer allein, und noch um Mitternacht konnte sie in ihrem Grashause das leise Gemurmel ihrer Gespräche hören und ihre Zigarren glimmen sehen. Als sie am nächsten Morgen aufstand, erfuhr sie, daß die Männer schon zu einem neuen Rundgang durch die Plantage aufgebrochen waren. »Was du denken?« fragte sie Viaburi.

»Scheldon Herr er fertig, kurze Zeit klein bißchen«, lautete die Antwort.

»Was du denken?« fragte sie Ornfiri.

»Scheldon Herr groß fella gehen nach Sydney. Ja mich denken so. Er fertig mit Berande.«

Der ganze Tag verging mit der Besichtigung der Plantage und den Besprechungen, und den ganzen Tag schickte der Kapitän der Malakula dringende Aufforderungen an Land, daß die beiden Männer sich beeilen möchten. Aber erst gegen Sonnenuntergang gingen sie an den Strand hinunter, und selbst dort wurden die letzten Besprechungen noch fast eine Stunde weitergeführt. Scheldon stritt mit ihnen – das konnte sie deutlich sehen –, und seine beiden Besucher gaben nicht nach.

»Was gibt's?« fragte sie leichthin, als Scheldon sich zum Essen niedersetzte.

Er sah sie an und lächelte, aber es war ein sehr mattes, nachdenkliches Lächeln.

»Das waren ja endlose Verhandlungen«, fuhr sie fort. »Verhandlungen bei Sonnenuntergang, Verhandlungen bei Sonnenaufgang. Nichts als Verhandlungen den ganzen Tag. Was bedeutet das?«

»Ach, nicht viel«, er zuckte die Achseln. »Sie möchten Berande kaufen, das ist alles.«

Sie blickte ihn herausfordernd an.

»Es muß mehr gewesen sein. Sie möchten verkaufen!«

»Wirklich nicht, Fräulein Lackland. Ich versichere Ihnen, daß ich nicht daran denke, zu verkaufen.«

»Machen Sie keine Ausflüchte«, drängte sie. »Lassen Sie uns offen darüber reden. Sie befinden sich in Schwierigkeiten. Ich bin kein Narr. Erzählen Sie. Vielleicht kann ich Ihnen helfen – Ihnen einen Vorschlag machen.«

Er schwieg und schien zu überlegen, nicht ob er überhaupt erzählen, sondern wie er beginnen sollte.

»Sehen Sie, ich bin Amerikanerin«, fuhr sie fort. »Und das bedeutet ein gut Teil Geschäftssinn. Wenn ich ihn auch nicht schätze, so weiß ich doch, daß ich ihn besitze – zum mindesten habe ich etwas mehr davon als Sie. Also lassen Sie uns über die Sache reden und einen Ausweg suchen. Wie hoch belaufen sich Ihre Schulden?«

»Etwas über tausend Pfund – kleine Rechnungen, wissen Sie. Ferner laufen nächste Woche die Kontrakte für dreißig Leute ab, deren Guthaben sich durchschnittlich auf je zehn Pfund belaufen. Aber warum wollen Sie sich darüber Kopfschmerzen machen? Wirklich, Sie wissen —«

»Was ist Berande wert – augenblicklich?«

»Soviel, wie Morgan und Raff dafür geben wollen.« Ein Blick auf ihr gekränktes Gesicht brachte ihn zum Entschluß. »Hughie und ich haben achttausend Pfund hineingesteckt, außer unserer Zeit. Es ist eine gute Besitzung und mehr wert als das. Aber es vergehen noch drei Jahre, bis sie ertragsfähig ist. Deshalb hatten Hughie und ich uns auf Handel und Werben gelegt. Die Jessie und unsere Handelsstationen deckten fast die laufenden Ausgaben für Berande.«

»Und was haben Morgan und Raff Ihnen geboten?« »Tausend Pfund bar nach Bezahlung aller Schulden.« »Diese Spitzbuben!« rief sie aus.

»Nein, es sind ehrliche Geschäftsleute. Sie haben mir offen erklärt, daß eine Sache nicht mehr wert ist, als der eine dafür geben und der andere dafür nehmen will.«

»Und wieviel brauchen Sie, um Berande noch drei Jahre weiterzuführen?« fiel Joan hastig ein.

»Zweihundert Leute zu je sechs Pfund jährlich macht dreitausendsechshundert Pfund. Das ist die Hauptsache.«

»Mein Gott! Wie die billigen Arbeitskräfte doch ins Geld gehen! Dreitausendsechshundert Pfund oder achtzehntausend Dollar nur für einen Haufen Kannibalen! Aber die Plantage bietet doch Sicherheit. Sie können nach Sidney fahren und dort das Geld aufnehmen.«

Er schüttelte den Kopf.

»Man interessiert sich dort nicht für Plantagen hier unten. Man ist zu oft hereingefallen. Aber ich möchte den Platz nicht gern aufgeben – weniger meinetwegen, als in Erinnerung an Hughie. Es war seine Lebensaufgabe. Er war ein hartnäckiger Mensch und wollte nie eine Niederlage zugeben. Es – es ist mir selbst unangenehm, daran zu denken. Wir kamen nicht so recht vorwärts, aber wir hofften immer noch, uns mit der Jessie irgendwie durchzuarbeiten.«

»Sie waren beide zweifellos schlechte Geschäftsleute. Aber Sie brauchen die Plantage nicht an Morgan und Raff zu verkaufen. Ich werde mit dem nächsten Schiff nach Sydney fahren und mit einem Schoner wiederkommen. Für fünf- bis sechstausend Dollar werde ich wohl einen alten kaufen können.«

Er hob abwehrend die Hand, aber sie ließ sich nicht unterbrechen.

»Vielleicht glückt es mir, für die Rückfahrt eine Fracht zu bekommen. Jedenfalls wird der Schoner die Aufgabe der Jessie übernehmen. Sie können entsprechende Vorbereitungen treffen und haben dann, wenn ich zurückkomme, Arbeit für das Schiff. Ich beteilige mich jetzt, soweit es mein Geld zuläßt, an Berande – wie Sie wissen, besitze ich fünfzehnhundert Sovereigns. Wir setzen gleich einen Vertrag auf, das heißt, wenn Sie einwilligen, und ich weiß, daß Sie es tun werden.« Er blickte sie gutmütig belustigt an.

»Sie wissen, daß ich aus Tahiti hergekommen bin, um Pflanzer zu werden. Sie kennen meine Pläne. Jetzt habe ich sie geändert, das ist alles. Ich will mich lieber an Berande beteiligen und nach drei Jahren verdienen, als auf Pari-Sulay anfangen und sieben Jahre warten müssen.«

»Und der – der Schoner –«, Scheldon hielt inne.

»Ja, was denn?«

»Sie werden mir nicht böse sein?« fragte er.

»Nein, nein, Geschäft ist Geschäft. Reden Sie weiter.« »Sie – Sie wollen ihn selbst führen? – Als Schiffer, kurz gesagt, – und nach Malaita zum Werben fahren?« »Gewiß! Einen Kapitän können wir uns sparen. Wir schließen einen Vertrag, der Ihnen das Gehalt eines Verwalters und mir das eines Kapitäns sichert. Das ist ganz einfach. Im übrigen: wenn Sie mich nicht zum Teilhaber wollen, so würde ich Pari-Sulay kaufen, mir ein viel kleineres Fahrzeug anschaffen und alles allein machen. Was ist das für ein Unterschied?«

»Der größte, den man sich überhaupt denken kann. Wenn Sie Pari-Sulay kauften, würden Sie ganz unabhängig sein. Sie könnten Kannibalin werden, ohne daß ich etwas dabei tun könnte. Auf Berande aber würden Sie meine Teilhaberin sein, und dann wäre ich verantwortlich. Natürlich könnte ich Ihnen als meiner Teilhaberin nicht erlauben, Kapitän eines Werberschiffes zu werden. Das ist etwas, das ich weder meiner Schwester noch meiner Frau erlauben könnte.«

»Aber ich werde ja, Gott sei Dank, nicht Ihre Frau, sondern nur Ihr Teilhaber.«

»Ach, das ist ja alles Unsinn«, fuhr er hartnäckig fort. »Stellen Sie sich doch die Situation vor: ein Mann und eine Frau, beide jung, als Teilhaber auf einer entlegenen Plantage! Es gäbe nur einen Ausweg, daß ich Sie heiratete.«

»Ich habe Ihnen einen geschäftlichen Vorschlag gemacht und keinen Heiratsantrag,« unterbrach sie ihn kühl und ärgerlich, »ich möchte nur wissen, ob es irgendwo in der Welt einen Mann gibt, der mich als Kameraden ansehen würde.«

»Aber Sie sind und bleiben doch eine Frau,« begann er, »und da gibt es eben gewisse Gesetze, gewisse Gefühle für —«

Sie sprang auf und stampfte mit dem Fuß.

»Wissen Sie, was ich jetzt am liebsten sagen möchte?« »Ja«, lächelte er. »Am liebsten möchten Sie sagen: verwünschte Weiberröcke.«

Sie nickte. »Gerade das wollte ich sagen. Aber aus Ihrem Munde klingt es so anders, so, als ob Sie selbst davon überzeugt wären, und als ob Sie es auch in bezug auf mich so meinen. Schön! Jetzt gehe ich schlafen; aber bitte, denken Sie über meinen Vorschlag nach, und geben Sie mir morgen früh Bescheid. Es hat jetzt keinen Zweck, noch weiter darüber zu reden. Sie ärgern mich. Wissen Sie, daß Sie feige und sehr selbstsüchtig sind? Sie fürchten sich vor dem, was andere Narren sagen könnten. So triftig Ihre Gründe auch sein mögen, wenn andere Ihre Handlungsweise kritisieren, sind Ihre Gefühle verletzt. Sie denken eben mehr an Ihre eigenen Empfindungen als an die meinen. Und obendrein, da Sie nun einmal ein Feigling sind – alle Männer sind im Herzen Feiglinge –, bemänteln Sie Ihre Feigheit noch damit, daß Sie sie Ritterlichkeit nennen. Ich danke dem Himmel, daß ich nicht als Mann geboren bin! Gute Nacht! Denken Sie über die Sache nach und seien Sie kein Narr. Was Berande not tut, ist amerikanischer Schwung. Sie wissen nicht, was das heißt. Sie sind ein schlechter Geschäftsmann. Dazu sind Sie auch entkräftet, während ich mit frischen Kräften den Kampf mit dem Klima aufnehmen kann. Nehmen Sie mich zum Teilhaber, und Sie sollen sehen, wie ich die Salomons auf den Kopf stellen werde. Gestehen Sie nur, daß ich Sie schon ein bißchen aufgerüttelt habe.«

»Das will ich meinen. Das haben Sie wirklich getan. Noch nie in meinem Leben habe ich eine solche Zurechtweisung erfahren. Wenn mir jemand erzählt hätte, daß ich je in eine solche Lage kommen würde –, ja, ich gebe zu, daß Sie mir schon ganz gehörig zugesetzt haben.«

»Aber das ist noch gar nichts gegen das, was noch kommen wird«, versicherte sie ihm, als er aufstand und ihr die Hand reichte. »Gute Nacht, und bitte, bitte, geben Sie mir morgen früh einen vernünftigen Bescheid.«

Die Logik der Jugend

Ich möchte nur wissen, ob Sie einfach eigensinnig sind, oder ob Sie tatsächlich gedenken, Pflanzer auf den Salomons zu werden«, sagte Scheldon am nächsten Morgen beim Frühstück.

»Ich wünschte, Sie könnten sich besser in meine Lage versetzen«, sagte Joan. »Sie haben mehr Vorurteile, als ich je bei einem Manne gefunden habe. Warum können Sie bei allem gesunden Menschenverstand und guten Willen nicht in Ihren Kopf bekommen, daß ich anders denke als die Frauen, die Sie kennen, und daß Sie mich demgemäß behandeln müssen. Sie sollten es eigentlich wissen. Ich habe meinen eigenen Schoner hierher gefahren, und zwar als Schiffer, wenn ich bitten darf! Ich kam hierher, um mir meinen Lebensunterhalt zu verdienen. Das wissen Sie. Ich habe es Ihnen oft genug erzählt. Es war der Plan meines Vaters, und ich führe ihn aus, gerade wie Sie versuchen, den Plan Ihres Hughie auszuführen. Mein Vater gedachte solange zu segeln, bis er eine für seine Pflanzung geeignete Insel fand. Er starb, und ich segelte und segelte, bis ich hier landete. Jetzt —« sie zuckte die Achseln – »liegt der Schoner auf dem Meeresgrunde. Ich kann nicht weiter segeln, und deshalb bleibe ich hier. Und Pflanzer werde ich bestimmt.«

»Sehen Sie —« begann er.

»Ich bin noch nicht beim Kern der Sache angelangt«, unterbrach sie ihn. »Wenn ich daran denke, wie ich mich von dem Augenblick an, als ich meinen Fuß auf Ihren Strand setzte, benommen habe, kann ich nicht sehen, daß ich Ihnen irgendwelche falschen Angaben über mich oder meine Absichten gemacht hätte. Vom ersten Augenblick an habe ich mich gegeben, wie ich bin, und Ihnen meine Absichten offen mitgeteilt. Und da erzählen Sie mir jetzt ganz ruhig, Sie wüßten nicht, ob ich wirklich Pflanzer werden wolle, oder ob alles nur Eigensinn sei. Ich versichere Ihnen jetzt zum letztenmal, daß ich Pflanzer werden will, ob Sie Ihre Einwilligung dazu geben oder nicht. Wollen Sie mich zum Teilhaber?«

»Bedenken Sie aber auch, daß man mich für den närrischsten Kauz in der ganzen Südsee halten würde, wenn ich ein junges Mädchen wie Sie in Berande aufnähme?« fragte er.

»Nein, bestimmt nicht. Aber jetzt machen Sie sich schon wieder Sorgen, was die Idioten und die Leute, die hinter allem etwas Schlechtes suchen, denken werden. Ich sollte meinen, Sie hätten auf Berande Selbstvertrauen gelernt, statt der moralischen Stütze eines jeden whiskysaufenden, belanglosen Südseevagabunden zu bedürfen.«

Er lächelte und sagte:

»Ja, das ist das Schlimmste. Man kann Ihnen nicht beikommen. Sie haben die Logik der Jugend, und die kann kein Mensch widerlegen. Die Erfahrungen des Lebens könnten es, aber für die hat die Logik der Jugend keinem Raum. Die Jugend muß eben versuchen, nach ihrer Logik zu leben. Das ist die einzige Möglichkeit, zu lernen und besser zu machen.«

»Schaden könnte der Versuch doch nicht?« warf sie ein.

»Doch. Das ist es eben. Die Tatsachen werfen die Logik der Jugend stets über den Haufen und brechen ihr auch meistens das Herz. Es geht damit wie mit platonischer Freundschaft ... und all solchen Dingen; in der Theorie sind sie schön und gut, aber verwirklichen lassen sie sich nicht. Ich habe auch einmal an diese Dinge geglaubt. Das ist der Grund, weshalb ich jetzt in den Salomons bin.«

Joan war ungeduldig. Er sah ein, daß sie ihn nicht verstehen konnte. Sie nahm das Leben so einfach. Es war nur die Jugend, die mit ihm stritt, die Jugend mit ihrer unbezwinglichen klaren Beweisführung. Sie besaß die Seele eines Knaben im Körper eines Weibes. Er blickte in ihr gerötetes, erregtes Gesicht, auf die dicken, um ihr Köpfchen gelegten Flechten, die sanfte Linie ihrer Gestalt, die deutlich durch das selbstverfertigte Kleidchen hindurchschimmerte, und in die Augen — knabenhafte Augen unter ruhigen, geraden Brauen —, und er wunderte sich, warum ein Geschöpf, das so viele weibliche Reize besaß, durchaus nicht Weib sein wollte. Warum in aller Welt war sie nicht rothaarig, warum schielte sie nicht, warum hatte sie keine Hasenscharte?

»Angenommen, wir würden Teilhaber auf Berande,« sagte er und hatte bei dieser Aussicht ein Gefühl von Angst und Freude zugleich, »entweder würde ich mich in Sie verlieben oder Sie sich in mich. Das enge Zusammenleben ist gefährlich. Gerade das ist es meistens, was die Logik der Jugend über den Haufen wirft.« »Wenn Sie glauben, daß ich in die Salomons gekommen sei, um zu heiraten —« begann sie wütend. »In Hawai gibt es bessere Männer. Wissen Sie, daß die Art, wie Sie andauernd auf demselben Gegenstand herumreiten, einen vorurteilslosen Zuhörer tatsächlich zu dem Glauben bringen könnte, daß Sie schmutzige Gedanken haben —«

Erschrocken hielt sie inne. Sein Gesicht war erst rot und dann blaß geworden, und zwar so plötzlich, daß sie erschrak. Er war offenbar höchst gereizt. Sie schlürfte den Rest ihres Kaffees, stand auf und sagte: »Ich werde warten, bis Sie besserer Laune sind, ehe ich die Unterhaltung wieder aufnehme. So sind Sie nun. Sie werden immer gleich böse. Wollen Sie mitkommen zum Schwimmen? Wir haben gerade Flut.« Wenn sie ein Mann wäre, würde ich sie nebst ihrem Boot, ihren Tahitianern, ihren Sovereigns und allem übrigen zum Teufel jagen — sagte er sich, als sie den Raum verlassen hatte.

Aber das war es ja gerade: sie war kein Mann; wohin sollte sie gehen, und was konnte ihr zustoßen?

Er sprang auf und zündete sich eine Zigarette an. Sein Blick fiel auf den Cowboyhut, der über ihrem Revolvergürtel an der Wand hing. Der ist auch mit schuld daran. Er wünschte nicht, daß sie fortginge. Alles in allem war sie ja noch nicht erwachsen. Deshalb war ihre Logik auch so verletzend. Es war zwar nur die Logik der Jugend, aber sie konnte zuzeiten recht unangenehm sein. Jedenfalls nahm er sich eines vor: sich nie wieder von ihr aus der Ruhe bringen zu lassen. Sie war ein Kind, und das mußte er berücksichtigen. Er seufzte schwer, aber warum mußte dieses Kind auch die Gestalt dieses Weibes haben!

Und während er noch auf ihren Hut starrte und grübelte, vergaß er die ihm angetane Kränkung und ertappte sich dabei, wie er sich selbst den Kopf zerbrach, um einen Ausweg zu finden, sie auf Berande behalten zu können. Eine Anstandsdame! Warum nicht? Mit dem nächsten Dampfer könnte er sie von Sydney kommen lassen. Er könnte – –

Ihr schallendes Gelächter scheuchte ihn aus seinen Träumen auf, und er trat in die Tür. Er sah sie den Weg zum Strande hinablaufen; zwei ihrer Seeleute, Papahara und Mahameme, folgten ihr auf den Fersen mit scharlachroten Lendentüchern und mit Messern, deren bloße Klingen in ihren Gürteln blitzten. Das war wieder ein Beispiel ihres Eigensinns. Trotz seiner dringenden Bitten, Befehle und Warnungen vor Haifischen bestand sie darauf, zu jeder beliebigen Zeit zu schwimmen, und mit ganz besonderer Vorliebe, wie ihm schien, unmittelbar nach dem Essen.

Er beobachtete sie, wie sie ins Wasser ging: wie ein Knabe mit einem Kopfsprung vom Ende der kleinen Anlegebrücke; und er beobachtete ferner, wie sie weit mit den Armen ausgriff, und wie ihre Leibdiener je drei Meter von ihr entfernt neben ihr schwammen. Er hatte nicht viel Vertrauen zu der Fähigkeit der Leute, einen hungrigen Hai abzuwehren, wenn er auch überzeugt war, daß sie im Falle eines Angriffs tapfer ihr Leben für sie geben würden.

Sie schwammen gerade hinaus, und ihre Köpfe wurden immer kleiner. Eine leichte, unruhige Dünung stand, und die drei Köpfe verschwanden immer häufiger dahinter.

Er strengte die Augen an, um sie in Sicht zu behalten, und holte sich schließlich das Fernrohr auf die Veranda. Eine Bö kam von Florida herüber, aber sie und ihre Leute pflegten ja Böen und die durch sie verursachte weiße, hohe See zu verlachen. Schwimmen konnte sie wirklich, das hatte er längst gemerkt Sie hatte es in Hawai gelernt. Aber Haie waren Haie, und er wußte von mehr als einem guten Schwimmer, der in einer Flutwelle ertrunken war.

Die Bö verdunkelte den Himmel, peitschte dort, wo er zuletzt die drei Köpfe gesehen, den Ozean zu weißem Schaum und vermengte Meer und Himmel durch einen wolkenbruchartigen Regen.

Die Bö schoß vorüber, und Berande tauchte in hellem Sonnenschein auf, zugleich mit den drei Schwimmern aus der See. Scheldon ging mit dem Glas ins Haus und beobachtete durch die Tür, wie sie den Weg zum Süßwasserschuppen heraufkam und ihr Haar herunterschüttelte.

Nachmittags brachte er auf der Veranda das Gespräch so vorsichtig wie möglich auf seinen Plan mit der Anstandsdame, indem er auf die Notwendigkeit hinwies, daß Berande eine Wirtschafterin brauchte, um den Hausboys und dem Lager vorzustehen und andere nützliche Funktionen zu verrichten. Als er geendet hatte, wartete er ängstlich, was Joan dazu sagen würde.

»Sie sind also mit meiner Leitung des Haushaltes unzufrieden«, war ihr erster Einwurf; dann winkte sie seinen Versuch einer Erklärung mit folgenden Worten ab: »Die Folge wäre entweder, daß ich unseren Teilhabervertrag für ungültig erklärte, fortginge und es Ihnen überließe, sich eine zweite Anstandsdame kommen zu lassen, um die erste zu bemuttern, oder ich würde die alte Henne im Boot hinausfahren und ersäufen. Bilden Sie sich wirklich ein, daß ich meinen Schoner bis zu diesem unzivilisiertem Ende der Welt gefahren habe, um mich hier von einer Anstandsdame kuschen zu lassen?«

»Aber wirklich, wissen Sie, eine Anstandsdame ist ein notwendiges Übel«, entgegnete er.

»Wir sind bis jetzt ganz gut ohne sie ausgekommen. Hatte ich etwa auf der Miélé eine? Und doch war ich die einzige Frau an Bord. Es gibt dreierlei auf der Welt, vor dem ich Angst habe: Hummeln, Scharlach und Anstandsdamen. Ach, diese ewig bemutternden, bösartigen Ungeheuer, die überall ein Unrecht wittern, in der unschuldigsten Handlung eine Sünde sehen und dabei selbst zur Sünde verleiten, ja, zur Sünde verleiten durch ihre krankhafte Phantasie.«

»Puh!« Sheldon rückte in erheuchelter Furcht vom Tisch ab. »Sie brauchen sich wirklich keine Sorge um Ihre Existenz zu machen; wenn Sie kein Glück als Pflanzer haben, können Sie es als Schriftsteller versuchen und Tendenzromane schreiben.«

»Ich glaube nicht, daß ich in den Salomons Leser finden würde«, gab sie zurück. »Höchstens Ihre Tugendwächterin.«

Er zuckte zusammen, aber Joan sprach weiter mit der offenen Rücksichtslosigkeit der Jugend.

»Als ob etwas nur gut wäre, wenn es bewacht und an Händen und Füßen gefesselt werden müßte, um sich gut zu erhalten. Sie scheinen mich ja so einzuschätzen, das beweist Ihr Wunsch nach einer Anstandsdame. Ich ziehe es vor, aus eigenem Antrieb gut zu sein und nicht, weil eine alte Schachtel mit Argusaugen mir keine Gelegenheit gibt, schlecht zu werden.«

»Aber das – das ist es ja nicht«, warf er ein. »Es handelt sich darum, was andere denken.«

»Die mögen denken, was sie wollen, diese Mucker. Aber das kommt daher, daß Männer wie Sie gerade diese Mucker fürchten, Ihnen die Macht zugestehen, Ihre Handlungen zu beurteilen.«

»Ich fürchte, Sie sind ein weiblicher Shelley,« erwiderte er, »und als ein solcher bringen Sie mich wirklich dazu, Sie als Teilhaber zu nehmen, nur, um Sie zu beschützen.«

»Wenn Sie es nur darum tun wollen, will ich überhaupt nicht Ihr Teilhaber werden. Dann zwingen Sie mich, Pari-Sulay doch zu kaufen.«

Um so mehr Grund –« versuchte er einzuwerfen. »Wissen Sie, was ich tun werde?« fragte sie. »Ich werde einen Mann in den Salomons suchen, der nicht den Wunsch hat, mich zu beschützen.«

Scheldon konnte den Schrecken, den ihre Worte in ihm hervorriefen, nicht verbergen.

»Das meinen Sie doch nicht so, nicht wahr?« fragte er. »Doch, wirklich. Ich habe das Gerede von Beschützung herzlich satt. Vergessen Sie doch nicht, daß ich ganz allein imstande bin, für mich zu sorgen. Und dazu habe ich acht der besten Beschützer der Welt – meine Seeleute.«

»Sie hätten tausend Jahre früher leben sollen,« lachte er, »oder tausend Jahre später. Sie sind sehr primitiv und hypermodern dazu. Das zwanzigste Jahrhundert hat keinen Raum für Sie.«

»Aber die Salomons. Als ich herkam, lebten Sie wie ein Wilder – Sie aßen nur Büchsenfleisch und Brot, das den Magen eines Kamels ruiniert hätte. Schön. Das habe ich auch geändert, und da wir Teilhaber sein werden, bleibt es dabei.

Sie werden nicht an Unterernährung zugrunde gehen, dessen können Sie sicher sein.«

»Wenn wir eine Teilhaberschaft eingehen,« erklärte er, »müssen Sie sich vollkommen klar darüber sein, daß Sie den Schoner nicht führen dürfen. Sie können nach Sydney fahren und einen Schoner kaufen, aber einen Kapitän müssen wir haben.«

»Und mehr Kosten. Und höchstwahrscheinlich einen whiskysaufenden, unfähigen, unzurechnungsfähigen Menschen obendrein. Zudem werde ich mehr Geschäftsinteresse haben als ein Mann, den wir anstellen. Ich wiederhole Ihnen, daß ich es mit jedem heruntergekommenen Kapitän oder hochgekommenen Matrosen in der Südsee aufnehmen kann.«

»Aber wenn Sie auch mein Teilhaber sind,« sagte er kühl, »so bleiben Sie dennoch eine Dame.«

»Sie wollen mir also erzählen, daß meine Pläne sich nicht für eine Dame schicken – vielen Dank!«

Mit Tränen in den Augen vor Ärger stand sie auf und trat zum Grammophon.

»Ich möchte nur wissen, ob alle Männer sich so lächerlich benehmen wie Sie«, sagte sie.

Er zuckte die Achseln und lächelte, Erörterungen waren zwecklos – das hatte er schon gelernt; und er war entschlossen, sich nicht aus der Ruhe bringen zu lassen. Und ehe der Tag zur Neige ging, hatte sie nachgegeben. Sie sollte mit dem nächsten Dampfer nach Sydney fahren, einen Schoner kaufen und mit einem Kapitän wiederkommen. Sie entlockte Scheldon noch die Zustimmung, daß sie selbst gelegentliche Fahrten zwischen den Inseln unternehmen könnte, als aber die Rede auf eine Werbefahrt nach Malaita kam, war er hart wie Diamant. Das war und blieb verboten.

Und als alles vorüber und (auf ihr Drängen) ein kurzer, geschäftsmäßiger Vertrag aufgesetzt und unterzeichnet war, lief Scheldon eine volle Stunde auf und ab und dachte darüber nach, was für eine Dummheit er gemacht hatte. Die Situation war unmöglich, und doch nicht mehr als die bisherige, und auch nicht mehr als die, welche eingetreten wäre, wenn sie auf eigene Faust losgezogen wäre und Pari-Sulay gekauft hätte.

Nie hatte er eine selbständigere Frau gesehen, die einen Beschützer so nötig gehabt hätte, wie dieses knabenhafte Mädchen, das mit acht malerischen Wilden, einem langläufigen Revolver, einem Sack voll Gold und einem ganzen Ballen voll Romantik und Abenteuern auf einer Insel gelandet war.

Nie hatte er etwas derartiges gelesen. Die Romanschreiber wurden, wie gewöhnlich, durch die Wirklichkeit übertrumpft. Die ganze Geschichte war zu unsinnig, um wirklich wahr zu sein. Er nagte an seinem Schnurrbart und rauchte eine Zigarette nach der andern. Satan, der von einem Streifzug durch das Grundstück zurückgekehrt war, lief auf ihn zu und berührte mit der kalten feuchten Nase seine Hand. Scheldon streichelte dem Tier die Ohren, warf sich dann auf einen Stuhl und lachte herzlich. Was würde der Regierungskommissar der Salomons denken? Und dabei freute er sich, daß die Teilhaberschaft zustande gekommen war, und bedauerte im selben Augenblick wieder, daß Joan Lackland überhaupt ihren Weg nach den Salomons gelenkt hatte. Dann ging er hinein und betrachtete sich in einem Handspiegel. Lange studierte er sinnend und verwundert sein Spiegelbild.

Die Martha

Am nächsten Morgen waren sie nach dem Frühstück in eine Partie Billard vertieft, als Viaburi hereintrat und verkündete: »Großer fella Schoner ganz nahe.«

Er hatte noch nicht ganz ausgesprochen, als sie schon das Rasseln der Ankerkette durch das Klüsgat hörten und von der Veranda aus einen großen, schwarzgestrichenen Schoner sahen, der um den Anker, der gerade gefaßt hatte, schwojte.

»Das ist ein Yankee. Sehen Sie den Bug, den ovalen Spiegel! – Hab ich's nicht gesagt!–« rief Joan, als das Sternenbanner zur Mastspitze emporstieg.

Auf Scheldons Anweisung hißte Noah-Noah den Union-Jack am Flaggenmast.

»Was will denn ein amerikanisches Schiff hier unten?« fragte Joan. »Es ist keine Jacht, aber ich wette, daß sie segeln kann. Halt! Sehen Sie den Namen? Wie heißt sie?«

»Martha, San Francisco«, las Scheldon durch das Glas. »Das ist der erste Yankee, von dem ich je in den Salomons gehört habe. Nun, wer sie auch sein mögen, so kommen sie doch jedenfalls an Land. Und wahrhaftig, sehen Sie die Leute an den Riemen. Es ist eine ganz weiße Besatzung. Was mag die hierher führen?«

»Das sind keine richtigen Seeleute. Ich würde mich schämen, wenn meine Schwarzen so ruderten. Sehen Sie den Burschen im Bug – der fast über Bord springt; ich glaube, der fühlt sich auch auf einem Pferde mehr zu Hause.«

Die Bootsbesatzung zerstreute sich, neugierig umherblickend, am Strande, während die beiden Männer, die achtern gesessen hatten, die Pforte öffneten und den Weg zum Bungalow heraufschritten. Der eine, ein hochgewachsener schlanker Mann, trug einen weißen Anzug, der fast wie eine Uniform aussah; der andere war in einem unbeschreiblichen Aufzug, der sich ebensogut für die See wie für das Land geeignet hätte, jetzt aber unangenehm warm sein mußte; er watschelte und schlenkerte wie ein übernatürlich großer Affe. Um die Ähnlichkeit noch größer zu machen, war sein Gesicht mit dichten, roten Haarstoppeln übersät, während die kleinen Augen scharf und unruhig blickten.

Scheldon, der ihnen bis zur Treppe entgegengegangen war, stellte sie Joan vor. Der Bärtige, der wie ein Schotte aussah, trug den deutschen Namen von Blix und sprach mit stark amerikanischem Akzent. Der große Mann in dem gutsitzenden Anzug, der sich unter dem englischen Namen Tudor – John Tudor – vorstellte, sprach, abgesehen vielleicht von einem kaum merklichen deutschen Akzent, ein reines Englisch, wie jeder gebildete Amerikaner es spricht. Joan dachte, daß der kurze, deutsch aussehende Schnurrbart, der den Mund und die vollen roten Lippen nicht verbarg, dazu beitragen mochte, daß man seinen Akzent bemerkte. Seinem Gesicht verliehen eine gewisse Härte und Strenge einen kühnen Zug.

Von Blix war derb und bäurisch, Tudor jedoch war gewandt in Bewegungen, Blicken und Worten. Seine blauen Augen funkelten und blitzten, seine scharf geschnittenen Züge spiegelten seine innersten Empfindungen, er sprudelte vor Leben, und sein leisestes Lachen schien natürlich und echt zu sein. Aber zunächst sprach er nur wenig, denn von Blix erzählte ihre Geschichte und ihr Vorhaben. Sie waren auf der Suche nach Gold. Er war der Leiter und Tudor seine rechte Hand. Alle andern – im ganzen achtundzwanzig – waren in verschiedener Höhe an dem Unternehmen beteiligt, einige waren Seeleute, die meisten aber Goldgräber, aus allen Minen von Mexiko bis zum Eismeer zusammengetrommelt. Es war die alte, nie sterbende Sucht nach Gold, die sie nach den Salomons getrieben hatte. Ein Teil von ihnen sollte unter Führung Tudors den Balesuna hinaufgehen und in das gebirgige Innere von Guadalcanar eindringen, während die Martha unter von Blix nach Malaita segelte, um dort eine ähnliche Expedition zu unternehmen.

»Und dazu,« sagte von Blix, »brauchen wir einige Schwarze. Können Sie uns welche geben?«

»Wir zahlen natürlich dafür«, fiel Tudor ein. »Sie brauchen nur zu sagen, was Sie haben wollen. Sie selbst zahlen ihnen sechs Pfund jährlich, nicht wahr?«

»Vor allem können wir keinen Schwarzen entbehren«, antwortete Scheldon. »Wir haben selbst nicht genug für die Pflanzung.«

»Wir?« fragte Tudor schnell. »Dann sind Sie eine Firma oder eine Handelsgesellschaft. Ich verstand in Guvutu, daß Sie allein wären und Ihren Teilhaber verloren hätten.«

Scheldon wies mit dem Kopf auf Joan, und als er jetzt sprach, fühlte sie, daß er etwas förmlicher geworden war.

»Fräulein Lackland hat sich an der Plantage beteiligt. Um aber auf die Leute zurückzukommen: wir können keinen entbehren, und außerdem würden sie Ihnen nur von geringem Nutzen sein. Sie würden sie nicht dazu bringen können, Sie über Bino hinauszubegleiten, das keinen halben Tag Bootsfahrt von hier entfernt ist. Es sind Malaitaner, und sie fürchten, gefressen zu werden. Sie würden Sie bei der ersten Gelegenheit im Stich lassen. Sie könnten zwar für einen weiteren Weg durch das Grasland Bino-Leute bekommen, aber die würden an der ersten Hügelkette auch umkehren. Die haben ebenfalls keine Neigung, sich fressen zu lassen.«

»Ist es wirklich so schlimm?« fragte von Blix.

»Das Innere von Guadalcanar ist noch gänzlich unerforscht«, erklärte Scheldon, »die Buschleute sind so wild, wie man es heute auf der ganzen Welt nicht mehr findet. Ich selbst habe noch keinen gesehen. Ich kenne auch keinen Menschen, der je einen gesehen hätte. Sie kommen nie an die Küste herunter, und nur gelegentlich wird ein Eingeborener von der Küste, der sich zu weit ins Innere gewagt hat, von einer umherstreifenden Bande aufgefressen. Niemand weiß etwas von ihnen. Sie kennen nicht einmal Tabak. Die österreichische Expedition – Gelehrte – drang teilweise bis ins Innere vor, ehe sie aufgerieben wurde. Das Denkmal steht einige Meilen vom Strand entfernt. Nur einer kam zur Küste zurück und erzählte die Geschichte. Und das ist alles, was ich oder sonst jemand vom Inneren von Guadalcanar weiß.«

»Aber Gold – haben Sie je etwas von Gold gehört?« fragte Tudor ungeduldig. »Wissen Sie etwas über das Vorkommen von Gold?«

Scheldon lächelte, während seine beiden Besucher gespannt an seinen Lippen hingen.

»Wenn Sie den Balesuna zwei Meilen weit hinaufgehen, können Sie aus dem Kies Gold waschen. Ich habe es oft getan. Zweifellos gibt es in den Bergen Gold.« Tudor und von Blix sahen sich triumphierend an. »Dann war also die Erzählung des alten Wheatsheaf doch wahr«, sagte Tudor, und von Blix nickte. »Und wenn es mit Malaita ebenso ist —«

Tudor brach ab und blickte auf Joan.

»Die Erzählung dieses alten Bummlers hat uns hergebracht, von Blix befreundete sich mit ihm und erfuhr das Geheimnis.« Er wandte sich zu Scheldon. »Ich glaube beweisen zu können, daß lange vor der österreichischen Expedition Weiße in das Innere von Guadalcanar gedrungen sind.«

Scheldon zuckte die Achseln.

»Hier haben wir nie etwas davon gehört«, sagte er einfach. Dann wandte er sich zu von Blix: »Wie gesagt, die Leute von hier können Sie nicht weiter als bis nach Bino gebrauchen. Ich will Ihnen so viele, wie Sie wünschen, bis dort zur Verfügung stellen. Wie viele sind Sie, und wann wollen Sie aufbrechen?«

»Zehn«, sagte Tudor. »Neun Mann und ich selbst.«

»Und sie sollen möglichst übermorgen aufbrechen«, sagte von Blix. »Die Boote könnten schon heute nachmittag zusammengesetzt, morgen könnte die Ausrüstung verteilt und verpackt werden. Und was die Martha betrifft, Herr Scheldon, so würde ich heute nachmittag die Sachen an Land schaffen und bei Sonnenuntergang abfahren.«

Als die beiden Männer wieder zu ihren Booten hinabgingen, blickte Scheldon Joan spöttisch an.

»Da haben Sie Romantik«, sagte er. »Und Abenteuer — Goldjagd unter Kannibalen.«

»Das wäre ein Titel für ein Buch«, rief sie aus. »Oder noch besser ›Goldjagd unter Kopfjägern‹, oh, das würde Absatz finden.«

»Tut es Ihnen jetzt nicht leid, daß Sie Pflanzer geworden sind?« sagte er. »Stellen Sie sich vor, daß Sie an einem solchen Abenteuer teilnähmen.«

»Von Blix würde jedenfalls nicht so viel Aufhebens davon machen, wenn ich mich ihm auf der Fahrt nach Malaita anschlösse«, erwiderte sie.

»Er würde sicher sofort darauf eingehen.«

»Was halten Sie von ihm?« fragte sie.

»Nun, gegen den alten von Blix habe ich nichts einzuwenden. Er ist in seiner Art schon vertrauenswürdig; aber Tudor ist mir zu flatterhaft – zu oberflächlich, wissen Sie. Wenn ich je auf einer verlassenen Insel scheitern sollte, dann würde ich es lieber in von Blix' Gesellschaft tun.«

»Das verstehe ich nicht ganz, was haben Sie gegen Tudor?«

»Erinnern Sie sich an Brownings ›Letzte Herzogin‹?«

Sie nickte.

»Nun, bei Tudor muß ich an sie denken –«

»Aber sie ist doch entzückend.«

»Das ist sie. Aber sie ist eine Frau, und von einem Mann erwartet man etwas anderes, mehr Selbstbewußtsein, wissen Sie, Zurückhaltung und Überlegung. Ein Mann muß gründlicher sein, gesetzter und weniger unbeständig. Ein Mann von der Art Tudors fällt mir auf die Nerven. Ich verlange von einem Mann mehr Ruhe.«

Joan fühlte, daß sie diesem Urteil nicht ganz beipflichten konnte; und irgendwie begriff Scheldon ihre Empfindung und war bestürzt. Er erinnerte sich, wie ihre Augen geglänzt, als sie mit den Gästen geplaudert hatten – Donnerwetter! Werde ich etwa eifersüchtig? fragte er sich. Überhaupt, warum sollen ihre Augen nicht glänzen? Was geht es mich an. –

Ein zweites Boot war ausgesetzt worden, und die Ausrüstung für die Landabteilung wurde eiligst ausgeschifft. Ein Dutzend Mann von der Besatzung setzten die Faltboote am Strande zusammen. Sie hatten fünf dieser Fahrzeuge, schlank und schmal, mit ausgebuchteten Seitenwänden, und merkwürdig lang. Jedes von ihnen war mit drei Paddeln und mehreren eisenbeschlagenen Stangen ausgerüstet.

»Ihr scheint auf Flüssen Bescheid zu wissen«, sagte Scheldon zu einem der Leute.

Der Mann spie seinen Tabakssaft auf den weißen Sand und erwiderte:

»Wir benützen sie in Alaska. Sie sind nach dem Muster der Yukon-Stechboote gebaut und sind einzig in ihrer Art, darauf können Sie sich verlassen. Der Bach hier ist eine Kleinigkeit im Vergleich mit den Strömen im Norden. Jedes dieser Boote kann fünfhundert Pfund laden, und zwei Mann können es so schnell vorwärtsbringen, daß Sie sich wundern würden.«

Bei Sonnenuntergang lichtete die Martha die Anker und ging in See, wobei sie die Flagge hißte und mit einer Signalkanone salutierte. Am Flaggenmast ging der Union-Jack auf und nieder und Scheldon erwiderte den Gruß mit seiner Bronzesignalkanone. Die Goldsucher schlugen ihre Zelte auf dem Grundstück auf und kochten am Strande ab, während Tudor mit Joan und Scheldon das Abendessen einnahm.

Ihr Gast schien überall gewesen zu sein, alles gesehen und alle getroffen zu haben. Und ermuntert durch Joan, sprach er hauptsächlich von seinen eigenen Abenteuern. Er war ein Abenteurer vom reinsten Wasser, und seinen eigenen Angaben nach von Geburt an zu Abenteuern bestimmt. Er stammte aus einer alten Neu-England-Familie, sein Vater war Generalkonsul in Deutschland gewesen, und dort war er geboren und hatte seine erste Erziehung, sowie seinen Akzent erhalten. Dann hatte er, noch ein Knabe, seinen Vater nach der Türkei und später nach Persien begleitet, wo sein Vater Gesandter geworden war.

Tudor war sein ganzes Leben unterwegs gewesen, und mit viel Humor und lebendiger Darstellungskraft sprang er von einer Episode zur andern, von einem Ort zum andern. Er erzählte seine Erlebnisse nicht, weil es die seinen waren, sondern wegen ihrer besonderen Eigenart, wegen eines ungewöhnlichen Vorfalls, einer lächerlichen Situation. Er hatte südamerikanische Revolutionen mitgemacht, war Reiter auf Kuba gewesen, Kundschafter in Südafrika, Kriegsberichterstatter im russisch-japanischen Krieg. Er war mit Hundeschlitten über den gefrorenen Klondike gezogen, hatte aus dem Sande in Nome Gold gewaschen und in San Francisco eine Zeitung herausgegeben. Der Präsident der Vereinigten

Staaten war sein Freund. Er war überall zu Hause, in den Klubs von London und auf dem Kontinent, im Grand Hotel in Yokohama, wie in jedem andern Ort auf der ganzen Welt. Er hatte Großwild in Siam gejagt, Perlen in den Paumotus gefischt, Tolstoi besucht, die Passionsspiele gesehen, die Anden auf Maultieren überquert; dazu war er ein lebendes Adreßbuch der Fieberlöcher in Westafrika.

Scheldon lehnte sich auf seinem Stuhl auf der Veranda zurück, schlürfte seinen Kaffee und hörte zu. Unwillkürlich wurde er durch den Zauber dieses Mannes, der ein so wechselreiches Leben hinter sich hatte, eingesponnen und fühlte sich doch nicht recht behaglich. Es schien ihm, als ob der Mann sich ganz besonders an Joan wandte. Seine Worte und sein Lächeln waren gleicherweise an sie beide gerichtet, und doch war Scheldon sicher, daß sich die Unterhaltung, wenn Joan nicht dabei gewesen wäre, um andere Dinge gedreht hätte. Tudor hatte die Wirkung seiner Worte auf Joan beobachtet, packte absichtlich seine Erinnerungen aus und verstrickte sie in den Zauber der Romantik. Scheldon bemerkte ihre gespannte Aufmerksamkeit, hörte ihr natürliches Lachen, ihre schnellen Fragen und treffenden Bemerkungen, und er spürte innerlich das erwachende Bewußtsein, daß er sie liebte.

Aus diesem Grunde war er sehr schweigsam und beinahe traurig und empfand zeitweilig eine gewisse Gereiztheit gegen seinen Gast; er überlegte sogar, inwieweit die Erzählungen Tudors wahr sein mochten, und ob sie erwiesen oder widerlegt werden könnten. In diesem Augenblick erschien, als hätte ein geschickter Regisseur die Szene vorbereitet, Utami auf der Veranda, um Joan zu melden, daß sich in der Falle, die ihre Leute kürzlich für sie gebaut hatten, ein Krokodil gefangen hätte. Tudor zündete sich gerade eine Zigarette an, und sein Gesicht, das von dem Streichholz beleuchtet wurde, lenkte die Aufmerksamkeit Utamis auf sich. Der Tahitianer vergaß seinen Bericht.

»Hallo, Tudor« sagte er mit einer Vertraulichkeit, die Scheldon überraschte. Die Hand des Polynesiers streckte sich aus, und Tudor schüttelte sie, ihm ins Gesicht sehend.

»Wer bist du?« fragte er. »Ich erkenne dich nicht.«

»Utami.«

»Und wer, zum Kuckuck, ist Utami? Wo habe ich dich je getroffen, Mann?«

»Du nicht vergessen die Huahine?« sagte Utami vorwurfsvoll. »Letztes Mal segeln.«

Jetzt ergriff Tudor die Hand des Tahitianers zum zweitenmal und schüttelte sie herzlich.

»Von der letzten Fahrt der Huahine kam nur ein Knabe zurück, und der hieß Joe. Hol mich der Teufel, Mann, ich freue mich, dich wiederzusehen, wenn ich deinen neuen Namen auch noch nie gehört habe.«

»Ja, jedermann sprechen mich Joe auf der Huahine. Utami mein Name, alle Zeit derselbe.«

»Aber was treibst du hier?« fragte Tudor, die Hand des Seemanns loslassend und sich neugierig vorbeugend.

»Mich segeln auf Missie Lackalanna ihr Schoner Miélé. Wir gehen Tahiti, Raiatea, Tahaa, Bora-Bora, Manua, Tutuila. Apia, Savaii und Fidschi-Inseln. Viel Fidschi-Inseln. Mich bleiben bei Missie Lackalanna in Salomons. Sehr bald sie holen ander Schoner.«

»Wir beiden waren die einzigen Überlebenden beim Schiffbruch der Huahine«, erklärte Tudor den andern. »Als wir von Huapa abfuhren, waren wir siebenundfünfzig an Bord, und Joe und ich sind die einzigen, die je wieder den Fuß ans Land gesetzt haben. Das war zu der Zeit, als ich Perlen fischte.«

»Und das hast du mir nie erzählt, Utami, daß du in einem Orkan Schiffbruch erlitten hast,« sagte Joan vorwurfsvoll.

Der große Tahitianer wandte sich ihr mit einem gewinnenden Lächeln zu.

»Mich denken nicht das alles«, sagte er.

Er machte eine halbe Wendung, um anzudeuten, daß es Zeit für ihn zum Gehen war, wenn er auch gern noch geblieben wäre.

»Schon gut, Utami,« sagte Tudor, »ich werde dich morgen früh aufsuchen, um mit dir zu plaudern.«

»Er rettete mir das Leben, der Bengel«, erklärte Tudor, als der Tahitianer mit wuchtigen, aber doch elastischen Schritten die Stufen hinunterschritt.

»Schwimmen kann der, nie in meinem Leben habe ich einen besseren Schwimmer gesehen.«

Dann erzählte Tudor auf Joans dringenden Wunsch von dem Schiffbruch der Huahine, während Scheldon rauchte und sann und schließlich zu dem Schluß kam, daß dieser Mann, welche Fehler er auch haben mochte, zum mindesten kein Lügner war.

Eine Frage der Erziehung

Ein Tag nach dem andern verging, ohne daß Tudor Neigung zu verspüren schien, das gastfreundliche Berande zu verlassen. Alles war für die Abreise bereit, aber er blieb immer noch und widmete seine ganze Zeit Joan, was die Abneigung, die Scheldon gegen ihn empfand, noch vermehrte. Er ging mit ihr schwimmen und übertraf sie noch an Unbesonnenheit; er schoß mit ihr Fische, tauchte dabei zwischen die hungrigen Grundhaie und kämpfte mit ihnen um den Besitz der betäubten Beute, bis er die Anerkennung der ganzen Tahitianer erntete. Arahu forderte ihn heraus, einen Fisch aus den Kiefern eines Haies zu reißen, wobei er diesem die eine Hälfte lassen und die andere selbst an die Oberfläche bringen sollte; und Tudor vollbrachte diese Heldentat, bei der ein leichter Schlag von der rauhen Haut des erstaunten Haies mehrere Zoll von seiner Schulterhaut abriß. Joan war entzückt, während Scheldon, der zusah, sich klarmachte, daß hier der Held ihrer Abenteuerträume zur Wirklichkeit geworden war. Zwar machte sie sich nichts aus Liebe, aber wenn sie je lieben sollte, das fühlte er, so mußte es ein solcher Mann sein – »ein Mann, der etwas aus sich zu machen verstand«, wie er sich sagte. Er fühlte sich in den Hintergrund gedrängt von Tudor, der die Gabe hatte, alle seine Eigenschaften ins rechte Licht zu stellen. Scheldon war selbst ein tapferer Mann, ohne daß er es jedoch für nötig befunden hätte, dies zu erwähnen. Er wußte, daß er genau wie der andere zwischen die Grundhaie tauchen würde, wenn es ein Leben zu retten gälte, aber das rechtfertigte für ihn nicht das tollkühne Tauchen zwischen die Haie, nur wegen der Hälfte eines Fisches. Der Unterschied zwischen ihnen war, daß er sein Schaufenster verhängt hatte. Das Leben pulste stetig und still in ihm, und es lag nicht in seiner Art, auf der Oberfläche Schaum aufzuwirbeln, daß die Welt es bemerkte, und die erstaunlichen Darstellungen des anderen übten auf ihn nur die Wirkung aus, daß er sich noch mehr in sich selbst zurückzog und dichter als je in die matte, stoische Ruhe seiner Rasse hüllte. »Sie sind so stumpfsinnig seit ein paar Tagen«, beklagte sich Joan. »Man möchte fast glauben, Sie wären krank, böse oder sonst etwas. Sie scheinen nichts im Kopfe zu haben als schwarze Arbeiter und Kokosnüsse. Was ist denn los?«

Scheldon lächelte nur und wurde noch stiller, während er zuhörte, wie Joan und Tudor die Theorie der starken Hand erörterten, durch die der Weiße das Leben der niederen Rassen lenkte. Beim Zuhören wurde es Scheldon wie durch eine Offenbarung klar, daß es gerade das war, was er tat. Die beiden philosophierten darüber, er aber erlebte es, indem er die starke Hand seiner Rasse fest auf die Schulter der Niederen legte, die auf Berande arbeiteten oder die Plantage von außen bedrohten. Aber weshalb darüber sprechen? fragte er sich. Es genügte, es zu tun, und damit fertig.

Er äußerte dies trocken und ruhig und wurde sofort in einen Wortwechsel verwickelt, bei dem Joan und Tudor geschlossen gegen ihn standen und so erstaunliche Vorwürfe gegen die englische Selbstbeherrschung und Zurückhaltung, auf die er im Geheimen stolz war, erhoben, wie er es nie für möglich gehalten hätte.

»Der Yankee redet viel über das, was er tut oder getan hat,« sagte Tudor, »und wird deshalb von dem Engländer von oben herab als Prahlhans angesehen. Aber der Yankee ist das reine Kind. Er versteht gar nicht, wirkungsvoll zu prahlen. Er redet von seinen Taten, das ist richtig, aber der Engländer übertrumpft ihn, indem er nicht darüber redet. Wenn es heißt, daß der Engländer nicht prahlt, so ist das schließlich nichts weiter als nur eine feinere Form der Prahlerei. Es ist wirklich komisch, wie Sie zugeben werden.«

»Ich habe noch nie darüber nachgedacht«, fiel Joan ein. »Gewiß – ein Engländer kann schreckliche Heldentaten ausführen und ist hinterher bescheiden und zurückhaltend, lehnt es ab, überhaupt darüber zu sprechen, und durch dieses Schweigen deutet er eben an: solche Sachen mache ich jeden Tag, das ist ebenso leicht, wie das Abrollen einer Loggleine. Sie sollten erst sehen, welche wahren Heldentaten ich vollbringen könnte, wenn ich nur Gelegenheit dazu hätte. Aber diese Kleinigkeit – an der kann ich wirklich nichts Bemerkenswertes oder Ungewöhnliches sehen. Ich wünschte nur, alle meine und ihre Freunde würden einmal davon hören, daß ich bei einer Pulverexplosion in die Luft flog oder hundert Menschenleben rettete. Dann würde ich stolzer als Luzifer sein. Gestehen Sie, Herr Scheldon, haben Sie nicht auch innerlich ein stolzes Gefühl, wenn Sie etwas Kühnes oder Nützliches getan haben?«

Scheldon nickte.

»Nun,« drängte sie weiter, »Sie verbergen diesen Stolz unter einer Maske sorgloser Gleichgültigkeit – ist das nicht gleichbedeutend mit einer Lüge?«

»Ja, das ist es«, gab er zu. »Aber wir sagen doch täglich solche Lügen. Es ist eine Frage der Erziehung, und die Engländer sind eben besser erzogen, das ist alles. Mit der Zeit werden Ihre Landsleute eine ebenso gute Erziehung besitzen, der Yankee ist, wie Tudor sagte, noch jung.«

»Gott sei Dank!« rief Joan. »Bis zu diesen Lügen haben wir es noch nicht gebracht.«

»O doch«, sagte Scheldon schnell. »Erst vor wenigen Tagen taten Sie es. Erinnern Sie sich, wie Sie am Laternenfall hochkletterten? Ihr Gesicht war die verkörperte Lüge.«

»Das war etwas ganz anderes.«

»Gestatten Sie einen Augenblick«, fuhr er fort. »Ihr Gesicht war so ruhig und friedlich, als wenn Sie in einem Liegestuhl ruhten; sah man Ihr Gesicht an, so konnte man folgern, daß es etwas ganz Alltägliches für Sie wäre, das Gewicht Ihres Körpers Hand um Hand an einem Tau hochzuziehen, etwas, das ebenso leicht wäre, wie das Abrollen einer Loggleine. Und erzählen Sie mir nicht, Fräulein Lackland, daß Sie keine Gesichter geschnitten haben, als Sie das erstemal versuchten, an einem Tau hochzuklettern. Aber Sie haben diese Periode wie jeder Zirkusakrobat durch Übung überwunden. Sie haben Ihr Gesicht dazu erzogen, Ihre Empfindungen und die gewaltigen Anstrengungen, die Ihre Muskeln vollbrachten, zu verbergen. Es war, um mit Herrn Tudor zu sprechen, eine feinere Äußerung körperlicher Tapferkeit. Und darauf beruht eben unsere englische Selbstbeherrschung – sie ist lediglich eine Frage der Erziehung. Gewiß, wir sind innerlich stolz auf die Dinge, die wir tun oder getan haben – stolz wie Luzifer, ja, noch stolzer. Aber wir sind erwachsen und reden nicht mehr darüber.«

»Ich ergebe mich«, rief Joan. »Schließlich sind Sie doch nicht so stumpfsinnig.«

»Ja, Sie haben uns geschlagen«, gab Tudor zu. »Aber Sie würden es nicht dahin gebracht haben, wenn Sie nicht Ihre Erziehungsregeln durchbrochen hätten.«

»Wie meinen Sie das?«

»Indem Sie darüber sprachen.«

Joan klatschte zustimmend in die Hände. Tudor zündete sich eine Zigarette an, während Scheldon in unerschütterlicher Ruhe sitzenblieb.

»Jetzt haben Sie's gekriegt«, hetzte Joan. »Warum geben Sie es ihm nicht wieder?«

»Ich wüßte wirklich nicht, was ich sagen sollte«, erwiderte Scheldon. »Ich habe das Bewußtsein, daß meine Ansichten gesund sind, und das genügt mir.«

»Sie könnten erwidern,« meinte Joan, »daß ein Erwachsener, der sich mit Kindern abgibt, in ihrer Sprache sprechen muß, um sich ihnen verständlich zu machen.«

»In der Hitze des Gefechts sind Sie desertiert und zum Feinde übergegangen, Fräulein Lackland«, sagte Tudor vorwurfsvoll.

Aber sie hörte ihn nicht. Sie blickte gespannt über das Grundstück hinweg nach der See. Die beiden Männer folgten ihrem Blick und sahen ein grünes Licht und die Umrisse eines Segels.

»Ich bin gespannt, ob das die Martha ist, die zurückkommt«, bemerkte Tudor.

»Nein, das Seitenlicht steht zu niedrig«, antwortete Joan. »Außerdem haben sie Riemen ausgelegt. Hören Sie es nicht? Ein so großes Schiff wie die Martha würde man nicht rudern.«

»Das stimmt, und dazu hat die Martha noch einen Motor – fünfundzwanzig Pferdekräfte –« fügte Tudor hinzu.

»Das wäre ein Schiff für uns«, sagte Joan sehnsüchtig zu Scheldon. »Ich muß wirklich sehen, ob ich nicht einen Schoner mit Motor bekommen kann. Vielleicht könnte ich einen gebrauchten einbauen lassen.«

»Das würde wieder Ausgaben für einen Maschinisten bedeuten«, wandte er ein.

»Aber es würde sich durch schnellere Fahrt bezahlt machen«, widersprach sie. »Ein guter Motor ist so gut wie eine Versicherung. Ich weiß Bescheid. Ich habe mich selbst zwischen den Riffen herumgetrieben. Außerdem könnte ich ja, wenn Sie nicht so mittelalterlich wären, selbst das Schiff führen und mehr als das Gehalt des Maschinisten sparen.«

Er antwortete nicht auf ihren Stich, und sie blickte ihn an. Er sah über das Wasser hinaus, und im Lampenschein waren die Linien seines Gesichts stark, ernst und eigensinnig, der Mund beinahe keusch, aber fester und mit dünneren Lippen als der Tudors. Zum ersten Male wurde sie sich seiner Stärke bewußt, die in seiner Ruhe, seiner einfachen Redlichkeit und besonnenen Entschlossenheit lag. Sie warf einen schnellen Blick auf Tudor. Dessen Gesicht war hübscher, berührte im ersten Augenblick angenehmer. Aber der Mund gefiel ihr nicht. Er war wie zum Küssen bestimmt, und sie verabscheute Küsse. Für den Augenblick war sie sich über den Mann nicht klar. Vielleicht hatte Scheldon recht mit seinem Urteil. Sie wußte es nicht, und außerdem berührte es sie wenig. Schiffe und See und alles, was damit zusammenhing, interessierte sie bedeutend mehr als Männer, und im nächsten Augenblick sah sie wieder durch die warme tropische Dunkelheit nach den Umrissen des Segels und dem ruhigen Grün des sich nahenden Seitenlichtes und horchte gespannt auf den kurzen Schlag der Riemen in den Dollen. Im Geiste sah sie die nackten, gespannten Körper der Schwarzen, wie sie sich rhythmisch bei der Arbeit bogen und streckten, und sie wußte, daß irgendwo auf diesem fremden Deck der unvermeidliche Herrenmensch stand, der das Fahrzeug zu seinem Ankerplatz leitete, indem er scharf nach dem undeutlichen Waldstreifen der Küste spähte, um die in der Nacht trügerische Entfernung abzuschätzen; der auf seinen Wangen den ersten Hauch der Landbrise spürte, die gerade zu wehen begann, und der wägend, überlegend, messend, schätzend die zwanzig oder mehr sich immer ändernden Kräfte lenkte, mit deren

Hilfe er seinen Weg machte. Sie wußte das, weil sie es liebte und miterlebte, wie nur ein Seemann es kann.

Zweimal hörte sie das Plätschern des Lotes und horchte gespannt auf den Ruf, der folgte. Das eine Mal sprach eine Männerstimme, tief, befehlend. Sie bebte vor Freude darüber. Es war nur die Anweisung für den Rudergast, das Ruder nach Backbord umzulegen. Sie beobachtete die geringe Änderung des Kurses, wußte, daß sie vorgenommen wurde, damit die feststehenden Segel den ersten Hauch der Landbrise auffangen konnten. Und sie wartete nur darauf, daß dieselbe tiefe Stimme das Wort »Stütz« rufen würde. Und wieder bebte sie, als der Ruf erklang. Noch einmal fiel das Lot, und »elf Faden« lautete der Ruf. »Fall Anker«, klang die tiefe Stimme durch die Dunkelheit, und es folgte das ungestüme Rasseln der Ankerkette. Das Kreischen der Scheiben in den Blöcken, als die Segel heruntergefiert wurden, war Musik für sie; sie bemerkte sofort, daß ein Klüverfall klemmte, und sah beinahe den ungeduldigen Ruck, mit dem der Seemann es klar machte. Die beiden Männer neben ihr existierten für sie so lange nicht mehr, bis der Anker gefaßt hatte und beide Lichter, das rote und das grüne, in Sicht gekommen waren.

Scheldon war gespannt, was für ein Schiff es sein mochte, während Tudor immer noch glaubte, daß es die Martha sei.

»Es ist die Minerva«, sagte Joan bestimmt.

»Woher wissen Sie das?« fragte Scheldon zweifelnd.

»Erstens ist es eine Jacht. Und zweitens würde ich sie immer an dem Klappern ihrer Groß-Piek-Blöcke erkennen – sie sind zu groß für das Fall.«

Eine dunkle Gestalt, die bis jetzt das Schiff beobachtet hatte, näherte sich jetzt vom Strande her dem Hause.

»Bist du es, Utami?« rief Joan.

»Nein, Missie, mich Matapuu«, lautete die Antwort.

»Was Schiff ist es?«

»Mich glauben, Minerva.«

Joan blickte triumphierend auf Scheldon, der sich verneigte.

»Wenn Matapuu es sagt, muß es wohl stimmen«, murmelte er.

»Aber wenn Joan Lackland es sagt, bezweifeln Sie es«, rief sie. »Genau so, wie Sie ihre Fähigkeit als Schiffer bezweifeln. Aber das macht nichts, eines Tages wird Ihnen Ihre Ungefälligkeit schon leid tun. – Da wird das Boot zu Wasser gefiert, und in fünf Minuten werden wir Christian Young die Hand schütteln.«

Lalaperu brachte Gläser, Zigarren und den unvermeidlichen Whisky, und ehe noch die fünf Minuten vergangen waren, klappte schon die Pforte, und Christian Young kam, braun, golden und sanft wie immer, die Bungalowtreppe zu ihnen herauf.

Die Unverbesserliche

Christian Young brachte, wie gewöhnlich, Neuigkeiten mit, vom Trinken in Guvutu, wo die Männer sich brüsteten, daß sie zwischen je zwei Gläsern ein drittes trinken, von Gewehren, die auf Ysabel im Umlauf sein sollten, von den letzten Morden auf Malaita, von Tom Butlers Krankheit auf Santa Anna; und schließlich als wichtigstes, daß die Matambo in den Shortlands auf ein Riff gelaufen war und zur Reparatur aufgelegt werden mußte.

»Das heißt, daß Sie Ihre Reise nach Sydney um fünf Wochen aufschieben müssen«, sagte Scheldon zu Joan. »Und daß wir kostbare Zeit verlieren«, fügte sie traurig hinzu.

»Wenn Sie nach Sydney wollen – die Upolu fährt morgen nachmittag von Tulagi ab«, sagte Young.

»Aber ich denke, sie bringt den Deutschen in Samoa Arbeiter«, wandte sie ein. »Ich könnte sie jedenfalls bis Samoa benutzen und von Apia aus auf einem Frachtdampfer der Weir-Linie weiterfahren. Es ist zwar ein großer Umweg, aber ich würde dennoch Zeit sparen.«

»Diesmal fährt die Upolu direkt nach Sydney«, erklärte Young. »Sie geht ins Dock, und Sie können sie bis morgen nachmittag um fünf Uhr erreichen. Das sagte mir wenigstens der erste Offizier.«

»Aber ich muß erst nach Guvutu.« Joan blickte die Männer mit einem eifrigen Ausdruck an. »Ich habe einige Einkäufe dort zu machen. Ich kann doch nicht in diesem Berandefähnchen nach Sydney reisen. Ich muß mir Stoff in Guvutu kaufen und mir unterwegs ein Kleid nähen. Ich fahre gleich – in einer Stunde. Lalaperu, du bringen mir ein fella Adamu-Adam. Sagen ihn, daß fella Ornfiri machen Kaikai, nehmen mit Walboot.«

Sie erhob sich und blickte Scheldon an. »Und Sie lassen bitte das Boot zu Wasser bringen – mein Boot, nicht wahr? Ich fahre in einer Stunde.«

Scheldon und Tudor sahen beide auf ihre Uhren.

»Die Fahrt dauert die ganze Nacht«, sagte Scheldon. »Sie sollten lieber bis morgen früh warten.«

»Und meine Einkäufe fahren lassen? Nein, danke. Außerdem ist die Upolu kein regelrechter Passagierdampfer und kann ebensogut früher wie zur angegebenen Zeit abfahren. Und nach allem, was ich von diesen Sybariten in Guvutu gehört habe, läßt sich morgens am besten einkaufen. Aber jetzt entschuldigen Sie mich bitte, ich muß packen.«

»Ich fahre mit hinüber«, verkündete Scheldon.

»Ich werde Sie auf der Minerva hinbringen«, sagte Young.

Sie schüttelte lächelnd den Kopf.

»Ich fahre in meinem Boot. Sie sind so besorgt, als ob ich noch nie vom Hause fortgewesen wäre. Ihnen, Herr Scheldon, kann ich als meinem Teilhaber nicht erlauben, Berande und Ihre Arbeit aus falsch verstandener Höflichkeit zu verlassen. Wenn Sie mir nicht erlauben, Kapitän zu sein, erlaube ich Ihnen nicht, sich als Beschützer junger Damen, die keinen Schutz nötig haben, auf See herumzutreiben. Und Sie, Kapitän Young, wissen selbst, daß Sie Guvutu erst heute morgen verlassen haben, daß Sie nach Marau wollen und, wie Sie selbst gesagt haben, in zwei Stunden wieder in See gehen müssen.«

»Aber darf ich Sie nicht begleiten?« fragte Tudor mit einem bittenden Ton in seiner Stimme, der Scheldon auf die Nerven fiel.

»Nein, nein und nochmals nein«, rief sie. »Sie haben alle Ihre Arbeit und ich auch. Ich bin in die Salomons gekommen, um zu arbeiten und nicht, um wie ein Püppchen herumgeführt zu werden. Im übrigen steht hier meine Eskorte, und ich habe noch sieben ebensolche.«

Adamu-Adam stand neben ihr und überragte sie und auch die drei Männer. Das enganliegende Hemd konnte seine mächtigen Muskeln nicht verbergen.

»Sehen Sie seine Faust«, sagte Tudor. »Ich möchte keinen Schlag damit bekommen.«

»Das glaube ich«, lachte Joan. »Ich habe gesehen, wie er dem Kapitän einer schwedischen Jacht am Strande von Levuka auf den Fidschi-Inseln eins versetzte. Der Kapitän hatte angefangen. Ich sah alles, es war prachtvoll. Adamu schlug nur einmal zu und brach dem Manne den Arm. Weißt du noch, Adamu?«

Der große Tahitianer nickte lächelnd. Seine sanften schwarzen Rehaugen schienen einer so kriegerischen Natur zu widersprechen.

»In einer Stunde brechen wir mit dem Boot nach Guvutu auf«, sagte Joan zu ihm. »Sag deinen Brüdern allen, daß sie sich fertig machen. Wir fahren mit der Upolu nach Sydney. Ihr kommt alle mit und segelt dann mit dem neuen Schoner nach den Salomons zurück. Nehmt eure Extrahemden mit, es ist kalt dort unten. Nun lauf und sag ihnen, daß sie sich beeilen. Laßt die Gewehre hier, gebt sie Herrn Scheldon, wir brauchen sie nicht.«

»Wenn Sie wirklich entschlossen sind zu fahren —«, begann Scheldon.

»Das ist längst entschieden«, erwiderte sie kurz. »Ich gehe jetzt packen. Aber ich will Ihnen sagen, was Sie für mich tun können – geben Sie meinen Leuten etwas Tabak, und was sie sonst wollen.«

Eine Stunde später hatten die drei Männer Joan am Strande die Hand gedrückt. Sie gab das Zeichen, und das Boot setzte ab, sechs Mann an den Riemen, der siebente vorn, und Adamu-Adam am Steuerruder. Joan stand aufrecht im Stern des Bootes und winkte – eine schlanke Frauengestalt in der enganliegenden Jacke, die sie getragen hatte, als sie nach dem Schiffbruch gelandet war – den langläufigen Revolver im Gürtel über ihrer Hüfte hängend, und das scharfgeschnittene Knabengesicht unter dem Cowboyhut, der die schwere Masse ihres langen Haares nicht verbergen konnte.

»Gehen Sie lieber unter Dach«, rief sie ihnen zu. »Dort kommt eine schwere Bö. Ich hoffe, Sie haben genügend Kette aus, Kapitän Young. Auf Wiedersehen!« Die letzten Worte drangen aus der Dunkelheit, die sich dicht um das Boot legte. Trotzdem starrten sie weiter in die Finsternis, dorthin, wo das Boot verschwunden war, und horchten auf den gleichmäßigen Schlag der Riemen in den Dollen, bis er schwächer wurde und schließlich erstarb.

»Sie ist nur ein Mädchen,« sagte Christian Young fast feierlich, »sie ist nur ein Mädchen«, wiederholte er noch feierlicher.

»Und ein verteufelt hübsches dazu«, lachte Tudor. »Sie hat Mut, was, Scheldon?«

»Ja, sie ist tapfer«, lautete die zögernde Antwort; Scheldon hatte keine Lust, sich über sie auszusprechen. »Das ist das Amerikanische an ihr«, fuhr Tudor fort. – »Energie und Unabhängigkeit, was meinen Sie, Kapitän?«

»Ich meine, daß sie jung ist, sehr jung, ein Kind noch«, erwiderte der Kapitän der Minerva, indem er weiter in die Dunkelheit starrte, die sie verbarg.

Die Finsternis schien plötzlich an Dichte zuzunehmen, und sie stolperten den Strand hinauf, um die Pforte zu erreichen.

»Hüten Sie sich vor fallenden Nüssen«, warnte Scheldon, als der erste Stoß der Bö durch die Palmen fuhr. Sie faßten sich an den Händen und tasteten sich vorwärts, während die reifen Kokosnüsse in einem heftigen Regenschauer um sie niederprasselten. Sie erreichten die Veranda, setzten sich schweigend zu ihrem Whisky und blickten starr nach der See, wo in den Pausen des strömenden Regens das wild schwankende Ankerlicht der Minerva zu sehen war.

Irgendwo dort draußen, dachte Scheldon, fährt Joan Lackland, das Mädchen, das noch nicht erwachsen ist, das schöne Weib mit den Sinnen und Wünschen eines Knaben, das Berande fast ebenso verlassen hat, wie sie gekommen ist: im Stern ihres Bootes, Adamu-Adam am Steuer und ihre wilde Besatzung über die Riemen gekrümmt. Und sie hat ihren Cowboyhut, ihren Patronengürtel und den langläufigen Revolver mitgenommen – er entdeckte plötzlich eine große Vorliebe für diese Dinge, über die er, als er sie das erstemal gesehen, heimlich gelacht hatte. Er fühlte, daß er sich in sentimentale Phantasien verlor und spürte fast Lust zu lachen. Aber er lachte nicht. Im nächsten Augenblick dachte er wieder an den Hut, den Gürtel und den Revolver. Zweifellos ist das Liebe, dachte er und empfand einen gewissen Stolz darüber, daß die Salomons noch nicht alle Gefühle in ihm getötet hatten.

Eine Stunde später stand Christian Young auf, klopfte seine Pfeife aus und machte sich bereit, an Bord zu gehen.

»Sie ist all right«, sagte er, obgleich keiner ein Wort gesagt hatte, aber dennoch drückte er den Gedanken aller aus. »Sie hat eine gute Bootsbesatzung und versteht die Sache. Gute Nacht, Herr Scheldon; kann ich in Maxau etwas für Sie tun?« Er wandte sich um und zeigte auf ein sichtbar werdendes Stück Sternenhimmel. »Es ist doch noch eine schöne Nacht geworden. Bei dieser günstigen Brise kann sie sicher schon Segel setzen und wird Guvutu bei Tagesanbruch erreichen. Gute Nacht!«

»Ich denke, ich gehe auch schlafen«, sagte Tudor, indem er aufstand und sein Glas auf den Tisch stellte. »Ich breche morgen ganz früh auf, es ist eine Schande, wie lange ich hier herumgelungert habe. Gute Nacht.« Scheldon blieb allein sitzen und grübelte, ob der andere sich wohl auch entschlossen hätte, am nächsten Morgen abzufahren, wenn Joan nicht fortgesegelt wäre. Nun, einen schwachen Trost hatte er: Joan hatte sich auf Berande um keinen Mann gekümmert, nicht einmal um Tudor. »Ich fahre in einer Stunde.« Diese ihre Worte klangen noch in seinen Ohren, und mit geschlossenen Augen konnte er sie sehen, wie sie aufgestanden war, als sie gesprochen hatte. Er lächelte. In demselben Augenblick, als sie die Nachricht gehört hatte, war sie auch schon zur Reise entschlossen gewesen. Es war zwar nicht sehr schmeichelhaft für die Männer, Aber was galt ihr ein Mann, wenn es möglich war, nach Sydney zu fahren und einen Schoner zu kaufen?

In den nächsten Tagen fühlte sich Scheldon auf Berande sehr einsam. Am Morgen nach Joans Abreise hatte er die Expedition Tudors den Balesuna hinauffahren sehen; spät am Nachmittag hatte er durch das Glas den Rauch der Upolu gesehen, die Joan nach Sydney brachte, und am Abend saß er einsam bei Tische. Aber statt zu essen, verwandte er seine Zeit darauf, auf ihren leeren Stuhl zu starren. Er trat nie auf die Veranda hinaus, ohne zuerst einen Blick nach ihrem Grashause in der Ecke des Grundstücks zu werfen, und als er eines Abends ziellos die Bälle auf dem Billard herumstieß, überraschte er sich dabei, wie er auf den Nagel starrte, an den sie vom ersten Tage an ihren Cowboyhut und ihren Gürtel gehängt hatte.

Was geht sie mich an? fragte er sich ärgerlich. Sie war sicher die letzte Frau auf der Welt, die er sich erwählt haben würde. Nie hatte er jemand getroffen, der ihn so geärgert, seine Gefühle so verletzt, so alles Herkömmliche über den Haufen geworfen und alles, was ihm das Ideal einer Frau ausmachte, für sich abgelehnt hatte. War er schon zu lange von der Außenwelt abgeschlossen? Hatte er vergessen, wie das weibliche Geschlecht war? War es vielleicht nur ein Fall von Seelenverwandtschaft? – Und sie war doch gar keine richtige Frau. Sie war eine Komödiantin. Trotz ihres weiblichen Aussehens war sie ein Knabe, der knabenhafte Streiche machte, zwischen den Haien nach Fischen tauchte, einen Revolver handhabte, sich nach Abenteuern sehnte, und, was noch mehr war, in ihrem Boot mit ihren wilden Insulanern und ihrem Sack voll Goldstücken auf Abenteuer ausging. Aber er liebte sie, das war der Kernpunkt des Ganzen; und er versuchte gar nicht, sich etwas vorzumachen. Er bedauerte es auch nicht. Er liebte sie eben – das war die überwältigende, erstaunliche Tatsache.

Von neuem entdeckte er seine große Begeisterung für Berande. Alle Illusionen, die er sich über das Leben eines Tropenpflanzers gemacht hatte, waren durch die ernsten Verhältnisse auf den Salomons zunichte geworden. Nach Hughies Tod hatte er beschlossen, sich irgendwie mit der Plantage durchzuringen; aber dieser Entschluß hatte nur auf seiner angeborenen Hartnäckigkeit und seiner Abneigung dagegen beruht, eine begonnene Arbeit aufzugeben. Jetzt aber war es anders. Berande bedeutete ihm alles. Er mußte Erfolg haben – nicht allein, weil Joan seine Teilhaberin geworden, sondern weil er diese Teilhaberschaft zu einer dauernden gestalten wollte. Noch drei Jahre, und die Plantage stellte eine glänzende Kapitalsanlage dar. Dann konnten sie alljährlich oder noch öfter nach Sydney fahren, gelegentlich eine Reise nach England – oder nach Hawai – machen. Er verbrachte seine

Abende damit, daß er über Berechnungen brütete oder endlose Kalkulationen über billigere Koprafrachten und etwaige Maximal- und Minimalpreise für diesen Handelsartikel aufstellte. Tagsüber war er draußen auf der Plantage. Er begann, mehr Busch zu roden, und das Roden und Pflanzen ging unter seiner persönlichen Aufsicht schneller als je. Er versuchte es mit Prämien für Extraarbeiten. Er sah, daß er mehr Schwarze brauchte. Aber er konnte sie erst bekommen, wenn Joan mit dem Schoner zurückkehrte. Denn die gewerbsmäßigen Werber hatten sämtlich langjährige Kontrakte mit Gebrüder Fulerum, Morgan & Raff und Fires, Philp & Co., während die Flibberty-Gibbet genug zu tun hatte mit ihren Fahrten zwischen seinen weit verstreuten Stationen, die sich von der Küste von Neu-Georgia einerseits bis Sikiani anderseits erstreckten. Schwarze brauchte er auf jeden Fall. Aber selbst, wenn Joan Glück hatte und einen Schoner fand, vergingen mindestens drei Monate, ehe die ersten nach Berande gebracht werden konnten.

Eine Woche nach der Abfahrt der Upolu ankerte die Malakula vor Berande. Der Kapitän kam an Land, um eine Partie Billard zu spielen und zu plaudern, bis die Landbrise aufkam. Außerdem mußte er, wie er seinem Supercargo sagte, an Land, um ein großes Paket mit Samen nebst genauer Gebrauchsanweisung von Joan abzugeben, und um Sheldon mit den Neuigkeiten, die er brachte, eine kleine Überraschung zu bereiten.

Kapitän Aukland spielte zunächst seine Partie Billard und erst, als er bequem, sein zweites Glas Whisky in der Hand, in einem Korbsessel saß, ließ er die Bombe platzen.

»Ein Hauptkerl, dies Fräulein Lackland«, erklärte er. »Behauptet, sie sei an Berande beteiligt! Sagt, sie sei Ihr Teilhaber! Stimmt das?«

Sheldon nickte kühl.

»Tatsächlich? Das ist eine Überraschung! Nun, in Guvutu und Tulagi hat man ihr nicht geglaubt. Man ist dort wahrhaftig allerhand gewöhnt, aber – haha! –« Er hielt inne, um zu lachen und sich den kahlen Kopf mit einem Kanakentaschentuch abzuwischen. »Aber diese Teilhabergeschichte war den

Leuten doch zuviel, wenn sie ihnen auch einen Grund gab, ein bißchen mehr zu trinken.«

»Es ist durchaus nichts Merkwürdiges daran, es ist eine ganz einfache geschäftliche Angelegenheit.« Sheldon bemühte sich, es so darzustellen, als ob derartige Geschäfte etwas ganz Alltägliches auf den Plantagen der Salomoninseln seien. »Sie hat etwa fünfzehnhundert Pfund in Berande angelegt.«

»Ja, das sagte sie.«

»Sie ist in Geschäften für die Plantage nach Sydney gefahren.«

»Nein, das ist sie nicht.«

»Wie bitte?«

»Ich sagte, daß sie das nicht ist! Weiter nichts!«

»Ist denn die Upolu nicht abgefahren? Ich möchte schwören, daß ich Dienstag nachmittags ihren Rauch gesehen habe, als sie Savo passierte.«

»Die Upolu ist abgefahren« – Kapitän Aukland schlürfte seinen Whisky mit herausfordernder Langsamkeit, »aber Fräulein Lackland war nicht an Bord.«

»Wo ist sie denn?«

»In Guvutu. Wenigstens habe ich sie dort zuletzt gesehen. Sie wollte doch nach Sydney, um einen Schoner zu kaufen?«

»Ja, ja.«

»Das sagte sie. Nun, sie hat einen gekauft, aber ich möchte keine zehn Schilling dafür geben, wenn ein Nordwest aufkommt; es ist Zeit, daß wir einen kriegen. Das gute Wetter hat zu lange gedauert, als daß es noch weiter anhalten könnte.«

»Wenn Sie hergekommen sind, um mich neugierig zu machen,« sagte Sheldon, »dann haben Sie Ihren Zweck erreicht. Nun legen Sie schon los, was ist geschehen? Was ist das für ein Schoner? Wo ist er? Wie kam sie dazu, ihn zu kaufen?«

»Erstens: es ist die Martha«, antwortete der Kapitän, indem er seine Antworten an den Fingern herzählte. »Zweitens: die Martha sitzt auf dem Außenriff von Punga-Punga, hat alles verloren, was nicht niet- und nagelfest war, und steht im Begriff, bei der ersten unruhigen See auseinanderzubrechen. Und drittens: Fräulein Lackland hat sie auf der Auktion gekauft. Sie bekam den Zuschlag für fünfundfünfzig Pfund. Ich

weiß es genau, da ich selbst für Morgan & Raff fünfzig geboten hatte. Die wurden mächtig wütend! Ich sagte ihnen, sie
sollten sich zum Teufel scheren, und es sei ihr eigener Fehler,
daß sie mich bei einem Höchstgebot von fünfzig Pfund fest-
gelegt hätten, wenn sie dachten, daß die Martha mehr wert sei.
Sie hatten eben nicht mit einer Konkurrenz gerechnet.
Fulerum hatte keinen Vertreter geschickt, ebensowenig Fires,
Philp & Co., und der einzige, den sie zu fürchten hatten, war
Nielsens Agent, Squires, und den hatten sie so betrunken
gemacht, daß er in Guvutu fest schlief.

»»Zwanzig‹, bot ich. ›Fünfundzwanzig‹, sagte die Kleine.
›Dreißig‹, sagte ich. ›Vierzig‹, sagte sie. ›Fünfzig‹ ich. ›Fünfundfünfzig‹ sie. Und da konnte ich nicht mehr mit. ›Warten Sie,
bis ich mit meinen Auftraggebern gesprochen habe.‹ ›Nein,
das tue ich nicht‹, sagte sie. ›Es ist so üblich‹, sagte ich. ›Nirgends in der Welt‹, sagte sie. ›Aber die Höflichkeit in den
Salomons verlangt es‹, sagte ich.

»Und wahrhaftig, ich glaube, Burnett hätte es getan, aber
sie flötete süß und schnippisch: ›Herr Auktionator, wollen Sie
gefälligst in der üblichen Weise mit der Versteigerung fortfah-
ren? Ich habe noch andere Geschäfte zu erledigen und kann
es mir nicht leisten, die ganze Nacht auf Leute zu warten, die
nicht wissen, was sie wollen.‹ Und dann lächelte sie Burnett
zu, wie, nun, Sie wissen, ein gewinnendes Lächeln, und, hol's
der Teufel, Burnett schrie: ›Zum ersten, zum zweiten – letztes
Gebot – zum zweiten, zum zweiten für fünfundfünfzig Pfund
– zum zweiten – – und – – zum – dritten – für Sie, Fräulein –
äh – wie ist Ihr Name bitte?‹

»»Joan Lackland‹, sagte sie und lächelte mir zu. Und so bekam sie die Martha.«

Scheldon durchfuhr eine jähe Freude. Die Martha! Ein
besserer Schoner als die Malakula und somit der beste in den
Salomons. Das war das richtige Schiff zum Werben, und
obendrein hatten sie ihn an Ort und Stelle. Dann aber machte
er sich klar, daß die Aussicht auf die Bergung des Schoners
nur gering sein konnte, wenn er auf der Auktion für fünfundfünfzig Pfund weggegangen war.

»Wie kam es denn eigentlich?« fragte er. »War es nicht etwas voreilig, die Martha zu verkaufen?«

»Sie mußten. Sie kennen doch das Riff von Punga-Punga. Das Schiff ist keine zwei Groschen wert, wenn auch nur der geringste Seegang aufkommt. Und ein Nordwest kann jeden Augenblick aufspringen. Die Besatzung hatte den Schoner gänzlich aufgegeben. Dachte nicht einmal im Traum an eine Auktion. Morgan & Raff überredeten sie erst dazu. Es ist ein genossenschaftliches Unternehmen, wie Sie wissen, alle Mann, einschließlich Koch, sind beteiligt. Sie hielten eine Versammlung ab und stimmten für den Verkauf.«

»Warum blieben die Leute nicht dort und versuchten das Schiff zu retten?«

»Warum sie nicht dortblieben? Sie kennen doch Malaita, und Sie kennen Punga-Punga. Es ist dort, wo sie die Scottish Chiefs abschnitten und alle Mann ermordeten. Es gab keine andere Möglichkeit, als in die Boote zu gehen. Das Ruder versagte, und nach fünf Minuten saß die Martha auf dem Riff und wurde von den Eingeborenen überfallen. Die trieben die Besatzung einfach in die Boote. Ich sprach mit einigen von den Leuten. Sie schwuren, daß innerhalb einer halben Stunde zweihundert Kriegskanus um sie herumgewesen wären und fünfhundert Buschleute am Strande gewartet hatten, und daß man vor lauter Rauch von den Signalfeuern überhaupt nichts von Malaita hätte sehen können. Sie flohen nach Tulagi.«

»Aber leisteten sie denn gar keinen Widerstand?« fragte Scheldon.

»Ja, es ist merkwürdig, daß sie es nicht taten. Aber sie wurden getrennt. Sehen Sie, zwei Drittel waren waffenlos in den Booten, um die Anker auszufahren, und dachten nicht im geringsten an einen Angriff der Eingeborenen. Sie erkannten ihren Irrtum erst zu spät. Die Eingeborenen hatten die Oberhand. Das kommt, weil sie Neulinge sind. Ihnen oder mir oder sonst einem alten Südseemann wäre das nie passiert.«

»Und was gedenkt Fräulein Lackland jetzt zu tun?« Kapitän Aukland grinste.

»Sie wird wohl versuchen, die Martha wieder flott zu machen; warum hätte sie sonst fünfundfünfzig Pfund dafür bezahlt? Und wenn ihr das nicht gelingt, wird sie versuchen, zu ihrem Gelde zu kommen, indem sie die Spieren, das Patent-Ruder-Geschirr und die Winschen birgt. Ich wenigstens würde das tun, wenn ich an ihrer Stelle wäre. Als ich abfuhr, hatte das Mädel gerade die Emily gechartert. – ›Ich muß zum Werben fahren‹, sagte Munster – der ist jetzt Kapitän und Eigner. – ›Und wieviel verdienen Sie auf der Reise?‹ fragte sie. ›Ach, fünfzig Pfund‹, sagte er, ›Schön‹, sagte sie, ›Sie fahren mit Ihrer Emily für mich und bekommen fünfundsiebzig Pfund.‹ Erinnern Sie sich an den großen Anker und die Kette, die hinter dem Kohlenschuppen liegen? Die kaufte sie gerade, als ich abfuhr. Sie ist ein richtiger kleiner Teufel, Ihr Mädel.«

»Sie ist mein Teilhaber,« verbesserte Scheldon.

»Nun, dann aber jedenfalls ein guter und praktischer! Mein Wort! Eine weiße Frau auf Malaita und noch dazu auf Punga-Punga! Ach, ich vergaß, Ihnen zu erzählen – sie beschwatzte Burnett, ihr acht Gewehre für ihre Leute und drei Kisten Dynamit zu leihen. Sie würden gelacht haben, wenn Sie gesehen hätten, wie sie diese Guvutu-Gesellschaft in Staunen setzte, als man höflich versuchte, ihr gute Ratschläge zu erteilen. Das Mädel ist ein Wunder, etwas Unnatürliches, eine Katastrophe. Wahrhaftig – eine Katastrophe! Sie hat Guvutu und Tulagi wie ein Sturmwind aufgerüttelt; bis zum letzten verkommenen Kerl sind alle in sie verliebt. Mit Ausnahme von Raff. Der ist böse wegen der Auktion und hielt ihr seinen Vertrag mit Munster vor. Sie tat weiter nichts, als daß sie ihm dankte, den Vertrag durchlas und darauf hinwies, daß Munster zwar verpflichtet sei, alle geworbenen Arbeiter an Morgan & Raff abzuliefern, daß das Dokument aber keine Klausel enthielte, die ihm verböte, die Emily zu verchartern.

»Hier ist Ihr Kontrakt‹, sagte sie, indem sie ihn zurückgab. ›Ein sehr guter Vertrag. Aber wenn Sie wieder einmal einen aufsetzen, dann fügen Sie eine Klausel hinzu, die solche unerwarteten Ereignisse wie dieses vorsieht.‹ Und, bei Gott, da hatte sie auch ihn eingewickelt.

»Aber da ist die Brise, und ich muß weg. Leben Sie wohl, ich hoffe, das Mädel hat Erfolg. Die Martha ist ein Prachtschiff und könnte die Jessie ersetzen.«

»Ihr« Fräulein Lackland

Als Scheldon am nächsten Morgen von der Plantage kam, um zu frühstücken, lag die Missionsjacht Apostel vor Anker, und die Mannschaft ließ gerade zwei Stuten und ein Fohlen an Land schwimmen. Er kannte die Tiere, sie gehörten dem Kommissar, und er dachte sofort, ob Joan sie etwa gekauft hätte. Sie machte offenbar ihre Drohung wahr, die Salomons in Erstaunen zu setzen, und er war auf alles gefaßt.

»Fräulein Lackland schickt sie«, sagte Welshmere, der Missionsarzt, als er an Land kam und ihm die Hand drückte. »Es ist auch eine Kiste mit Sätteln an Bord, dieser Brief von ihr und der Kapitän der Flibberty-Gibbet.«

Im nächsten Augenblick war Olson schon, ehe Scheldon ihn begrüßen konnte, aus dem Boot gestiegen und begann:

»Sie hat die Flibberty-Gibbet gestohlen, Herr Scheldon. Einfach damit weggesegelt. Das ist ja ein ganz tolles Frauenzimmer! Sie hat mir durch die Aufregung das Fieber verschafft. Und betrunken hat sie mich auch gemacht – glatt besoffen!«

Doktor Welshmere lachte herzlich.

»Immerhin ist sie kein schlimmer Teufel, Ihr Fräulein Lackland. Drei Leuten hat sie das Trinken abgewöhnt oder, was auf dasselbe herauskommt, ihnen den Whisky weggenommen. Sie kennen sie: Brahms, Curtis und Fowler. Sie hat sie mit auf die Flibberty-Gibbet genommen.«

»Jetzt ist sie Schiffer von der Flibberty-Gibbet«, warf Olson ein. »Und so wahr, wie die Salomons nicht vom lieben Gott gemacht sind, wird sie scheitern.«

Doktor Welshmere bemühte sich, ein empörtes Gesicht zu machen, lachte aber doch wieder.

»Sie hat ihren eigenen Kopf«, sagte er. »Ich habe versucht ihr auszureden, die Pferde herzuschaffen, indem ich ihr sagte, daß ich keine Fracht berechnen dürfte, weil die Apostel als Lustjacht eingetragen sei, und daß ich um Savo und oben um Guadalcanar herumführe. Aber es nützte nichts. ›Kümmern Sie sich nicht um die Fracht‹, sagte sie. ›Sie nehmen eben die Pferde aus Gefälligkeit mit, und wenn ich die Martha flott bekommen habe, werde ich Ihnen auch gelegentlich gefällig sein.‹«

»»Kümmern Sie sich nicht um Ihre Orders‹, sagte sie zu mir,« rief Olson. »›Ich bin jetzt Ihr Reeder, und Sie bekommen Ihre Befehle von mir.‹ ›Sehen Sie sich doch die Ladung von Elfenbeinnüssen an‹, sagte ich. ›Kümmern Sie sich nicht um die‹, sagte sie. ›Jetzt geht es um etwas mehr als um Elfenbeinnüsse! Sobald Sie in See gegangen sind, werfen wir sie über Bord.‹«

Scheldon hielt sich die Ohren zu.

»Ich weiß ja noch gar nicht, was überhaupt passiert ist, und Sie wollen mir die Geschichte von hinten erzählen. Kommen Sie mit ins Haus und in den Schatten und fangen Sie von vorn an.«

»Ich möchte nur eines wissen«, begann Olson, als sie Platz genommen hatten. »Ist sie Ihr Teilhaber oder nicht?«

»Das ist sie,« versicherte ihm Scheldon.

»Wer hätte das geglaubt!« Olson blickte hilfesuchend auf Doktor Welshmere und wieder auf Scheldon. »Ich habe ja schon manches Unglaubliche auf den Salomons gesehen — zwei Fuß lange Ratten, Schmetterlinge, die der Kommissar mit dem Gewehr schießt, Ohrgehänge, die den Teufel beschämt hätten, und Kopfjäger, neben denen der Teufel wie ein Engel aussieht. Das alles habe ich gesehen und mich daran gewöhnt, aber Ihr Fräulein Lackland —«

»Fräulein Lackland ist mein Partner und Teilhaber von Berande«, unterbrach ihn Scheldon.

»Das hat sie gesagt«, polterte der Kapitän ärgerlich. »Aber sie hatte keine Papiere, um es zu beweisen. Wie sollte ich es wissen? Und dann hatten wir doch die Ladung Elfenbeinnüsse! Acht Tonnen!«

»Beginnen Sie doch mit dem —« versuchte Scheldon einzuwerfen.

»Und dann hat sie diese Trunkenbolde angestellt, drei von den schlimmsten Kerlen, die je die Salomons unsicher gemacht haben — fünfzehn Pfund pro Kopf und Monat — was sagen Sie dazu! Ist noch dazu mit ihnen weggesegelt! Ach — geben Sie mir einen Schluck zu trinken. Der Missionar wird nichts dagegen haben. Ich bin jetzt vier Tage auf einem Abstinenzschiff gefahren und pfeife auf dem letzten Loch.«

Doktor Welshmere nickte als Antwort auf Scheldons fragenden Blick. Viaburi wurde geschickt, um Whisky und Sodawasser zu holen.

»Es steht also fest, Kapitän Olson«, sagte Scheldon, als der Seemann sich gestärkt hatte, »daß Fräulein Lackland mit Ihrem Schiff ausgerückt ist. Also jetzt erzählen Sie mir bitte mal klar und deutlich, was geschehen ist.«

»Schön: Also ich war gerade mit der Flibberty-Gibbet eingelaufen. Ehe der Anker unten war, war sie schon an Bord – in ihrem Boot mit ihrer Bande von Tahitianern, diesem großen Adamu-Adam und den andern. ›Ankern Sie nicht, Kapitän Olson‹, rief sie. ›Sie müssen nach Punga-Punga gehen.‹ Ich sah sie an, ob sie vielleicht zu viel getrunken hätte. Was sollte ich davon halten? Ich drehte gerade neben der Untiefe – einer kritischen Stelle – indem ich die Toppsegel einholte und die Fahrt verminderte, und daher sagte ich: ›Entschuldigen Sie, Fräulein Lackland‹, und rief nach vorn: ›Laßt fallen!‹ ›Wenn Sie auf mich gehört hätten, würden Sie sich die Mühe gespart haben‹, sagte sie, während sie über die Reling kletterte. Dabei sah sie vorn den ersten Schäkel auslaufen und stoppen. ›Fünfzehn Faden,‹ sagte sie; ›jetzt können Sie den Anker wieder auf hieven lassen.‹ Und dann gerieten wir aneinander. Ich glaubte ihr nicht. Ich glaubte nicht, daß sie Ihr Teilhaber sei, sagte ihr das und verlangte Beweise. Sie wurde laut und heftig, und ich sagte ihr, ich sei alt genug, um ihr Großvater zu sein und ließe mir von solch einem kleinen Ding wie sie nichts vormachen. Und dann befahl ich ihr, die Flibberty zu verlassen. ›Kapitän Olson,‹ sagte sie mit ihrer süßesten Stimme, ›ich habe ein paar Minuten Zeit für Sie. Und ich habe einen guten Whisky drüben auf der Emily. Kommen Sie mit. Ich möchte gern Ihren Rat wegen der Bergung der Martha hören. Alle sagen, daß Sie ein glänzender Seemann sind‹ – das hat sie gesagt: glänzend! Und ich ging in ihrem Boote mit, das Adamu-Adam steuerte, wobei er so ernst aussah wie bei einem Begräbnis. Unterwegs erzählte sie mir, daß sie die Martha gekauft hätte und das Schiff abbringen wollte; daß sie die Emily gechartert und, sobald ich die Flibberty klar hätte, in See gehen würde. Was sie sagte, schien mir ganz vernünftig zu sein, und ich erklärte mich bereit, nach Berande zu fahren und Order von Ihnen zu holen, nach Punga-Punga zu segeln. Aber sie sagte, daß sie keine Sekunde mit solchem Unsinn verlieren könne, daß ich direkt mit nach Punga-Punga segeln, und daß sie sich, wenn ich nicht an die Teilhaberschaft glauben wolle, eben ohne mich und die Flibberty behelfen müsse.

»In der Kajüte der Emily waren die drei Säufer – Sie kennen sie auch, Fowler, Curtis und dieser Brahms. ›Trinken Sie ein Gläschen‹, sagte sie. Die Leute schienen überrascht zu sein, als sie den Whiskyschrank aufschloß und einen Nigger nach Gläsern und Wasser schickte. Aber sie mußte sie heimlich eingeweiht haben, denn sie wußten genau, was sie zu tun hatten. ›Sie müssen mich entschuldigen,‹ sagte sie, ›ich muß für eine Minute an Deck.‹ Nun, die Minute wurde zu einer halben Stunde. Ich hatte seit zehn Tagen nichts getrunken. Ich bin ein alter Mann, und das Fieber hat mich geschwächt. Außerdem trank ich auf nüchternen Magen, und die drei Säufer gingen mir mit schlechtem Beispiel voran. Sie wollten mich überreden, die Flibberty nach Punga-Punga zu fahren, aber ich erklärte ihnen, daß meine Pflicht mir das nicht erlaubte. Das Schlimme war, daß während dieser Auseinandersetzungen andauernd getrunken wurde. Und ich bin doch kein Säufer und bin vom Fieber geschwächt ...

»Nun einerlei, nach einer halben Stunde kam sie wieder herunter und sah mich scharf an. ›Das genügt völlig‹, sagte sie, wenn ich mich recht entsinne. Damit ergriff sie die Whiskyflasche und warf sie durch die Luke über Bord. ›Das war die letzte,‹ sagte sie zu den drei Säufern, ›bis die Martha flott ist und Sie wieder in Guvutu sind. Es wird eine lange Pause im Trinken geben‹, sagte sie. Und dann lachte sie. Sie sah mich an und sagte nicht zu mir, sondern zu den andern: ›Wissen Sie – es wird Zeit, daß dieser würdige Mann an Land geht'
– ich, würdiger Mann! ›Fowler,‹ sagte sie – wissen Sie, es war ein direkter Befehl, und sie nannte ihn nicht einmal ›Herr‹; sie sagte nur ›Fowler‹ –. ›Fowler‹, sagte sie. ›Lassen Sie Adamu-Adam das Boot klar machen und Kapitän Olson an Land

schaffen; unterdessen wird Ihr Boot mich auf die Flibberty bringen. Sie drei fahren mit mir; packen Sie Ihre Sachen. Wer von Ihnen sich am anständigsten benimmt, bekommt die Stelle des Steuermanns. Kapitän Olson hat keinen Steuermann, wie Sie wissen.‹

»An das, was nun geschah, kann ich mich nur noch dunkel erinnern. Sie hoben mich über Bord, und ich bin wahrscheinlich im Boot eingeschlafen. Als ich aufwachte, sah ich, wie das Großsegel der Flibberty hochging, und hörte das Rasseln der Ankerkette beim Einholen. ›Bring mich auf die Flibberty‹, sagte ich zu Adamu. ›Ich setze Sie am Strande ab‹, sagte er. ›Missie Lackalanna sagen, Strand sehr gut für Sie.‹ Sie sehen, ich tat für die Firma, was ich tun konnte. Aber dieser Adamu schob mich einfach auf den Boden, setzte seinen Fuß auf mich, so daß ich mich nicht rühren konnte, und steuerte ruhig weiter. Das ist alles! Ich habe vor Aufregung das Fieber gekriegt. Und jetzt bin ich gekommen, um zu erfahren, ob ich der Kapitän der Flibberty bin oder dies kleine Ding von Ihnen mit ihrer heidnischen Seeräubermannschaft.«

»Machen Sie sich nichts daraus, Kapitän. Sie können einen Urlaub mit Gehalt nehmen.« Sheldon sprach mit größerer Sicherheit, als er tatsächlich fühlte. »Wenn Fräulein Lackland, die meine Teilhaberin ist, es für richtig gehalten hat, die Flibberty-Gibbet zu übernehmen, dann ist es in Ordnung. Sie werden zugeben, daß keine Zeit zu verlieren war, wenn die Martha abgebracht werden sollte. Es ist ein schlimmes Riff, und jede einigermaßen grobe See würde sie zertrümmern. Bleiben Sie hier, Kapitän, ruhen Sie sich aus und erholen Sie sich. Wenn die Flibberty zurückkommt, übernehmen Sie sie natürlich wieder.«

Nachdem Doktor Welshmere mit der Apostel abgefahren war, und Kapitän Olson sich in einer Hängematte auf der Veranda schlafen gelegt hatte, öffnete Sheldon Joans Brief:

»Lieber Herr Sheldon!

Bitte, verzeihen Sie mir den Diebstahl der Flibberty-Gibbet. Ich mußte es einfach tun. Die Martha bedeutet für uns alles. Bedenken Sie: nur fünfundfünfzig Pfund, nur zweihundertundfünfundsiebzig Dollar! Wenn ich sie nicht bergen kann, bin ich überzeugt, daß ich doch alle Auslagen durch den Verkauf dessen retten kann, was die Eingeborenen nicht fortgeschleppt haben. Und wenn ich sie berge, ist es das beste Geschäft in meinem Leben. Gelingt es mir nicht, so werbe ich mit der Emily und der Flibberty-Gibbet Arbeiter. Arbeiter sind für Berande jetzt nötiger als alles andere.

Bitte, bitte, seien Sie mir nicht böse. Sie sagten, ich dürfte nicht mit der Flibberty-Gibbet werben, und das tue ich auch nicht. Ich werbe mit der Emily.

Heute habe ich zwei Kühe gekauft. Der Händler auf Nogi ist am Fieber gestorben, und ich kaufte sie von seinem Teilhaber, Sam Willis, der sich bereit erklärte, sie uns zu schicken – wahrscheinlich mit der Minerva, wenn sie das nächste Mal hinkommt. Berande hat sich lange genug mit Dosenmilch behelfen müssen.

Und Doktor Welshmere ist bereit, mir einige Orangen- und Zitronenbäume von der Missionsstation in Ulava zu besorgen. Er will sie auf der nächsten Fahrt der Apostel bringen. Falls der Sydneyer Dampfer vor meiner Rückkehr ankommt, säen Sie den Mais, den er mitgebracht hat, zwischen den jungen Palmen an dem hohen Ufer des Balesuna. Dieses Ufer wird mit der Zeit von der Strömung weggespült, und wir müssen etwas für die Befestigung tun. In Sydney habe ich einige Feigenbäume bestellt. Doktor Welshmere will auch Mangosamen mitbringen. Das werden große Bäume, die viel Platz brauchen.

Die Martha ist mit einhundertundzehn Tonnen registriert. Sie ist der größte Schoner in den Salomons und der beste dazu. Ich habe sie mir genau angesehen. Sie wird segeln wie der Teufel. Wenn sie nicht vollgelaufen ist, wird der Motor noch in Ordnung sein. Er war nicht klar, und das war der Grund ihrer Strandung. Der Maschinist hatte das Benzinrohr auseinandergenommen, um es vom Rost zu reinigen. Das war dumm, denn solche Arbeiten sollten nur vor Anker oder auf hoher See vorgenommen werden. Pflanzen Sie alle Bäume innerhalb des Grundstücks, selbst wenn die Palmen später fort müßten. Und säen Sie nicht den ganzen Mais auf einmal.

Lassen Sie zwischen dem Säen immer ein paar Tage verstreichen.

Joan Lackland.«

Er drehte den Brief sinnend zwischen den Fingern und betrachtete die Handschrift genau, was sonst nicht seine Art war. Wie charakteristisch, dachte er, klar zu lesen, unangenehm klar, aber doch knabenhaft. Die Klarheit der Schriftzüge erinnerte ihn an ihr Gesicht, an ihre scharf gezeichneten Brauen, die feingeschnittene Nase, die auffallende Klarheit ihrer Augen, die fest und doch zartgeformten Lippen und den Hals, der weder zu zart noch zu kräftig war, sondern – sondern gerade wie er sein soll – schloß er. Ein würdiger schöner Träger für eine schöne Last.

Lange blickte er auf den Namen. Joan Lackland. – Nichts weiter als eine Zusammenstellung von Buchstaben, gewöhnlichen Buchstaben. Aber eine Zusammenstellung, die einen feinen berauschenden Zauber auf ihn ausübte. Er schlich sich in sein Gehirn und beeinflußte seine Gedanken, bis sich alles, was ihn in diesem Augenblick beherrschte, in Liebe zu dieser hingeworfenen Unterschrift auslöste. Ein paar gewöhnliche Buchstaben – und doch deckten sie in seinem Innern eine Wunde auf, die ihm süßen Schmerz bereitete und ihren Ausdruck in köstlicher Sehnsucht fand. Joan Lackland! Jedesmal, wenn er auf den Namen blickte, erwachte die Erinnerung an sie in hundertfacher Gestalt. Wie sie nach dem Verlust ihres Schoners aus dem Sturm kam, wie sie das Boot zu Wasser brachte, um zu fischen, wie sie, von Wasser triefend, mit aufgelösten Haaren und enganliegendem Kleid zum Trinkwasserschuppen lief, wie sie achtzig Kannibalen mit einer leeren Medizinflasche in Schrecken setzte, wie sie Ornfiri das Brotbacken beibrachte, wie sie ihren Cowboyhut und den Patronengürtel an den Haken im Wohnzimmer hängte, wie sie ernst davon sprach, selbst für sich sorgen zu wollen, oder mit jugendlichem Eifer, glänzenden Augen und vor Begeisterung gerötetem Gesicht von Romantik und Abenteuern erzählte. Joan Lackland! Er sann über das verborgene Wunder des Namens nach, bis ihm die Geheimnisse der Liebe offenbar wurden und er verstand, wie Liebende ihre Namen in die

Rinde der Bäume schnitten oder in den Sand am Strande schrieben.

Dann aber kehrte er zur Wirklichkeit zurück, und sein Gesicht wurde hart. Jetzt war sie an der wilden Küste von Malaita oder auf Punga-Punga, in einer der schlimmsten, gefährlichsten Gegenden der Welt, die von einer furchtbaren Bande von Kopfjägern, Räubern und Mördern bewohnt wurden. Im ersten Augenblick dachte er daran, seine Bootsbesatzung zu rufen und sofort im Boot nach Punga-Punga aufzubrechen. Aber gleich darauf verwarf er die Idee wieder. Was half es, wenn er hinfuhr? Vor allem würde sie es ihm übelnehmen; dann würde sie ihn auslachen und ihn einen Narren nennen, und außerdem würde er nur ein Gewehr mehr bedeuten, und sie hatte viele Gewehre bei sich. Wenn er hinfuhr, konnte er nur dreierlei tun: ihr befehlen, zurückzukommen, ihr die Flibberty-Gibbet wegnehmen oder die Teilhaberschaft auflösen. Er wußte, daß das alles töricht und zwecklos war, und er hörte sie schon im Geiste mit dürren Worten erklären, daß sie mündig sei, und daß ihr niemand etwas zu befehlen habe. Nein, sein Stolz erlaubte ihm nicht, nach Punga-Punga zu fahren, wohl aber flüsterte sein Herz, daß ihm nichts willkommener sein könnte, als eine Botschaft von ihr, daß sie ihn bäte, zu kommen und zu helfen. Und er bildete sich ein, daß sie diese Worte sprechen würde.

Ihr selbständiges Wesen beunruhigte ihn in vieler Beziehung. Er erschrak bei dem Gedanken, daß sie mit dem betrunkenen Gesindel der Händler und Abenteurer von Guvutu in so nahe Berührung kam. Das war schlimm genug für einen Mann, der etwas auf sich hielt, für ein junges Mädchen aber war es geradezu furchtbar. Der Diebstahl der Flibberty-Gibbet war eher belustigend, wenn ihn auch die Art und Weise, wie sie ihn ausgeführt hatte, verletzte. Aber er fand einen gewissen Trost in der Tatsache, daß sie die Aufgabe, Olson betrunken zu machen, den drei Säufern zugeteilt hatte. Und plötzlich sah er sie wieder im Geiste allein mit diesen drei Kerlen auf der Emily, wie sie in der Abenddämmerung von Guvutu in See gingen. Aber dann dachte er an Adamu-Adam und Noah-Noah und ihr ganzes braunes Tahitianergefolge, und seine Sorge schwand und machte der Aufregung darüber Platz, daß sie überhaupt etwas so Abenteuerliches tun konnte. Und die Erregung steckte ihm noch in den Gliedern, als er aufstand und ins Haus trat, wo er auf den Nagel an der Wand starrte und wünschte, daß der Cowboyhut und der Revolvergürtel noch daran hingen.

Romane werden Wirklichkeit

Mehrere Wochen verstrichen in Ruhe. Nach dem ungewöhnlich starken Besuch von Schiffen vereinsamte Berande wieder. Scheldon setzte seine täglichen Rundgänge fort, rodete Busch, pflanzte Kokosnüsse, trocknete Kopra, baute Brücken und ritt dabei die Pferde, die Joan gekauft hatte. Nachricht bekam er nicht von ihr. Werbeschiffe mieden die Punga-Punga-Küste ängstlich; die Clansman, ein Werbeschiff aus Samoa; das eines Abends um einer Partie Billard und eines Plauderstündchens willen vor Anker ging, erzählte, daß unter den Sioleuten das Gerücht ginge, es sei auf Punga-Punga zu Kämpfen gekommen. Da diese Nachrichten sich aber nicht über die ganze Insel verbreitet hatten, konnte man ihnen nicht viel Glauben schenken.

Der Sydneyer Dampfer, die Kammambo, unterbrach die Stille auf Berande eine Stunde lang, um Post, Vorräte, sowie die Bäume und Samen, die Joan bestellt hatte, auszuschiffen. Die Minerva brachte auf der Fahrt nach Kap Marsh die beiden Kühe aus Nogi. Die Apostel, die schnell nach Tulagi zurück wollte, um den Sydneyer Dampfer zu erreichen, schickte ein Boot mit den Orangen- und Zitronenbäumen aus Ulava an Land. In diesen wenigen Wochen war das Wetter herrlich. Es gab Tage, an denen auf der atemlosen See ununterbrochene Stille herrschte. Und Tage, an denen nur wenige Stunden lang ein schwacher Wind aus irgendeiner Richtung wehte. Nur die nächtliche Landbrise wehte regelmäßig, und deshalb fuhren die Kutter und anderen Segelschiffe, die gelegentlich hierher kamen, nachts vorbei, um lieber die leichte Brise auszunutzen, als für eine Stunde zu ankern.

Dann kam der langerwartete Nordwest. Acht Tage lang tobte er, schlief für ein Weilchen ein, drehte dann ein oder zwei Strich, und raste mit erneuter Heftigkeit. Scheldon achtete sorgsam auf die Gebäude; die Fluten des Balesuna machten so heftige Angriffe auf das hohe Ufer, von dem Joan geschrieben hatte, daß er alle Leute anstellen mußte, um den Kampf mit dem Strom aufzunehmen.

Als dann wieder gutes Wetter folgte, ließ er eines Morgens die Schwarzen allein bei der Arbeit und ritt mit einem Gewehr über dem Sattel auf die Taubenjagd. Zwei Stunden später brachte einer der Hausboys, atemlos und von Dornen zerkratzt, die Nachricht, daß die Martha, die Flibberty-Gibbet und die Emily den Ankerplatz ansteuerten.

Er erreichte das Grundstück, konnte aber nichts sehen, bis er um die Ecke des Bungalow geritten war.

Dann sah er alles zugleich: auf See, wohin sein Blick zuerst fiel, ragte die Martha hoch auf neben dem Kutter und der Jacht, die sie abgebracht hatten, und dann sah er auf dem Platz vor der Verandatreppe eine große Anzahl frischgeworbener Kannibalen. Alle trugen neue, schneeweiße Lendentücher, und Scheldon schloß daraus, daß es Rekruten waren. Einer kam gerade die Treppe herunter, während ein anderer, dessen Name aufgerufen war, hinaufschritt. Es war Joans Stimme, die gerufen hatte, und Scheldon zügelte sein Pferd und beobachtete. Sie saß zwischen Munster und seinem weißen Steuermann auf der Veranda. Sie hatten lange Listen vor sich liegen, und Joan stellte Fragen und trug die Antworten in das große, rot gebundene Arbeiterjournal von Berande ein.

»Was Name?« fragte sie den Schwarzen auf der Treppe.

»Tagari«, lautete die von Grinsen und neugierigem Verdrehen der Augen begleitete Antwort; es war das erste Haus eines Weißen, das der Schwarze je gesehen hatte.

»Was Ort gehören du?«

»Bangoora.«

Niemand bemerkte Scheldon, und er blieb auf dem Pferde sitzen und beobachtete weiter. Bevor die Antwort eingetragen war, entstand eine Meinungsverschiedenheit, die Munster schließlich beendete.

»Bangoora?« sagte er. »Das ist das Stückchen Strand am Ende der Bucht von Latta. Er ist als Lattamann eingetragen – sehen Sie hier: Tagari, Latta.«

»Was Platz holen dich weißer Herr?« fragte Joan.

»Bangoora«, erwiderte der Mann, und Joan trug es ein. »Ogu!« rief Joan.

Der Schwarze ging hinunter, und ein anderer trat vor. Ehe Tagari aber das Ende der Treppe erreicht hatte, erblickte er Scheldon. Es war das erste Pferd, das der Schwarze in seinem Leben sah, und er stieß einen Schreckensruf aus und rannte wie toll wieder hinauf. Gleichzeitig floh die Masse der Schwarzen zusammengedrängt in panischem Schrecken aus Scheldons Nähe. Die grinsenden Hausboys ermutigten sie, und die wilde Flucht kam ins Stocken, wobei die neugeworbenen Kopfjäger dicht zusammengedrängt und unsicher auf die schreckliche Erscheinung starrten.

»Hallo!« rief Joan. »Weshalb erschrecken Sie meine Leute? Kommen Sie herauf.«

»Wie finden Sie sie,« fragte sie, nachdem sie sich begrüßt hatten. »Und was meinen Sie dazu?« fuhr sie fort, indem sie auf die Martha wies. »Ich dachte schon, Sie hätten die Plantage verlassen, und ich müßte die Leute selbst in die Baracken bringen. Und da heißt es, daß Punga-Punga-Leute sich nicht anwerben lassen. Sehen Sie sie an und wünschen Sie mir Glück. Es sind keine Kinder und halbwüchsige Burschen darunter. Jeder von ihnen ist ein Mann! Ich habe so viel zu erzählen, daß ich gar nicht weiß, wo anfangen, aber ich fange lieber gar nicht erst an, bis wir hier fertig sind, und bis Sie mir gesagt haben, daß Sie mir nicht böse sind.«

»Ogu! Was Ort gehören du?« fuhr sie in ihren Fragen fort.

Aber Ogu war ein Buschmann, der das fast allgemein verbreitete Trepang-Englisch nicht verstand, und ein halbes Dutzend seiner Genossen versuchten ihm klarzumachen, um was es sich handelte.

»Es sind nur noch zwei oder drei, und dann sind wir fertig. Aber Sie haben noch nicht gesagt, daß Sie mir nicht böse sind.«

Scheldon blickte ihr in die klaren Augen, die ihn jetzt gerade und ruhig ansahen, und er wußte, daß ihr Blick im nächsten Augenblick unangenehm und herausfordernd werden konnte. Und dabei kam ihm zum Bewußtsein, daß er nie geahnt hatte, welche Freude ihre Rückkehr ihm bereiten würde.

»Ich war böse«, sagte er bedächtig. »Ich bin noch böse, sehr böse.« – Er bemerkte einen Schimmer von Trotz in ihren Augen und erbebte. »Aber ich habe Ihnen verziehen, und jetzt verzeihe ich Ihnen alles noch einmal. Ich bestehe jedoch darauf –«

»Daß ich einen Vormund bekomme«, unterbrach sie ihn. »Das wird nie geschehen. Ich bin Gott sei Dank mündig und imstande, selbständig Geschäfte zu machen. – Da wir gerade von Geschäften sprechen: Was halten Sie von meinen amerikanischen Kraftmethoden?«

»Herr Raff schätzt sie jedenfalls gar nicht, wie ich höre«, sagte er zögernd. »Sie haben für lange Zeit dem Klatsch reiche Nahrung gegeben. Aber ich möchte wissen, ob andere Amerikanerinnen in Geschäftssachen ebenso erfolgreich sind?«

»Es war Glück, fast nichts als Glück«, sagte sie bescheiden, obgleich ihre Augen in plötzlicher Freude aufblitzten, und er wußte, daß sein mäßiges Lob ihrem Knabenstolz geschmeichelt hatte.

»Was, Glück!« platzte Sparrowhawk, der lange Steuermann, heraus, und sein Gesicht strahlte vor Bewunderung. »Schwere Arbeit war es. Ja, wirklich. Wir haben uns unser Geld redlich verdient. Sie ließ uns arbeiten, bis wir umfielen. Die halbe Zeit lagen wir noch dazu am Fieber darnieder. Sie hatte es übrigens auch, nur daß sie sich nicht hinlegte und es uns auch nicht erlauben wollte. Wahrhaftig, sie ist der reine Sklaventreiber – ›Nur noch einmal hieven, Herr Sparrowhawk, und dann können Sie sich eine Woche lang ins Bett legen‹, sagte sie zu mir. Ich taumelte umher wie ein Toter, während gallengrüne Lichter in meinem Kopfe sprühten, daß er beinahe platzte. Ich war ganz fertig, aber ich hievte – und dann hieß es: ›Noch einmal hieven, Herr Sparrowhawk, nur noch einmal.‹ Und wie sie dem alten Kina-Kina um den Bart ging!«

Er schüttelte vorwurfsvoll den Kopf, und sein Gelächter erstickte in einem verhaltenen Kichern.

»Er war älter als Telepasse und noch schmutziger«, erklärte sie Scheldon. »Und ich bin überzeugt, viel bösartiger. Aber das nenne ich nicht arbeiten, lassen Sie uns machen, daß wir mit den Listen fertig werden.« Sie wandte sich an den wartenden Schwarzen auf der Treppe.

»Ogu, du hören auf groß Herr gehören weißer Mann, du gehen Not-Not. – Hier du, Tagari, du sagen dies fella Ogu. Er fertig er gehen Not-Not. Haben Sie's, Herr Munster?«

»Aber Sie haben die Anwerbebestimmungen übertreten«, sagte Scheldon, als die neuen Leute nach den Baracken abmarschierten. »Die Flibberty-Gibbet und die Emily haben keine Lizenz für hundertfünfzig Mann. Was sagte Burnett denn dazu?«

»Er ließ sie alle durch«, antwortete sie. »Kapitän Munster wird Ihnen erzählen, was er gesagt hat. Jetzt muß ich mich erst einmal waschen. Sind die bestellten Sachen aus Sydney gekommen?«

»Es ist alles in Ihrem Zimmer«, sagte Scheldon. »Beeilen Sie sich, das Frühstück wartet. Geben Sie mir Ihren Hut und Gürtel, bitte, tun Sie es. Es gibt nur einen Haken dafür, und den kenne ich.«

Sie sah ihn mit einem forschenden, fast frauenhaften Blick an. Dann seufzte sie erleichtert auf, während sie den schweren Gürtel abschnallte und ihm reichte.

»Ich glaube nicht, daß ich je wieder einen Revolver sehen möchte, der hat mich ganz krank gemacht. Ich hatte mir nie träumen lassen, daß ich seiner so überdrüssig werden könnte.«

Scheldon sah ihr nach, bis sie die Treppe hinuntergegangen war. Da drehte sie sich noch einmal um und rief:

»Ach, ich kann gar nicht sagen, wie schön es ist, wieder zu Hause zu sein.«

Und als sein Blick ihr folgte, wie sie über das Grundstück zu ihrem kleinen Grashause schritt, kam ihm plötzlich zum Bewußtsein, daß Berande und das kleine Grashaus der einzige Ort auf der ganzen Welt war, den sie ihr Zuhause nennen konnte.

»Also Burnett sagte: ›Verflucht noch mal! – Entschuldigen Sie, Fräulein Lackland, aber Sie haben mutwillig die Anwerbebestimmungen übertreten, und das wissen Sie«, berichtete Kapitän Munster, als sie beim Whisky saßen und auf Joans

Rückkehr warteten.«Da sagte sie zu ihm: ›Herr Burnett, können Sie mir eine Bestimmung zeigen, die verbietet, die Passagiere von einem Schiff zu übernehmen, das auf einem Riff festsitzt?‹. ›Darum handelt es sich ja hier nicht.‹ ›Doch, eben darum handelt es sich hier‹, sagte sie. ›Halten Sie sich das bitte vor Augen und lassen Sie meine Leute durch. Sie können mich, wenn Sie wollen, beim Regierungspräsidenten anzeigen, aber ich habe drei Schiffe hier liegen, die auf Ihre Erlaubnis zum Weiterfahren warten, und wenn das noch lange dauert, dann geht noch ein anderer Bericht an den Regierungspräsidenten ab.‹

›Ich mache Sie verantwortlich, Kapitän Munster‹, sagte er ganz außer sich zu mir. ›Nein, das tun Sie nicht‹, sagte sie. ›Ich habe die Emily gechartert, und Kapitän Munster hat nach meinem Befehl gehandelt.‹ Was sollte Burnett machen. Er ließ alle hundertfünfzig Mann durch, obgleich die Emily nur eine Lizenz für fünfzig, und die Flibberty-Gibbet nur eine für fünfunddreißig hat.«

»Aber ich begreife immer noch nicht«, sagte Scheldon. »Sie machte es so: als die Martha flott war, mußten wir sie sofort auf den Strand setzen, und während die Reparaturen ausgeführt, ein neues Ruder angefertigt, Segel und Geschirr von den Schwarzen zurückgeholt wurden, lieh Fräulein Lackland sich Sparrowhawk, um die Flibberty-Gibbet gemeinsam mit Curtis zu führen, lieh mir Brahms, der Curtis' Stelle einnahm, und schickte beide Fahrzeuge zum Werben. Und wirklich, die Schwarzen kamen ohne weiteres. Es war jungfräulicher Boden. Seit der Scottish Chiefs hatte sich nie wieder ein Werber an die Küste gewagt; und wir hatten schon die Furcht Gottes in die Herzen der Schwarzen gepflanzt, so daß die ganze Küste ruhig wie ein Lamm war. Als wir aufgefüllt hatten, kamen wir zurück und sahen, wie es mit der Martha ging.«

»Und dachten, daß es jetzt mit unsern Leuten nach Hause gehen würde«, warf Sparrowhawk ein. »Weiß Gott, dieses Fräulein Lackland ist nie zufrieden. ›Ich nehme sie auf die Martha über‹, sagte sie. ›Und Sie können zurückfahren und noch eine Ladung holen.‹« »Aber ich sagte ihr, das ginge nicht«, fuhr Munster fort. »Ich sagte ihr, daß die Martha keine Werbegenehmigung hätte.« ›O‹, sagte sie. ›Das geht nicht?‹ Und dachte ein paar Minuten nach.«

»Als sie nachdachte, wußte ich schon Bescheid«, rief Sparrowhawk, »und wußte sofort, daß die Sache so gut wie gemacht war.«

Munster steckte sich eine Zigarette an und fuhr fort: »›Sehen Sie die Landzunge dort‹, sagte sie zu mir, ›mit der schwachen Brandung, der Strom setzt gerade darauf zu. Und sehen Sie die ›Katzenpfötchen‹? Es ist schönes Wetter und Ebbe. Kreuzen Sie hinaus, und dann haben Sie nichts zu tun, als dafür zu sorgen, daß die Strömung Sie beim Halsen hübsch auf den Strand setzt.‹«

»›Das bißchen Strandung wird nicht mehr als ein bis zwei Kupferplatten kosten‹, sagte sie, als Munster auffuhr«, berichtete Sparrowhawk. »O, das Mädel hat sich gewaschen!«

»›Und dann rette ich Ihre Leute und fahre weg. – Ganz einfach, nicht wahr‹, sagte sie«, fuhr Munster fort. »›Sie sitzen eine Ebbe lang fest‹, sagte sie. ›Dann macht die Flut Sie wieder flott, und Sie gehen los und holen weitere Rekruten. Es gibt keine Bestimmung, die Ihnen verbietet, zu werben, wenn Ihr Schiff leer ist.‹ ›Aber es gibt eine, die verbietet, die Leute verhungern zu lassen‹, sagte ich. ›Sie wissen selbst, daß der Proviant, den wir an Bord haben, nicht der Rede wert ist, und auf der Martha ist auch nicht eine Krume.‹«

»Wir hatten nichts als einheimisches Kai-kai«, sagte Sparrowhawk.

»›Machen Sie sich keine Gedanken wegen des Proviants, Herr Munster‹, sagte sie. ›Wenn ich auf der Martha vierundachtzig Mäuler füttern kann, dann können Sie auf Ihren beiden Schiffen dasselbe. Also los, setzen Sie sich auf den Strand, bevor ein stetiger Wind aufkommt und das Manöver vereitelt. Sobald Sie auflaufen, schicke ich Ihnen meine Boote. Nun leben Sie wohl, meine Herren!‹«

»Und wir taten es«, sagte Sparrowhawk feierlich und kicherte dann. »Wir lagen über Steuerbordhalsen, und ich drückte die Emily gegen die Landzunge. ›Gehen Sie über Stag‹, rief Kapitän Munster mir zu. ›Gehen Sie über Stag, sonst setzen Sie mich auf Grund!‹ Er rief noch andere, viel schlimmere Worte. Aber ich kümmerte mich nicht darum. Das Wenden versagte glänzend, die Flibberty-Gibbet trieb auf ihn zu, fuhr ihn an, und wir strandeten beide in dem schönsten Durcheinander, das man sich denken kann. Fräulein Lackland nahm die Rekruten über, und die Sache war gemacht.«

»Aber wo waren Sie während des Nordwests?« fragte Scheldon.

»In Langa-Langa. Als er einsetzte, fuhr ich hin, lag die ganze Woche dort und handelte Lebensmittel von den Eingeborenen ein. Als wir nach Tulagi kamen, wartete sie dort auf uns und stritt sich mit Burnett herum. Ich sage Ihnen, Herr Scheldon, das Mädel ist ein Wunder!«

Munster füllte sich sein Glas wieder, und während Scheldon sehnsüchtig nach dem Grashaus hinüberblickte, nahm Sparrowhawk den Faden der Erzählung wieder auf.

»Mut hat sie! Sie ist wirklich das mutigste Geschöpf, Mann oder Weib, das je in die Salomons gekommen ist. Sie hätten Punga-Punga an dem Morgen sehen sollen, als wir ankamen – Gewehre knallten am Strande und in den Mangroven, Kriegstrommeln dröhnten im Busch und Signalfeuer flammten überall. ›Der Teufel ist los,‹ sagte Kapitän Munster.«

»Ja, das sagte ich«, bestätigte der Seemann. »Der Teufel war auch los. Das konnte man mit einem halben Auge sehen und mit einem Ohr hören.«

»›Erzählen Sie das Ihrer Großmutter‹, sagte sie zu ihm«, fuhr Sparrowhawk fort. ›Wir sind noch nicht einmal da, geschweige denn haben wir angefangen. Warten Sie wenigstens mit dem Angstkriegen, bis wir geankert haben.‹«

»Ja, das sagte sie zu mir«, gab Munster zu. »Und ich wurde natürlich so wütend, daß mir alles gleichgültig war. Wir versuchten, ein Boot an Land zu schicken, aber es wurde beschossen, und hin und wieder feuerte auch ein Nigger auf große Entfernung aus den Mangroven.«

»Sie waren nur eine Viertelmeile fort«, erklärte Sparrowhawk. »Und es war verflucht ungemütlich. ›Schießen Sie nur, wenn die Kerle versuchen, an Bord zu kommen‹, befahl Fräulein Lackland; aber die schmutzigen Nigger dachten gar nicht daran zu entern. Sie blieben im Busch liegen und feuerten. In der Nacht hielten wir in der Kajüte der Flibberty Kriegsrat. ›Wir müssen eine Geisel haben‹, sagte Fräulein Lackland.«

»›So etwas liest man in Romanen‹, sagte ich und dachte sie durch einen Scherz von dieser Torheit abzubringen«, fiel Munster ein. »›Das stimmt‹, sagte sie, ›aber haben Sie nie erlebt, daß Romane Wirklichkeit werden?‹ Ich schüttelte den Kopf. ›Dann können Sie es lernen, Sie sind noch nicht zu alt dazu.‹ ›Ich will Ihnen nur eines sagen‹, erwiderte ich, ›und das ist, daß ich verdammt sein will, wenn Sie mich an einem Ort wie diesem Nigger stehlen sehen.‹«

»›Es verlangt auch niemand von Ihnen, daß Sie an Land gehen sollen,‹ antwortete sie schnell«, grinste Sparrowhawk. »Und sie sagte weiter: ›Und wenn ich Sie erwische, daß Sie ohne Befehl an Land gehen, dann können Sie etwas erleben – verstehen Sie mich, Kapitän Munster?‹«

»Zum Donnerwetter, wer erzählt denn nun eigentlich?« fragte der Kapitän wütend.

»Hat sie das etwa nicht gesagt?« beharrte der Steuermann.

»Ja, das hat sie gesagt, wenn Sie durchaus wollen. Aber dann erzählen Sie gefälligst auch, was sie zu Ihnen sagte, als Sie erklärten, daß Sie nicht für das doppelte Gehalt an der Punga-Punga-Küste rekrutieren würden.«

Sparrowhawks sonnenverbranntes Gesicht rötete sich noch mehr, und er versuchte, sich durch Lachen, Kichern und Gesichterschneiden aus der Verlegenheit zu ziehen.

»Weiter! Weiter!« drängte Scheldon, und Munster nahm den Faden wieder auf.

»›Was wir brauchen‹, sagte sie, ›ist die starke Faust. Das ist die einzige Möglichkeit, mit ihnen fertig zu werden. Und zwar müssen wir gleich von Anfang an fest zupacken. Ich gehe heute nacht an Land, um Kina-Kina selbst an Bord zu holen, und ich werde nicht erst fragen, wer mitgehen will, denn ich habe schon jedem seine Aufgabe zugeteilt; ich nehme meine Tahitianer und einen Weißen mit!‹ ›Der Weiße bin natürlich ich‹, sagte ich. Ich war damals so verrückt, daß ich mit ihr in die Hölle gegangen wäre. ›Nein, der Weiße sind natürlich nicht Sie‹, sagte sie. ›Sie werden das Sicherungsboot führen. Curtis bleibt beim Landungsboot. Fowler begleitet mich. Brahms übernimmt die Flibberty und Sparrowhwak die E-mily. Um ein Uhr brechen wir auf.‹

»Weiß Gott, es war eine schwere Aufgabe, in dem Sicherungsboot zu liegen. Ich hätte nie geglaubt, daß Nichtstun so schwer sein könnte. Wir blieben in etwa fünfzig Faden Entfernung liegen und beobachteten das andere Boot, als es hineinfuhr. Es war so dunkel unter den Mangroven, daß wir überhaupt nichts sehen konnten. Kennen Sie den kleinen Nigger auf der Flibberty, der wie ein Affe aussieht, Scheldon? – Den Koch meine ich? Der war vor zwanzig Jahren Kajütsjunge auf der »Scottish Chiefs« und wurde nach dem Überfall auf das Schiff auf Punga-Punga gefangen gehalten. Das hatte Fräulein Lackland herausbekommen und nahm ihn deshalb als Führer mit. Sie gab ihm eine halbe Kiste Tabak dafür —« »— und ängstigte ihn fast zu Tode, ehe sie ihn soweit hatte, daß er mitging«, warf Sparrowhawk ein.

»Ich habe nie etwas so Schwarzes gesehen, wie die Mangroven. Ich starrte hin, bis mir die Augen übergingen. Dann blickte ich nach den Sternen und horchte auf die Brandung am Riff. Da bellte ein Hund. Erinnern Sie sich an den Hund, Sparrowhawk? Mir stand fast das Herz still, als das Biest anfing. Nach einer Weile hörte er wieder auf – hatte wohl überhaupt nicht wegen der Landungsabteilung gebellt; und dann wurde die Stille noch intensiver, die Mangroven erschienen noch schwärzer, und ich mußte sehr an mich halten, daß ich Curtis nicht im Landungsboot anrief, nur um mich zu vergewissern, daß ich nicht der einzige Weiße war, der noch lebte.

»Natürlich entstand ein Tumult. Es war unvermeidlich, und das wußte ich, aber trotzdem erschrack ich. Nie in meinem Leben habe ich ein solches Schreien und Kreischen gehört. Die Schwarzen schienen direkt in den Busch zu fliehen, ohne zu sehen, was los war, und die Tahitianer trieben sie vorwärts, indem sie schrieen und in die Luft schossen. Und dann wurde es plötzlich still – nur ein kleines Kind, das man wohl auf der eiligen Flucht hatte fallen lassen, schrie im Busch nach der Mutter.

»Dann hörte ich sie durch die Mangroven zurückkommen, hörte einen Riemen gegen das Dollbord schlagen, hörte Fräulein Lackland lachen und wußte, daß alles in Ordnung war. Wir ruderten an Bord zurück, ohne daß ein Schuß fiel. Und weiß Gott! Sie hatte den Roman wahr gemacht. Denn der alte Kina-Kina war in höchst eigener Person da und wurde zitternd und klappernd wie ein Affe über die Reling gehißt. Dann ging es sehr einfach. Kina-Kinas Wort war Gesetz, und er hatte eine Todesangst. Wir behielten ihn an Bord und ließen ihn die ganze Zeit, die wir in Punga-Punga blieben, Erlasse ausstellen.

»Dies war noch in anderer Beziehung eine gute Idee. Kina-Kina mußte seinen Leuten befehlen, alles, was sie von der Martha geraubt hatten, wiederzubringen. Und es kam alles, Kompaß, Blöcke und Taljen, Segel, Rollen, Tauwerk, Medizinkisten, Flaggen, Signalflaggen – wirklich alles mit Ausnahme der Handelsware und des Proviants, der bereits verzehrt war. Selbstverständlich gab sie ihnen einige Stück Tabak, um sie bei guter Laune zu erhalten.«

»Ja, das tat sie wirklich«, platzte Sparrowhawk heraus, »sie gab den Schurken fünf Faden Kaliko für das Großsegel, zwei Stück Tabak für den Chronometer und ein Messer im Werte von elfeinhalb Pence für hundert Faden ganz neue, fünfzöllige Manila-Trosse. Sie brachte den alten Kina-Kina mit der starken Faust auf den Trab. Sie – aber da kommt sie.«

Sheldon blickte überrascht auf. Während der ganzen Erzählung hatte er sie sich immer so vorgestellt, wie er sie kannte, in dem derben Kleid und dem Rock aus Gardinenstoff, dem zu kleinen Männerhemd als Bluse, Strohsandalen an den Füßen und dazu den Cowboyhut und den unvermeidlichen Revolver. Die Kleider, die sie sich in Sydney gekauft hatte, verwandelten sie vollkommen. Ein einfacher Rock und eine Bluse verliehen ihrer schlanken Erscheinung eine gewisse Eleganz, die ihm neu war. In braunen Hausschuhen schritt sie über das Grundstück, und er sah die durchbrochenen braunen Strümpfe. Jedenfalls wurde durch diese Kleidung das Weibliche an ihr wesentlich betont. Und die wilden Abenteuer aus Tausendundeiner Nacht, die er soeben gehört hatte, erschienen ihm jetzt noch wundersamer.

Als sie zum Frühstück hineingingen, wurde er gewahr, daß es Munster und Sparrowhawk ähnlich gehen mußte. Ihr kameradschaftliches Wesen hatte einem formellen, respektvollen Benehmen Platz gemacht.

»Ich habe ein neues Gebiet erschlossen«, sagte sie, während sie den Kaffee einschenkte. »Der alte Kina-Kina wird mich nie vergessen, das ist sicher, und ich kann dort werben, so viel ich will. In Guvutu sprach ich Morgan. Er ist bereit, einen Kontrakt für tausend Leute zu vierzig Schilling den Kopf abzuschließen. Habe ich Ihnen erzählt, daß ich eine Werbelizenz für die Martha beschafft habe? Die Martha kann jetzt auf jeder Reise achtzig Leute werben.«

Scheldon lächelte etwas bitter in sich hinein. Die bewunderungswürdige Frau, die in ihren Sydneyer Kleidern über das Grundstück gekommen war, war verschwunden, und der Knabe war wiedergekehrt.

Das verlorene Spielzeug

Ach«, seufzte Joan, »jetzt habe ich Ihnen amerikanische Methoden gezeigt, mit denen man etwas erreichen kann, und da fangen Sie schon wieder an, mir Schwierigkeiten zu machen.«

Fünf Tage waren vergangen, und sie und Scheldon standen auf der Veranda und beobachteten die Martha, die dicht am Winde einen Schlag vor der Küste lag. In diesen fünf Tagen hatte Joan nie etwas von ihrem Herzenswunsch geäußert, wenn Scheldon, der in dieser Beziehung in ihr wie in einem aufgeschlagenen Buche lesen konnte, auch bemerkt hatte, daß sie immer wieder das Gespräch darauf lenkte, in der Hoffnung, daß er selbst darauf kommen würde, ihr den Befehl über die Martha zu übertragen. Sie wollte, daß er davon anfangen sollte. Es war schwer gewesen, einen Schiffer für sie zu finden. In ihrer Eifersucht war ihr keiner, den er vorgeschlagen, recht gewesen.

»Olson?« Hatte sie gefragt. »Der ist gut für die Flibberty, die ich mit meinen Leuten überholen kann, wenn sie infolge seiner Schlappheit auseinanderzufallen droht. Aber als Schiffer der Martha unmöglich. »Munster? Ja, er ist der einzige von allen, die ich in den Salomons kenne, der es könnte. Aber – er hat die Umbawa verloren – einhundertundvierzig Leute ertranken. Er war erster Offizier auf der Brücke. Ungehorsam gegen die Instruktion! Kein Wunder, daß er weggejagt wurde.

»Christian Young hat keine Erfahrung mit größeren Schiffen. Außerdem können wir ihm nicht soviel bezahlen, wie er auf der Minerva verdient. Sparrowhawk ist ganz gut – als Untergebener. Er hat keinen Unternehmungsgeist. Er ist ein tüchtiger Seemann, kann aber nicht befehlen. Ich sage Ihnen, ich war die ganze Zeit nervös, als er die Flibberty vor Punga-Punga kommandierte, während ich auf der Martha bleiben mußte.«

Und so ging es weiter. Kein Name, der vorgeschlagen wurde, befriedigte sie, und dabei mußte Scheldon zugeben, daß ihr Urteil richtig war. Oft stand er beinahe auf dem Punkt, zuzugeben, daß sie von allen Seeleuten in den Salomons der einzige Mensch war, der die Martha führen konnte. Aber er beherrschte sich immer wieder, und ihr selbst verbot ihr Stolz, es vorzuschlagen.

»Gute Bootsleute sind noch lange keine guten Schonerkapitäne«, erwiderte sie auf einen seiner Vorschläge. »Außerdem muß der Kapitän eines Fahrzeuges wie die Martha gesunden Menschenverstand und gute Urteilskraft besitzen; er muß eine schnelle Auffassungsgabe und Unternehmungsgeist haben.«

»Aber mit Ihren Tahitianern an Bord —« Scheldon glaubte eine gute Idee gehabt zu haben.

»Es gibt keine Tahitianer an Bord«, erwiderte sie schlagfertig. »Meine Leute bleiben bei mir. Ich kann nicht wissen, wann ich sie brauche. Wenn ich fahre, fahren sie auch. Wenn ich an Land bleibe, bleiben sie auch. Ich werde hier auf der Plantage genügend Arbeit für sie finden. Sie haben ja gesehen, wie sie rodeten. Jeder von ihnen wiegt ein halbes Dutzend Ihrer Kannibalen auf.«

So kam es, daß Joan jetzt neben Scheldon stand und seufzend die Martha beobachtete, die seewärts kreuzte, mit dem alten Kinroß, der von Savo herübergekommen war, als Kapitän.

»Kinroß ist ein Fossil«, sagte sie mit einem Anklang von Bitterkeit in der Stimme. »O, er wird sie nie durch Übereilung zum Scheitern bringen. Aber er ist ängstlich wie ein Kind, und ängstliche Kapitäne verlieren ebensogut Schiffe wie Draufgänger. Eines Tages wird Kinroß die Martha verlieren, weil er nur eine Möglichkeit hatte und zu ängstlich war, sie auszunutzen; ich kenne diese Sorte. Aus Furcht, einen günstigen Wind auszunutzen, der sie in zwanzig Stunden in den Hafen bringen würde, bleibt er lieber in der folgenden Flaute liegen und braucht eine ganze Woche, bis er ankommt. Verdienen wird die Martha mit ihm, das ist sicher; aber nicht annähernd so viel wie unter einem tüchtigen Kapitän.« Sie schwieg und blickte mit gerötetem Gesicht und blitzenden Augen nach dem Schoner.

»O, sie ist ein herrlicher Segler! Sehen Sie nur, wie sie durchs Wasser schießt, und dabei ist der Wind kaum der Rede wert. Sie hat aber auch keinen gewöhnlichen Metallbelag, es ist alles Kriegsschiffkupfer. Ich habe es mit Kokusnußschalen polieren lassen, als der Schoner in Punga-Punga auf der Seite lag. Bevor diese Goldexpedition ihn erwarb, ist die Martha als Robbenfänger gefahren.

»Und Robbenfänger müssen segeln können. Sie ist mehr als einmal bei Sibirien russischen Kreuzern davongelaufen.

»Offengestanden, wenn ich geahnt hätte, daß in Guvutu die Gelegenheit auf mich wartete, einen Schoner für weniger als dreihundert Dollar zu kaufen, so würde ich nie Ihr Teilhaber geworden sein, und dann würde ich jetzt selber fahren.«

Die Richtigkeit ihrer Behauptung kam Sheldon jetzt plötzlich zum Bewußtsein. Was sie getan hatte, würde sie genau so getan haben, wenn sie nicht sein Teilhaber gewesen wäre. Und an der Bergung der Martha hatte er keinen Anteil. Ganz allein, ohne Ratgeber und dem Gelächter von ganz Guvutu und der Konkurrenz von Morgan & Raff zum Trotz, hatte sie das Abenteuer unternommen und zum erfolgreichen Abschluß geführt.

»Mir ist zumute wie einem großen Manne, der einem kleinen Kinde sein Spielzeug genommen hat«, sagte er plötzlich zerknirscht.

»Und nun weint das kleine Kind.« Sie sah ihn an, und er bemerkte, daß ihre Lippen leicht zitterten und ihre Augen feucht waren. Jetzt ist sie wieder ganz Knabe, dachte er; der Knabe, der wegen des Bootes, mit dem er spielen wollte, weint. Und doch ist sie auch Weib. Was für ein Labyrinth von Widersprüchen! Und er fragte sich, ob er sie ebenso lieben würde, wenn sie nur Weib gewesen wäre, ohne das Knabenhafte. Und ihm kam zum Bewußtsein, daß er sie so liebte, wie sie war, wegen ihrer Knabenhaftigkeit und wegen ihres ganzen Wesens.

»Aber nun wird das kleine Kind nicht länger weinen,« sagte sie. »Ich weiß, daß Sie den Schoner eines Tages, falls der alte Kinroß ihn nicht vorher verliert, Ihrem Teilhaber übergeben werden. Ich will nicht länger mit Ihnen darüber streiten. Aber ich hoffe, Sie können mir nachfühlen, wie mir zumute ist. Es ist nicht so, als wenn ich die Martha gekauft oder auch gebaut hätte. Ich habe sie gerettet, sie vom Riff abgebracht.

Ich habe sie vor ihrem Grabe im Meere bewahrt, als niemand für sie mehr als fünfundfünfzig Pfund geben wollte. Sie gehört mir, ist mein besonderes Eigentum. Ohne mich würde sie nicht mehr existieren. Der schwere Nordwest hätte sie in den ersten drei Stunden erledigt. Und dazu habe ich sie auch selbst geführt. Sie ist ein wundervoller Segler. Denken Sie: beim Winde läßt sie sich nur mit einer halben Spake Drehung nach jeder Seite steuern. Und das Wenden! Man braucht weder mit dem Vorsegel, noch durch Steifsetzen des Großsegels oder mit dem Ruder nachzuhelfen. Nur mit dem Ruder bringt man sie herum wie ein Fohlen mit dem Gebiß im Maule. Und sie können mit ihr rückwärts gehen wie mit einem Dampfer. Ich habe es in Langa-Langa zwischen der Untiefe und dem Küstenriff gemacht. Es war herrlich!

»Aber Sie lieben das Segeln nicht wie ich, und ich weiß, daß Sie finden, ich hätte mich lächerlich gemacht. Aber eines Tages werde ich die Martha doch wieder führen. Das weiß ich. Das weiß ich!«

Als Antwort streckte er ganz impulsiv seine Hand nach der ihrigen aus, die auf dem Geländer lag, und ergriff sie. Aber er wußte, ohne den leisesten Zweifel, daß es nur der Knabe in ihr war, der seinen Druck erwiderte, der Knabe, der sich über das verlorene Spielzeug grämte. Dieser Gedanke entmutigte ihn. Noch nie war er ihr so nahe gewesen und doch noch nie so fern. Sie war sich sicher gar nicht bewußt, daß seine Hand die ihre berührte. In ihrem Kummer über die Abfahrt der Martha war es für sie irgendeine Hand – jedenfalls die eines Freundes.

Er zog seine Hand zurück und wandte sich verwirrt ab.

»Warum hat er nicht das große Stagsegel gesetzt?« fragte sie gereizt. »Damit würde der Schoner bei diesem Winde direkt davonlaufen. Ich kenne die Sorte vom alten Kinroß. Das ist ein Schiffer, der drei Tage unter doppelt gerafften Segeln liegt und auf einen Sturm wartet, der nicht kommt! Vorsichtig? O ja, vorsichtig ist er. Gefährlich vorsichtig.«

Scheldon blieb stehen.

»Also schön«, sagte er. »Sie können auf der Martha fahren, wenn Sie wollen. Auch auf Malaita werben, meinetwegen.«

Es war ein großes Zugeständnis, das er ihr machte, und er fühlte, daß er es gegen seine Überzeugung tat. Aber die Art, wie sie es aufnahm, war eine neue Überraschung für ihn.

»Mit dem alten Kinroß als Schiffer?« fragte sie. »Nein, dafür danke ich. Er würde mich zum Selbstmord bringen. Ich könnte nicht mit ansehen, wie er das Schiff führte. Es würde mich nervös machen. Wenn ich je wieder an Bord der Martha gehe, dann nur, um sie selbst zu übernehmen. Ich bin ein Seemann wie Vater war, und er konnte es auch nicht ertragen, zu sehen, daß ein Schiff schlecht geführt wurde. Haben Sie gesehen, wie Kinroß in See ging? Es war eine Schande! Welchen Lärm er dabei machte! Der alte Noah hat es mit seiner Arche sicher besser gemacht.«

»Aber schließlich kommt er doch irgendwohin.«

»Das tat Noah auch.«

»Nun, das ist doch die Hauptsache.«

»Für einen vorsintflutlichen Menschen.«

Sie warf noch einen zögernden Blick auf die Martha und wandte sich zu Scheldon:

»Die Schiffer hier sind eine ganz gleichgültige Gesellschaft – die meisten jedenfalls. Christian Young mag noch angehen; Munster hat ein gewisses Können, und der alte Nielsen soll ein tüchtiger Seemann gewesen sein. Aber mit den andern, die ich gesehen habe, ist nicht viel los. Es ist kein Schwung darin, keine Bewegung, kein Geschick, kein richtiger Seemannsstolz. Alles ist verschlafen und langweilig, und sie sind zufrieden, wenn sie nur einmal ankommen, wann, das mag der Himmel wissen! Aber eines Tages werde ich ihnen schon zeigen, wie die Martha geführt werden muß. Ich werde losfahren, daß ihnen der Schädel brummt, und ich werde sie an den Pier von Guvutu bringen, ohne zu ankern oder eine Leine auszubringen.«

Sie hielt atemlos inne und brach dann in Lachen aus.

»Jetzt setzt der alte Kinroß das Stagsegel«, bemerkte er ruhig.

»Tatsächlich«, rief sie ungläubig, blickte schnell hin und lief dann ans Fernrohr. Sie beobachtete das Manöver gespannt durch das Glas, und Scheldon, der ihr Gesicht betrachtete, konnte sehen, daß der Kapitän es ihr nicht recht machte.

Schließlich ließ sie das Glas mit einem Seufzer sinken. »Er hat es nicht klar bekommen und versucht es nun noch einmal. Und ein solcher Mann hat das Kommando über dieses wunderbare Schiff! Nein, ich will es nicht länger sehen, kommen Sie, spielen Sie eine Partie Billard mit mir, und dann sattle ich und schieße Tauben. Kommen Sie mit?«

Als sie eine Stunde später durch die Pforte hinausritten, drehte Joan sich im Sattel um, um einen letzten Blick auf die Martha zu werfen, die sich als ein schwacher Fleck in der Richtung der Floridaküste zeigte.

»Tudor wird schöne Augen machen, wenn er hört, daß die Martha jetzt uns gehört«, lachte sie. »Stellen Sie sich das vor! Er wird sich eine Fahrkarte kaufen müssen, um auf dem Dampfer von den Salomons wegzukommen.«

Noch fröhlich lachend, ritt sie hinaus. Plötzlich aber brach ihr Gelächter ab, und sie zügelte ihr Pferd. Scheldon blickte sie scharf an und sah, wie ihr Gesicht sich verfärbte und grün und gelb wurde.

»Es ist das Fieber,« sagte sie, »ich muß umkehren.«

Als sie wieder vor dem Hause waren, zitterte und bebte sie so, daß er ihr vom Pferde helfen mußte.

»Dumm, was?« sagte sie zähneklappernd. »Wie Seekrankheit – nicht ernst, aber man fühlt sich so gräßlich elend, solange es dauert. Ich gehe gleich zu Bett. Schicken Sie mir Noah-Noah und Viaburi. Sagen Sie Ornfiri, daß er Wasser heiß macht. Ich werde in fünfzehn Minuten besinnungslos sein. Es hat mich tüchtig gepackt. Zu schade, daß wir nicht jagen können. Danke, es geht schon.«

Scheldon befolgte ihre Anweisungen, besorgte ihr die Wärmflaschen und setzte sich dann auf die Veranda, wo er vergebens versuchte, zwei Monate alten Sydneyer Zeitungen Interesse abzugewinnen. Aber immer wieder sah er von der Zeitung auf und blickte über das Grundstück nach dem Grashause hinüber. Ja, dachte er, die Ansicht aller Weißen im Archipel stimmte: die Salomons waren kein Ort für eine Frau. Er klatschte in die Hände, und Lalaperu kam gelaufen.

»Hier du!« befahl er. »Gehen zu Baracken, bringen schwarze fella Marys, schnell zu viel, alle zusammen.« Ein paar Minuten später stand das Dutzend schwarzer Frauen von Berande vor ihm. Er betrachtete sie kritisch und wählte schließlich eine, die jung und nett war, und deren Körper kein Anzeichen einer Hautkrankheit aufwies.

»Was Name du?« fragte er. »Sangui?«

»Mich Mahua«, lautete die Antwort.

»Schön, du fella Mahua. Du hören auf kochen bei Jungens. Du bleiben bei weiße Mary. Alle Zeit du bleiben. Du savvy?«

»Mich savvy,« grunzte sie und begab sich auf seinen Wink sofort in das Grashaus.

»Was Name?« fragte er Viaburi, der aus dem Grashause gekommen war.

»Groß fella krank«, lautete die Antwort. »Weiß fella Mary sprechen zu viel alle Zeit. Alle Zeit sprechen von groß fella Schoner.«

Scheldon nickte. Er wußte Bescheid. Es war die Abfahrt der Martha, die das Fieber verursacht hatte. Es wäre früher oder später zum Ausbruch gekommen, das wußte er. Aber ihre Enttäuschung hatte es beschleunigt. Er zündete sich eine Zigarette an. In dem Rauch erschien ihm das Bild seiner englischen Mutter, und er fragte sich, ob sie es wohl verstehen könnte, daß ihr Sohn eine Frau liebte, die weinte, weil sie nicht Kapitän eines Schoners in den Kannibaleninseln werden durfte.

Männerrede

Der geduldigste Mensch neigt zur Ungeduld, wenn er verliebt ist; und Scheldon war verliebt. Zwanzigmal am Tage nannte er sich einen Esel und versuchte sich zu beherrschen, indem er seinen Gedanken eine andere Richtung gab; aber mehr als zwanzigmal am Tage wanderten seine Gedanken wieder zu Joan zurück. Sie stellte für ihn ein Problem dar, und er sann andauernd darüber nach, wie er sich ihr am besten nähern könnte.

Er besaß keine Übung im Courmachen, er hatte nur eine Erfahrung in dieser zarten Kunst gemacht, und bei der Gelegenheit war er mehr umworben worden, als er selbst geworben hatte; und dazu war es eine wenig einträgliche Geschichte gewesen. Jetzt war es etwas ganz anderes, und immer wieder machte er sich die Eigenart und Schwierigkeit der Situation klar. Hier handelte es sich nicht nur um ein Mädchen, das gar keinen Mann haben wollte, sondern um eines, das überhaupt kein Mädchen war, das geradezu erschrocken war bei dem Gedanken an einen Ehemann, das sich an knabenhaften Spielen ergötzte und für Abenteuer schwärmte, das gesund und normal war, und dem doch ein Ehemann nichts als ein Hindernis bedeutete. Wie sich ihr nähern? Er kannte ihre fanatische Freiheitsliebe, ihre eingefleischte Abneigung gegen jede Art von Zwang. Kein Mann konnte seine Arme um sie legen und sie gewinnen. Sie würde davonflattern wie ein erschreckter Vogel. Durch Berührung – er war sich klar, daß er das nicht durfte. Sein Händedruck mußte bleiben, wie er gewesen, der Ausdruck herzlicher Freundschaft und weiter nichts. Körperlich durfte er sich seine Empfindungen für sie nicht merken lassen. So blieb nur die Sprache. Aber wie sollte er sprechen? Sich auf ihre Liebe berufen? Aber sie liebte ihn ja gar nicht! Auf ihren Verstand? Aber sie hatte ja offenbar den Verstand eines Knaben. Zwar besaß sie alle Zartheit und Lieblichkeit einer wohlerzogenen Frau, aber ihre geistigen Vorgänge waren seiner Wahrnehmung nach geschlechtslos und knabenhaft. Und doch mußte es mit der Sprache gemacht werden, er mußte einen Anfang machen, irgendwie, irgendwann. Ihr Geist mußte mit der Idee vertraut gemacht, mußte auf das Heiraten gelenkt werden.

So ritt er durch die Plantage, mit hochgezogenen Brauen, gerunzelter Stirn, dachte über das Problem nach und stählte sich für die ersten Angriffe. Immer wieder schoß ihm ein Gedanke durch den Kopf, wie er das Eis brechen könnte, aber immer wieder riß ein Glied in der Kette, und das Gespräch kam auf unerwartete, gleichgültige Dinge. Aber eines Morgens kam eine günstige Gelegenheit.

»Mein sehnlichster Wunsch ist, daß wir mit Berande Erfolg haben«, hatte Joan gerade in einer Unterhaltung gesagt, die sich auf die Verbilligung der Koprafrachten bezog.

»Darf ich Ihnen den sehnlichsten Wunsch meines Herzens sagen?« fiel er schnell ein. »Es ist etwas, wonach ich mich sehne, wovon ich träume.«

Er hielt inne und blickte sie gespannt an; aber sie dachte offenbar, daß es sich um nichts anderes als um eine vertrauliche Aussprache über allgemeine Fragen handeln könnte.

»Nun, schießen Sie los!« sagte sie, etwas ungeduldig über sein Zögern.

»Ich denke gern an den Erfolg von Berande«, sagte er. »Aber das kommt in zweiter Linie. Das ist nichts gegen meinen Herzenswunsch, nämlich, daß Sie eines Tages in einer vollkommeneren Form als nur geschäftlich an Berande beteiligt sein möchten. Das würde an dem Tage geschehen, an dem Sie bereit wären, meine Frau zu werden.«

Sie fuhr zurück, wie von einem Skorpion gestochen. Ihr Gesicht wurde weiß, nicht vor mädchenhafter Verwirrung, sondern vor Zorn, und ihre Augen blitzten. »Das jetzt – jetzt, da ich gerade fertig bin!« rief sie leidenschaftlich. Dann wurde ihre Stimme plötzlich kühl und ruhig, und sie sprach, als wenn sie mit Morgan & Raff in Guvutu über Geschäfte gesprochen hätte. »Hören Sie mir zu, Herr Scheldon. Ich habe Sie sehr gern, wenn Sie auch ein langweiliger Peter sind; aber ich will Ihnen doch ein für allemal sagen, daß ich nicht in die Salomons gekommen bin, um mich zu verheiraten. Das Unglück hätte ich mir auch zu Hause zuziehen können, ohne daß ich zehntausend Meilen bis hierher gesegelt wäre. Ich muß meinen eigenen Weg in der Welt gehen, dazu kam ich nach den Salomons. Heiraten heißt nicht, meinen ›eigenen‹ Weg gehen. Für andere Mädchen mag es richtig sein, für mich nicht. Ich danke. Und wenn ich mich mit Ihnen hersetze, um über Koprafrachten zu sprechen, möchte ich nicht zwischendurch Heiratsanträge bekommen. Außerdem – außerdem –«

Sie brach ab, und als sie fortfuhr, lag ein so bittender Klang in ihrer Stimme, daß er beinahe überzeugt war, ein roher Patron zu sein.

»Sehen Sie das nicht ein? Es verdirbt alles. Es macht die ganze Situation unmöglich – und ich freute mich so über unsere Teilhaberschaft und war so stolz darauf. Sehen Sie das nicht ein? Wenn Sie mir den Hof machen, kann ich nicht länger Ihr Partner sein. Und ich war doch so glücklich.«

Tränen der Enttäuschung traten ihr in die Augen, und sie unterdrückte ein Schluchzen.

»Ich habe Sie gewarnt«, sagte er ernst. »Solche ungewöhnlichen Situationen zwischen Mann und Frau können nicht von Dauer sein, das sagte ich Ihnen gleich anfangs.«

»O ja; mir ist völlig klar, was Sie getan haben.« Sie war wieder zornig, und der sanfte Klang in ihrer Stimme war verschwunden. »Sie waren sehr vorsichtig mit Ihrer Warnung. Sie haben sich Mühe gegeben, mich vor jedem anderen Mann in den Salomons zu warnen, nur nicht vor sich selber.«

Das war für Scheldon ein Schlag ins Gesicht. Mit Schmerz erkannte er, daß es nicht unrichtig war, was sie sagte, und doch war es seiner Überzeugung nach ungerecht. Der Triumph, der in ihren Augen aufleuchtete, als sie sah, daß sie ihn getroffen hatte, brachte ihn zum Entschluß.

»Die Sache ist durchaus nicht so einseitig, wie Sie zu glauben scheinen«, begann er. »Es ging recht gut mit Berande, ehe Sie kamen. Wenigstens war ich nicht solchen Beschimpfungen ausgesetzt, wie eben, als Sie mir Feigheit vorwarfen. Bitte, denken Sie daran, daß ich Sie nicht aufgefordert habe, nach Berande zu kommen. Und ich habe Sie nicht aufgefordert, auf Berande zu bleiben. Nur durch Ihr Bleiben haben Sie diese für Sie – unangenehme Situation herbeigeführt. Durch Ihr Bleiben wurden Sie für mich zur Versuchung, und jetzt wollen Sie mir die Schuld geben. Ich wollte ja gar nicht, daß Sie blieben. Damals liebte ich Sie noch nicht. Ich wünschte, daß Sie nach Sydney zurückgingen oder nach Hawai. Aber Sie bestanden ja darauf, zu bleiben. Sie haben sich tatsächlich –«

Er hielt inne und suchte nach einem gelinderen Ausdruck, als dem, der ihm auf der Zunge lag. Aber sie nahm ihm das Wort aus dem Munde.

»Aufgedrängt – wollen Sie sagen«, rief sie, und ihre Wangen röteten sich kampflustig. »Nur weiter, kümmern Sie sich nicht um meine Gefühle.«

»Nun gut, das werde ich auch nicht« sagte er entschieden, da er sich klar machte, daß die Unterredung zu einem schuljungenhaften Schmähen auszuarten drohte.

»Sie haben darauf bestanden, als Mann behandelt zu werden; wären Sie konsequent, so würden Sie wie ein Mann reden und wie ein Mann auf Männerrede hören. Und hören sollen Sie! Es ist nicht Ihre Schuld, daß diese unangenehme Situation eingetreten ist. Ich mache Ihnen keine Vorwürfe – beachten Sie das! Aber aus dem Grunde sollten Sie auch mir keine Vorwürfe machen.«

Er bemerkte, wie ihr Busen sich hob und senkte, während sie mit zusammengepreßten Händen dasaß, und er mußte an sich halten, daß er sie nicht in seine Arme zog, statt in seiner wohlüberlegten Rede fortzufahren. Fast hätte er ihr gesagt, daß sie ein entzückender Knabe sei. Aber er unterdrückte alle derartigen Reden und hielt sich nur an seine sachliche Beweisführung.

»Sie können nichts dafür, daß Sie so sind, wie Sie sind. Sie können nichts dafür, daß Sie für mich ein sehr begehrenswertes Weib sind. Sie haben in mir das Verlangen geweckt. Sie wollten das nicht und haben sich auch nicht darum bemüht. Ihr Wesen war es, das es veranlaßte. Und mein Wesen ist es, das nach Ihnen verlangt. Aber ich kann auch nichts dafür, daß ich so bin, wie ich bin. Ich kann mich ebensowenig zwingen, nach Ihnen zu verlangen, wie Sie sich zwingen können, für mich begehrenswert zu sein.«

»Ach, Wunsch! Verlangen! Verlangen! Verlangen!« begehrte sie auf. »Ich bin doch kein Narr. Ich habe doch auch ein bißchen Verstand. Und die ganze Geschichte ist so albern und sinnlos und – unangenehm. Ich glaube wirklich, es wäre das beste, daß ich Noah-Noah, Adamu-Adam, Lalaperu oder irgendeinen Schwarzen heiratete. Dem könnte ich Befehle erteilen und ihn von mir fernhalten, und dann würden Leute wie Sie mich in Ruhe lassen und nicht von Heirat und Verlangen reden.«

Sheldon lachte gezwungen, aber ihm war keineswegs zum Lachen zumute.

»Sie haben wirklich keine Seele«, sagte er wild.

»Weil meine Seele nicht nach einem Mann als Herrn verlangt?« parierte sie den Einwurf. »Schön, dann habe ich eben keine. Und was wollen Sie nun unternehmen?«

»Ich werde Sie fragen, warum Sie wie eine Frau aussehen, warum Sie die Gestalt einer Frau haben, die Lippen einer Frau, das wundervolle Haar einer Frau. Und ich werde antworten: weil Sie eine Frau sind, wenn die Frau auch noch in Ihnen schlummert. Eines Tages aber wird sie erwachen.«

»Das verhüte Gott!« rief sie in so plötzlichem, natürlichen Schrecken, daß er lachen mußte, und auch ihre Lippen sich zu einem ungewollten Lächeln kräuselten. »Ich habe Ihnen noch mehr zu sagen«, fuhr Sheldon fort. »Ich habe versucht, Sie vor allen anderen Männern in den Salomons zu beschützen und vor sich selbst ebenfalls. Ich persönlich dachte nicht an eine Gefahr von dieser Seite. Daher habe ich es auch unterlassen, Sie vor mir selber zu schützen. Aber mein Schutz hat überhaupt versagt. Sie gingen ihre eigenen, selbstbewußten Wege, ganz, als ob ich überhaupt nicht existierte. Sie brachten gestrandete Schoner ein, warben auf Malaita und fuhren Schoner, Sie, ein alleinstehendes, unbeschütztes Mädchen, in der Gesellschaft einiger der schlimmsten Schurken in den Salomons. Fowler! Brahms! Curtis! Und das ist das Sinnwidrige in der menschlichen Natur – ich bin ganz offen, wie Sie sehen –, daß ich Sie liebe. Ich liebe Sie um Ihrer selbst willen, so wie Sie sind.«

Mit einer Miene, die Widerwillen ausdrückte, hob sie abwehrend die Hand.

»Nein«, sagte er. »Sie haben kein Recht, mir zu verbieten, daß ich von meiner Liebe zu Ihnen spreche. Denken Sie daran: es ist Männerrede. Bei diesem Gespräch sind Sie ein Mann. Die Frau in Ihnen ist nur Zufall, eine unerhebliche Nebensache. Sie müssen zuhören, selbst wenn ich die Tatsache feststelle, daß ich Sie liebe, so sonderbar es auch sein mag.

»Ich werde Sie nicht mehr mit meiner Liebe belästigen. Es bleibt alles wie bisher. Sie sind auf Berande besser aufgehoben und sicherer als sonst irgendwo in den Salomons. Trotz der Tatsache, daß ich Sie liebe. Aber eines möchte ich gern – und das ist der letzte Punkt unseres Männergesprächs! Denken Sie von Zeit zu Zeit daran, daß es der schönste Tag meines Lebens sein würde, wenn Sie einwilligten, meine Frau zu werden. Denken Sie zuweilen daran. Sie müssen es, und jetzt wollen wir nicht mehr davon reden. Wie unter Männern. Hier meine Hand.«

Er streckte die Hand aus. Sie zögerte, dann aber ergriff sie sie herzhaft und lächelte unter Tränen.

»Ich wollte –« stammelte sie unter Tränen, »ich wollte Sie hätten mir statt dieser schwarzen Mary sonst jemand gegeben, der auf mich schwört.«

Und mit dieser rätselhaften Bemerkung wandte sie sich ab.

Konterbande

Scheldon kam nicht wieder auf die Sache zurück und benahm sich wie immer. Es war nichts von einem schmachtenden Liebhaber oder überhaupt von einem Liebhaber an ihm. Und es war auch keine Befangenheit zwischen ihnen zu bemerken. Ihr Verhältnis war so offen und freundschaftlich wie immer. Wenn seine kriegerische Liebeserklärung Joans weibliches Selbstbewußtsein erweckt hatte, so suchte er doch vergeblich nach einem Anzeichen dafür. Sie schien ebenso unverändert wie er selber; während er aber wußte, daß er seine wahren Empfindungen verbarg, war er fast überzeugt, daß sie nichts verbarg. Und doch mußte der Samen, den er gesät, aufgehen, dessen war er sicher, wenn er das Ergebnis auch nicht kannte. Die Entwicklung dieses merkwürdigen Mädchens war nicht vorauszusagen. Sie konnte es sich überlegen, das stimmte; andererseits aber, und mit ebenso großer Wahrscheinlichkeit, konnte es sein, daß er nicht der rechte Mann für sie war, und daß seine Liebeserklärung sie nur in ihrer Ansicht, das wahre Glück läge im Alleinsein, bestärkt hatte.

Während er sich immer mehr der Plantage widmete, übernahm sie vollkommen den Haushalt mit seinen mannigfachen Forderungen. Und sie nahm ihn fest in ihre Hand und richtete ihn nach ganz neuen Gesichtspunkten ein. Die Arbeitsverhältnisse auf Berande besserten sich. Die Martha hatte fünfzig Schwarze fortgebracht, deren Zeit abgelaufen war, es waren die schlimmsten auf der Plantage gewesen – Arbeiter, die vor fünf Jahren vom Henkerjohny angeworben waren und noch die frühere Schreckensherrschaft unter den ersten, vertriebenen Besitzern von Berande durchgemacht hatten. Die anderen, schon zu Scheldons Zeit angelernten Arbeiter versprachen Besseres.

Joan hatte die neuen Leute im Einverständnis mit Scheldon von vornherein mit fester Hand und dabei mit absoluter Gerechtigkeit behandelt, damit sie nicht durch die älteren, die noch dageblieben waren, verdorben wurden.

»Ich glaube, es wäre gut, alle Leute in der Nähe des Hauses arbeiten zu lassen,« schlug Joan eines Tages beim Frühstück vor, »ich habe das Haus rein gemacht, und jetzt sollten Sie einmal die Baracken säubern lassen. Es wird zuviel gestohlen.«

»Das ist ein guter Gedanke«, stimmte Scheldon bei. »Ich muß ihre Kisten untersuchen. Ich habe gerade ein paar Hemden vermißt, und meine Zahnbürste ist verschwunden.«

»Und zwei von meinen Patronenschachteln«, fügte sie hinzu. »Gar nicht zu reden von den Taschentüchern, Handtüchern, Bettlaken und meinen besten Hausschuhen. Aber was die Leute mit Ihrer Zahnbürste wollen, kann ich mir nicht recht vorstellen. Nächstens stehlen sie noch Billardbälle.«

»Einer ist schon ein paar Wochen vor Ihrer Ankunft verschwunden,« lachte Scheldon, »wir wollen die Kisten heute nachmittag untersuchen.«

Es wurde ein arbeitsreicher Nachmittag. Joan und Scheldon gingen, beide bewaffnet, durch die Baracken, durchsuchten Haus für Haus mit Hilfe der Aufseher, während ein halbes Dutzend Leute eine Kette bildeten, und die Namen derjenigen, die verlangt wurden, weitergaben. Jeder mußte den Schlüssel zu seiner Kiste bringen und durfte zusehen, wie der Inhalt von den Aufsehern untersucht wurde.

Die Ausbeute war fabelhaft: ein volles Dutzend Buschmesser – krumme Hacken mit Schneiden wie Rasiermesser, mit denen man einem Menschen mit einem Schlage den Kopf abhauen konnte, Handtücher, Bettlaken, Hemden, Hausschuhe, Zahnbürsten, Besen und Seife, der fehlende Billardball und alle abhanden gekommenen und vergessenen Kleinigkeiten von vielen Monaten kamen zutage. Am allererstaunlichsten aber war die Menge Munition – Patronen für Lee-Metfords, Winchesters und Marlins, für Revolver aller Kaliber, Schrotpatronen, die beiden Schachteln Joans, Patronen riesiger Kaliber für die alten Snidergewehre von Malaita, Flaschen mit Schwarzpulver, Dynamitstangen, meterweise Zündschnur und Schachteln mit Zündhütchen. Der größte Fund aber wurde in dem Hause gemacht, das von Gogoomy und fünf Port-Adams-Leuten bewohnt wurde. Der Umstand, daß in den Kisten nichts gefunden wurde, erregte Scheldons Verdacht, und er gab den Befehl, den Erdboden aufzugraben. In

Matten gewickelt, gut geölt, rostfrei und nagelneu, wurden zunächst zwei Winchesterbüchsen ausgegraben. Scheldon wußte nichts von ihnen; sie stammten nicht aus Berande. Ebensowenig die vierzig Flaschen Schwarzpulver, die unter dem Eckpfosten des Hauses gefunden wurden. Auch an den Verlust der acht Schachteln mit Zündhütchen konnte er sich nicht erinnern, wenn er seiner Sache auch nicht ganz sicher war. In einem großen Colts-Revolver erkannte er den von Hughie Drummond wieder, während Joan den Zweiunddreißiger Iver & Johnson erkannte, dessen Verlust Matapuu in der ersten Woche nach der Landung in Berande gemeldet hatte. Da er keine Munition fand, bestand Scheldon darauf, den ganzen Fußboden aufzugraben, und fand eine Blechdose, die früher fünfzig Pfund Mehl enthalten hatte. Mit starren Augen sah Gogoomy zu, wie Scheldon zweihundert Winchester-Patronen und ebenso reichliche Munition für die anderen Waffen aus der Büchse nahm. Die Konterbande und das Diebesgut waren, in Haufen sortiert, auf der hinteren Veranda des Bungalows aufgestapelt. Einige Schritt vor der Treppe stand die Gruppe der Schuldigen, einige vierzig Mann, und dahinter, in dichten Reihen, die gesamte Arbeiterschaft der Plantage.

Oben auf der Veranda saßen Joan und Scheldon, während die Aufseher auf den Treppenstufen standen. Die Schuldigen wurden einer nach dem andern aufgerufen und verhört. Es war nichts Bestimmtes aus ihnen herauszubekommen. Sie logen offenbar, blieben aber verstockt und erklärten jede Lüge, bei der sie ertappt wurden, mit einem Dutzend anderer. Einer verkündete selbstzufrieden, elf Stangen Dynamit am Strande gefunden zu haben. Derselbe Mann erklärte auch, daß Matapuus Revolver, der in der Kiste eines gewissen Kapu gefunden worden war, ihm von Lervumie gegeben worden sei. Lervumie, als Zeuge aufgerufen, sagte, er hätte ihn von Noni erhalten. Noni wollte ihn von Sulefatoi, Sulefatoi von Choka, Choka von Ngava bekommen haben, und Ngava schloß den Kreis, indem er angab, daß Kapu ihm die Waffe gegeben hätte. Kapu, der jetzt doppelt beschuldigt war, blieb ruhig dabei, daß Lervumie ihm die Waffe gegeben habe, und

Lervumie erzählte ausführlich, wie er ihn von Noni erhalten hatte, und wieder ging es von Noni zu Sulefatoi im Kreise herum. Verschiedene Gegenstände waren zweifellos von den Hausboys gestohlen worden. Aber jeder beteuerte auf das entschiedenste seine Unschuld und verdächtigte seine Genossen.

Der Mann, bei dem der Billardball gefunden war, sagte, er hätte ihn nie im Leben gesehen, und äußerte die Vermutung, daß er auf geheimnisvolle Weise durch einen bösen Geist in seine Kiste gelegt worden sein müsse. Er habe keine Ahnung, wie der Ball dahingekommen sei, und er müsse wohl vom Himmel heruntergefallen sein.

Der Diebstahl der meisten Sachen wurde den Köchen und Mannschaften aller der Fahrzeuge in die Schuhe geschoben, die in den letzten Jahren vor Berande geankert hatten. In keinem Fall ließ sich die Wahrheit ermitteln, wenn auch die nicht identifizierten Waffen und Patronen zweifellos von den besuchenden Schiffen an Land gekommen waren.

»Also, was sagen Sie nun?« meinte Scheldon zu Joan. »Wir haben auf einem Vulkan geschlafen. Sie müßten alle ausgepeitscht werden.«

»Nicht schlagen mich«, schrie Gogoomy von unten. »Vater gehören mir groß fella Häuptling. Mich schlagen, zuviel Lärm bei dir, sehr bald, mein Wort.« »Was sagen du fella Gogoomy!« rief Scheldon. »Ich läuten sieben Glocken aus dir. Hier du Kwaque legen ihm Eisen an, das fella Gogoomy.«

Kwaque, ein stämmiger Aufseher, griff Gogoomy aus dem Haufen heraus, bog ihm mit Hilfe der anderen Aufseher die Hände auf den Rücken und legte ihm die schweren Handschellen an.

»Mich fertig bei dir, ihr sterben alle zusammen«, bedrohte Gogoomy die Aufseher mit wutverzerrtem Gesicht.

»Bitte, nicht peitschen«, sagte Joan leise. »Wenn das Auspeitschen nötig ist, so schicken Sie die Leute nach Tulagi, und lassen Sie es von der Regierung vornehmen. Lassen Sie ihnen die Wahl zwischen einer Geldstrafe und einer amtlichen Auspeitschung.«

Scheldon nickte und erhob sich, den Blick auf die Schwarzen geheftet.

»Manonmie!« rief er.

Manonmie trat vor und wartete.

»Du fella Junge schlimm fella zu viel«, warf Scheldon ihm vor. »Du stehlen viel. Du stehlen ein fella Handtuch, ein fella Buschmesser, zwei-zehn Patronen. Mein Wort, viel schlimm fella stehlen du. Mich croß auf dich zuviel. Du wollen, mich nehmen ein fella Pfund von dir in dicken Buch. Du nicht wollen, mich auch nehmen ein Pfund, dann mich schicken dich fella nach Tulagi, ein groß fella Regierung peitschen dich. Viel Neu-Georgia-Jungens, viel Isabel-Jungens bleiben Gefängnis Tulagi. Die fella dort nicht lieben Malaita-Jungens klein bißchen. Mein Wort, sie geben dir stark fella Peitsche. Was du sagen?«

»Du nehmen ein fella Pfund von mir«, lautete die Antwort.

Und Manonmie trat erleichtert zurück, während Scheldon die Strafe in das Plantagenjournal eintrug. Einen nach dem andern rief er die Sünder auf und stellte ihnen die Wahl. Und einer nach dem andern entschied sich, die auferlegte Strafe zu zahlen. Einige Strafen waren niedrig, nur wenige Schilling, während in den schlimmeren Fällen, wie dem Diebstahl von Gewehren und Munition, die Strafen entsprechend schwerer waren.

Gogoomy und seine Stammesgenossen wurden jeder mit drei Pfund bestraft, aber auf Gogoomys gegurgelten Befehl weigerten sie sich, zu zahlen. »Ihr kommen Tulagi,« warnte Scheldon sie, »ihr kriegen stark fella Peitsche, und ihr bleiben Gefängnis drei fella Jahr. Herr Burnett, er sehen Winchester, sehen Patronen, sehen Revolver, sehen Schwarzpulver, sehen Dynamit – mein Wort, er croß zuviel. Er geben euch drei fella Jahre Gefängnis. Ihr nicht wollen zahlen drei fella Pfund, ihr bleiben Gefängnis. Savvee?« Gogoomy schwankte.

»Es ist Tatsache, das würde Burnett ihnen geben«, sagte Scheldon leise zu Joan.

»Du nehmen drei fella Pfund von mir«, murrte Gogoomy und warf gehässige, finstere Blicke auf Scheldon, Joan und

Kwaque. »Mich fertig bei dir, du kriegen groß fella Lärm, mein Wort, Vater gehören mir, groß fella Häuptling Port Adams.«

»Jetzt genug«, warnte Scheldon. »Du halten Mund gehören dir.«

»Mich nicht Angst«, erwiderte der Sohn des Häuptlings und erhöhte durch diese Unverschämtheit sein Ansehen in den Augen seiner Genossen. »Sperr ihn ein für heute nacht«, sagte Scheldon zu Kwaque. »Sonne er kommen auf, das fella und fünf fella gehören ihn gehen Grasschneiden. Savvee?« Kwaque grinste.

»Mich savvee«, sagte er. »Grasschneiden, ngari-ngari[2] bleiben im Gras. Mein Wort!«

»Wir werden doch noch Schwierigkeiten mit Gogoomy haben«, sagte Scheldon zu Joan, als die Aufseher ihre Gruppen ordneten, um sie an die Arbeit zu führen. »Behalten Sie ihn im Auge, seien Sie vorsichtig, wenn Sie allein durch die Plantage reiten. Der Verlust der Winchesterbüchsen und der Munition hat ihn härter getroffen als Ihr Schlag. Er kann jederzeit ein Unheil anrichten.«

---

[2] Ngari-ngari = wörtlich: Kratz-kratz, eine Hautvergiftung, die, wenn auch nicht gefährlich, doch recht unangenehm ist.

Gogoomy machen Kwaque fertig ganz und gar

»Ich möchte wissen, was aus Tudor geworden ist, es ist zwei Monate her, seit er im Busch verschwand. Seit er Binu verlassen hat, haben wir kein Wort mehr von ihm gehört.«

Joan Lackland saß auf ihrem Pferde am Ufer des Balesuna, dort, wo der Mais gesät worden war, und Scheldon, der zu Fuß vom Haus herübergekommen, lehnte sich an die Schulter des Pferdes. »Ja, es ist lange her, daß keine Nachrichten durchgesickert sind«, antwortete er, wobei er sie unter seinem Hutrande hervor scharf beobachtete, um zu sehen, in welchem Maße sie sich um den Goldsucher sorgte. »Aber Tudor wird schon durchkommen. Er hat gleich am Anfang etwas fertiggebracht, das ich weder ihm noch sonst jemand zugetraut hätte. Er hat Binu Charley überredet, mit ihm zu gehen. Und ich wette, daß kein anderer Binu-Kanake je so weit in den Busch gegangen ist, ohne gefressen zu werden. Was Tudor betrifft –«

»Da! Sehen Sie!« rief Joan leise und zeigte auf einen leichten Wirbel auf der andern Seite des schmalen Flusses, wo ein großes Krokodil wie ein schwimmender Baumstamm trieb. »Oh, ich wollte, ich hätte mein Gewehr zur Hand.«

Das Krokodil sank unter und verschwand, kaum das Wasser kräuselnd.

»Heute Morgen war ein Binu-Mann bei mir, um Medizin zu holen«, bemerkte Scheldon. »Möglicherweise war dieses Biest die Ursache. Eine Anzahl Binu-Frauen war im Wasser, und da trat eine direkt auf ein großes Krokodil. Es war dicht am Ufer, und die Bestie warf sie um und packte sie am Bein. Die anderen Weiber packten sie an den Armen und zogen. Und bei dem Hin- und Herzerren büßte sie das Bein ein. Unterhalb des Knies, sagte er. Ich gab ihm eine Anzahl antiseptischer Mittel. Ich glaube, sie wird durchkommen.«

»Ach, diese widerlichen Bestien«, stieß Joan schaudernd hervor. »Ich hasse sie! Ich hasse sie!«

»Und doch tauchen Sie zwischen den Haien«, schalt Scheldon.

»Das sind nur Fischhaie. Und solange die genug Fische haben, sind sie ganz ungefährlich. Sie beißen nur, wenn sie ausgehungert sind.«

Scheldon schauderte innerlich, als er sich ihr zartes Fleisch zwischen den Zähnen eines Hais vorstellte. »Ich möchte trotzdem, daß Sie es nicht täten«, sagte er langsam. »Sie kennen die Gefahr.«

»Aber das ist ja gerade das Schöne dabei«, rief sie. Eine abgedroschene Redensart, daß er sie nicht verlieren möchte, lag ihm auf der Zunge, aber er unterdrückte sie. Er hatte herausgefunden, daß er sie nicht schelten durfte. Es hätte einen taktischen Fehler von nicht geringer Tragweite bedeutet, wenn er sie dauernd oder auch nur gelegentlich an seine Gefühle erinnerte.

»Etwas fürs Gedichtbuch, etwas fürs tägliche Leben und etwas für den Magen des Hais«, lachte er grimmig. Dann fügte er hinzu: »Ich wünschte aber doch, daß ich so gut schwimmen könnte wie Sie. Vielleicht wäre ich dann ebenso zuversichtlich wie Sie.«

»Wissen Sie, ich stelle es mir eigentlich ganz nett vor, mit einem Mann, wie Sie einer zu sein scheinen, verheiratet zu sein«, bemerkte sie in einer ihrer plötzlichen Anwandlungen, die ihn immer wieder in Erstaunen setzten. »Ich glaube, daß Sie zu einem sehr guten Ehemann erzogen werden könnten – nicht zu einem solchen herrschsüchtigen Tyrannen, sondern zu einem, der bedenkt, daß seine Frau ebensogut ein Mensch und ebenso frei ist wie er selber. Wirklich, ich glaube, Sie bessern sich.«

Sie ritt lachend davon und ließ ihn niedergeschlagen zurück. Würde er gedacht haben, daß in ihren Worten eine leise Sprödigkeit, eine weibliche Unruhe und ein weiblicher Versuch zu absichtlicher Verlockung und Ermunterung gelegen hätte, dann wäre er stolz gewesen. Aber er wußte bestimmt, daß der Knabe und nicht die Frau so verwegen gesprochen hatte.

Joan ritt weiter zwischen den Reihen junger Kokospalmen hindurch, sah einen Hornraben, dessen unstetem Flug sie bis zum Hochwald an der Grenze der Plantage folgte, hörte das

Gurren wilder Tauben und entdeckte sie etwas tiefer im Walde, verfolgte die frische Fährte eines Wildschweines auf einige Entfernung, ritt dann im Kreise zurück und schlug den schmalen Pfad zum Bungalow ein, der über zwanzig Morgen ungeklärten Graslandes führte. Das Gras reichte ihr bis zur Hüfte und noch höher. Und im Weiterreiten erinnerte sie sich, daß Gogoomy und ein paar andere Leute zum Grasschneiden abgeteilt worden waren. Sie kam an die Stelle, wo sie gearbeitet hatten, sah aber keine Spur von ihnen. Ihr unbeschlagenes Pferd trat geräuschlos auf den weichen, sandigen Boden, und als sie etwas weiter kam, hörte sie Stimmen, die aus dem Grase kamen. Es war Gogoomy, der sprach, und während sie so horchte, packte sie die Zügel fester, und der Zorn wallte in ihr auf.

»Hund er sein im Haus, Nachtzeit er gehen herum«, sagte Gogoomy auf Trepang-Englisch, da er außer zu seinen Stammesgenossen noch zu andern sprach. »Ihr fella Jungens fangen ein fella Schwein, tun kai-kai gehören ihm, an groß fella Fischhaken stecken. Hund er gehen herum, finden kai-kai, ihr fella Jungen fangen Hund genau wie Hai. Hund er gleich fertig. Groß fella Herr schlafen in groß fella Haus. Weiße Mary schlafen außen pickaninny Haus. Ein fella Adamu er bleiben außen um pickaninny Haus. Ihr fella Jungen machen fertig Hund, fertig Adamu, fertig groß fella Herr, fertig weiße Mary, fertig alle zusammen. Viele Musketen er haben, viel Pulver, viel Tomahawks, viel Messer, viel Schweinsfischzähne, viel Tabak, viel Kaliko. Mein Wort, zuviel Massen alles, wir nehmen in Walboot, washee (rudern) wie Hölle. Sonne er kommen auf, wir lang weg zuviel.«

»Mich fangen das Schwein, Sonne er gehen unter«, sagte einer, dessen Fistelstimme Joan als die von Cosse, einem Stammesgenossen Gogoomys, erkannte. »Mich fangen Hund«, sagte ein anderer.

»Und mich fangen weiße Mary«, rief Gogoomy triumphierend. »Mich fangen Kwaque, er sterben verdammt schnell.«

So viel hörte Joan von dem Mordplan, dann gewann ihr aufsteigender Zorn die Oberhand über ihre Besonnenheit. Sie spornte ihr Pferd an und rief:

»Was Name ihr fella Jungens, he? Was Name?«

Sie sprangen auf, liefen durcheinander, und zu ihrer Überraschung sah Joan, daß sie etwa ein Dutzend vor sich hatte. Als sie die starren Gesichter und die schweren, zwei Fuß langen Hackmesser in ihren Händen erblickte, kam ihr plötzlich zum Bewußtsein, wie unüberlegt sie gehandelt hatte. Wenn sie wenigstens einen Revolver oder ein Gewehr bei sich gehabt hätte, wäre alles gut gewesen. Aber sie war in ihrer Sorglosigkeit unbewaffnet ausgeritten. Sie folgte Gogoomys Blick auf ihre Hüfte und sah das befriedigte Aufblitzen in seinen Augen, als er das Fehlen des schrecklichen männermordenden Revolvers bemerkte. Der erste Artikel im Kodex der Salomoninseln für einen Weißen war, nie vor einem Eingeborenen Furcht zu zeigen, und so versuchte Joan denn, sich auf Reiterart aus der Affäre zu ziehen.

»Zuviel reden ihr fella Jungens«, sagte sie streng. »Zuviel reden, zu wenig arbeiten! Savvee?«

Gogoomy gab keine Antwort, sondern schob sich nur, scheinbar von einem Fuß auf den andern tretend, ein wenig vorwärts. Die andern, die in einem Halbkreis um ihn standen, glitten gleichfalls vorwärts, und die furchtbaren Buschmesser in ihren Händen verrieten ihre Absicht.

»Ihr schneiden Gras!« befahl sie.

Aber Gogoomy schob seinen andern Fuß vor. Joan maß die Entfernung mit den Augen, es war unmöglich, das Pferd herumzuwerfen, wenn sie nicht von hinten niedergemacht werden wollte.

Und in diesem kritischen Augenblick prägte sie ihrem Gedächtnis alle diese Gesichter unvergeßlich ein – einer von ihnen war ein alter Mann mit ausgeweiteten, zerrissenen Ohrläppchen, die ihm bis auf die Brust herabhingen, ein anderer hatte die breite platte Nase eines Afrikaners, und seine wilden Augen waren so unter den herunterhängenden Brauen vergraben, daß nichts als das gelbliche, krank aussehende Weiße zu sehen war, ein dritter war da mit dicken Lippen und lockigem Backenbart; und Gogoomy – nie zuvor war ihr aufgefallen, wie schön Gogoomy in seiner wilden Art war. Im Gegensatz zu seinen Gefährten prägte ihn natürliche Vornehmheit.

Die Linien seiner Gestalt waren abgerundeter als die ihren, seine Haut war glatt, gut geölt und frei von jeder Krankheit. Auf seiner Brust hing, an einer Schnur von Schweinsfisch-zähnen um seinen Hals, ein großer, aus opalisierender Muschelschale geschnitzter Halbmond. Eine Reihe weißer Kaurimuscheln umspannte seine Stirn. In seinem Haar steckte eine einzige weiße Feder. Über der Wade des einen Beines trug er, wie ein Strumpfband, eine Schnur aus weißen Perlen. Das wirkte äußerst stutzerhaft. Eine schmale Schnur um die Hüften vervollständigte sein Kostüm. Dann sah sie einen anderen, alt, runzlig mit gerunzelter Stirn und gerunzeltem Gesicht, das in tierischer Leidenschaft zuckte und arbeitete, wie sie es auf den Gesichtern von Affen beobachtet hatte.

»Gogoomy«, sagte sie scharf. »Du nicht schneiden Gras, mein Wort, ich schlagen Kopf gehören dir.« Sein Ausdruck wurde eine Spur verächtlicher, aber er antwortete nicht. Stattdessen blickte er verstohlen nach links und nach rechts, um festzustellen, wie weit seine Genossen Joan schon umzingelt hatten, und wieder schob er seinen Fuß, wie zufällig, einige Zoll vor. Joan war sich ihrer verzweifelten Lage voll und ganz bewußt. Es gab nur einen Ausweg: durch! Sie hob drohend die Reitpeitsche, trieb im selben Augenblick beide Sporen ein und lenkte das Pferd direkt auf Gogoomy zu. Das alles war Sache eines Augenblicks. Alle Buschmesser waren erhoben, und alle Schwarzen mit Ausnahme Gogoomys drangen auf sie ein. Gogoomy wich seitwärts aus, um dem Pferde zu entgehen, und schwang sein Buschmesser über sie, das sie, wenn es sie getroffen hätte, in zwei Teile geschnitten haben würde. Sie lehnte sich vornüber, um dem sausenden Messer zu entgehen, das durch ihren Reitrock, die Kante des Sattels und die Satteldecke schnitt und sogar noch in den Rücken des Pferdes drang. Ihre rechte Hand, die sie erhoben hatte, fuhr nieder. Die dünne Peitsche sauste durch die Luft. Joan sah die weißen Striemen quer über das boshaften hübschen Gesicht, sah im selben Augenblick, wie der Mann mit dem verrunzelten Gesicht überritten vor ihr niederfiel und hörte sein grunzendes, zorniges Geschrei – ganz ähnlich dem eines wilden Affen. Dann war sie frei und schoß auf das Haus zu.

Bei ihrer seemännischen Erfahrung wußte sie Scheldons Entschlossenheit zu würdigen, als sie mit ihren Neuigkeiten bei ihm eindrang. Er sprang von dem Liegestuhl auf, in dem er auf sein Frühstück gewartet hatte, klatschte in die Hände, um die Hausboys herbeizurufen, und während er ihr zuhörte, schnallte er schon seinen Patronengürtel um und spannte seine automatische Pistole.

»Ornfiri,« stieß er seine Befehle hervor, »du fella läuten groß fella Glocke stark fella zuviel. Du hören auf läuten, du legen Sattel auf Pferd. Viaburi, du gehen schnell Haus gehören Seelee, sagen ihm, viel schwarze fella laufen weg, zehn fella zwei fella schwarze fella Jungen.« Er kritzelte etwas auf einen Zettel und gab ihn Lalaperu. »Du gehen schnell Haus gehören weiß fella Herr Boucher.

»Auf diese Weise werden sie von zwei Seiten von der Küste zurückgetrieben,« erklärte er Joan, »und der alte Seelee wird sein ganzes Dorf auf ihre Fährte hetzen.«

Dem Ruf der großen Glocke folgend, trafen als erste Joans Tahitianer ein, und ihre glänzenden Körper und ihr kochender Atem zeigte, daß sie den ganzen Weg gelaufen waren. Einige Gruppen, die sehr weit entfernt waren, mußten zu ihrem Eintreffen fast eine Stunde brauchen.

Scheldon bewaffnete zunächst Joans Seeleute und teilte Munition und Handschellen aus. Adamu-Adam ließ er mit geladenem Gewehr bei den Booten Wache halten, Noah-Noah sollte mit Hilfe Matapuus die Arbeitergruppen bei ihrem Eintreffen in Empfang nehmen, sie hinhalten und darauf achten, daß sie nicht auch vom Aufruhr angesteckt würden. Die andern fünf Tahitianer sollten Joan und Scheldon zu Fuß folgen.

»Ich bin nur froh, daß wir das Arsenal ausgehoben haben«, bemerkte Scheldon, als sie zur Pforte des Grundstücks hinausritten.

Nach etwa hundert Metern stießen sie auf einen Trupp Arbeiter, der hereinkam. Es war die Gruppe Kwaques, aber Scheldon suchte vergeblich nach ihm.

»Was Name das fella Kwaque er nicht bleiben bei euch«, fragte er.

Ein Gewirr aufgeregter Stimmen versuchte die Antwort zu geben.

»Machen Mund zu gehören euch allzusammen«, befahl Sheldon.

Er sprach barsch und übernahm wieder die Rolle des Weißen, der stets streng und herrisch sein muß.

»Hier, du fella Babatani, du sprechen Mund gehören dir.«

Babatani trat mit der ganzen Würde eines aus seinen Gefährten Erwählten vor.

»Gogoomy, er machen fertig Kwaque ganz und gar«, lautete Babatanis Erklärung. »Er nehmen Kopf gehören ihm laufen wie Hölle.«

Mit kurzen Worten und geringer Einbildungskraft beschrieb er den Mord, und Sheldon und Joan ritten weiter. Im Gras, wo Joan überfallen worden war, fanden sie den kleinen, runzligen Mann, den Joan überritten hatte. Er jammerte und stöhnte noch. Das Pferd war ihm auf den Knöchel getreten und hatte ihn vollständig zerquetscht, und nachdem der Mann hundert Meter weit gekrochen war, hatte er sich von der Aussichtslosigkeit seiner Flucht überzeugt. Der letzten Arbeitergruppe, die vom äußersten Ende der Plantage kam, wurde der Auftrag erteilt, ihn ins Haus zu tragen.

Eine Meile weiter, an einer Stelle, wo die Fährte der Ausreißer direkt in den Busch führte, fanden sie die Leiche Kwaques. Zwar war der Kopf abgehackt und fehlte, Sheldon nahm aber bestimmt an, daß es Kwaque war.

Es hatte offenbar einen Kampf gegeben, denn eine Blutspur führte von der Leiche in den dichten Busch. Hier mußten sie ihre Pferde zurücklassen. Papehara wurde zu ihrer Beaufsichtigung zurückgelassen, während Joan, Sheldon und die übrigen Tahitianer zu Fuß weiter vordrangen. Der Weg führte durch eine sumpfige Niederung, die gelegentlich vom Berandefluß überflutet wurde, und hier kreuzten sich die roten Fährten der Mörder mit der eines Krokodils. Sie hatten offenbar das Tier in der Sonne schlafend überrascht und ihre Flucht unterbrochen, um es in Stücke zu hacken. Der Verwundete hatte sich niedergesetzt und gewartet, bis die anderen zum Weitergehen bereit gewesen waren.

Eine Stunde später blieben sie plötzlich an einem Schwarzwildwechsel stehen. Die Blutspur hatte aufgehört.

Die Tahitianer drangen auf beiden Seiten in den Busch ein. Da zeigte ein Schrei von Utami an, daß er einen Fund gemacht hatte. Joan wartete, bis Scheldon zurückkam.

»Es ist Mauko«, sagte er. »Kwaque hat es ihm tüchtig gegeben, und er ist dort hineingekrochen und gestorben. Meinen Sie nicht auch, daß es jetzt genug für Sie ist?«

»Es ist nicht schön«, sagte sie. »Ich werde umkehren und bei den Pferden auf Sie warten.«

»Aber Sie können nicht allein gehen. Nehmen Sie zwei von den Leuten mit.«

»Dann gehe ich weiter mit. Es wäre töricht, die Verfolger zu schwächen, und ich bin nicht müde.«

Die Fährte bog jetzt rechts ab, als ob die Ausreißer ihre Absicht geändert hätten und dem Balesuna zugestrebt wären. Dann aber ging es wieder nach rechts, bis die Spur eine Schleife bildete, deren Schnittpunkt dort zu sein schien, wo sie, am Ende der Plantage, die Pferde zurückgelassen hatten. Als sie ein stilles Dickicht passierten, wo sich nichts als ein sammetartiger Schmetterling von zwölf Zoll Größe regte, hörten sie Schüsse knallen.

»Acht«, zählte Joan. »Es war nur ein Gewehr. Das muß Papehara sein.«

Sie hasteten weiter; als sie aber die Stelle erreichten, waren sie im Zweifel. Die beiden Pferde standen ruhig angebunden da, und Papehara hockte friedlich auf dem Boden. Als sie auf ihn zuschritten, trat Scheldon auf einen Körper, der im Grase lag, und kaum hatte er sein Gleichgewicht wiedergefunden, als seine Augen auf einen zweiten fielen.

Diesen erkannte Joan. Es war Cosse, einer von Gogoomys Stammesgenossen, der, welcher versprochen hatte, bei Sonnenuntergang das Schwein zu fangen, das als Köder für Satan dienen sollte.

»Kein Glück, Missie«, begrüßte Papehara sie, indem er trostlos den Kopf schüttelte. »Treffen nur zwei Jungens. Ich haben gut auf Gogoomy geschossen, aber gefehlt.«

»Aber die hast du getötet,« schalt Joan, »du solltest sie lebendig fangen.«

Der Tahitianer lächelte.

»Wie?« fragte er. »Ich rauchen. Ich denken, Tahiti und Brotfrüchte und hübsche gute Zeit in Bora-Bora. Gerade da, zehn Jungens laufen schnell aus dem Busch vor mir. Jeder Junge haben langes Messer. Gogoomy haben langes Messer eine Hand, Kwaques Kopf andere Hand. Ich nicht warten sie lebendig fangen. Ich schießen wie Hölle. Wie du fangen lebendig zehn Jungens, zehn lange Messer und Kwaques Kopf?«

Die Spuren der Leute, die sich hier nach dem mißglückten Versuch, den Tahitianer zu überraschen, trennten, führten bald wieder zusammen. Die Fährte ging zum Berande-Fluß, den die Ausreißer offenbar in der Absicht, sich in den Mangrovensümpfen auf dem anderen Ufer zu verstecken, überschritten hatten. »Es hat keinen Zweck, weiter zu gehen«, sagte Scheldon. »Seelee wird sie doch mit seinen Leuten herausjagen. Er läßt sie nie durch. Wir brauchen nur die Küste zu bewachen, um zu verhindern, daß sie zur Plantage zurückkommen und Amok laufen. Ah, dacht ich's nicht!«

Im Schatten des Dickichts am andern Ufer glitt ein kleines Kanu den Fluß herab, so lautlos bewegte es sich, daß es fast einer Erscheinung glich. Drei nackte Schwarze tauchten geräuschlos ihre Paddeln ins Wasser. Lange, schlanke, mit knöchernen Widerhaken versehene Wurfspeere lagen auf dem Rande des Kanus, während jedem Manne ein Köcher voll Pfeilen auf dem Rücken hing. Den Augen der Menschenjäger entging nichts. Sie hatten Scheldon und Joan zuerst gesehen, gaben aber kein Zeichen. An der Stelle, wo Gogoomy und seine Leute den Fluß verlassen hatten, hielt das Kanu plötzlich an, drehte sich dann und verschwand im tiefen Dunkel der Mangroven. Ein zweites und drittes Kanu kamen um die Biegung herum, glitten geisterhaft bis an die Stelle, wo die Ausreißer den Fluß überschritten hatten, und verschwanden ebenfalls in den Mangroven.

»Ich hoffe, daß keiner mehr getötet wird«, sagte Joan, als sie ihre Pferde heimwärts lenkten.

»Ich glaube kaum«, versicherte ihr Scheldon. »Der alte Seelee bekommt laut unserem Abkommen nur etwas für lebendige Leute, daher ist er sehr vorsichtig.«

Eine Nachricht aus dem Busch

Noch nie waren Ausreißer aus Berande so eifrig verfolgt worden wie diesmal. Die Taten Gogoomys und seiner Genossen waren ein schlimmes Beispiel für die hundertundfünfzig Neugeworbenen. Es waren Mordtaten geplant gewesen, ein Aufseher getötet worden, und die Mörder hatten durch ihre Flucht in den Busch ihren Kontrakt gebrochen. Scheldon wußte, wie wichtig es war, den frisch eingebrachten Kannibalen zu zeigen, daß es gefährlich sei, den schlechten Beispielen zu folgen, und er drängte Seelee Tag und Nacht, durchstreifte mit den Tahitianern unaufhörlich den Busch und überließ Joan die Leitung der Plantage. Im Norden paßte Boucher auf und trieb die Flüchtlinge bei ihrem Versuch, die Küste zu gewinnen, zweimal zurück.

Einer nach dem anderen wurde gefangen. Auf der ersten Streife durch den Mangrovensumpf fing Seelee zwei. Ein dritter wurde bei einem Durchbruchsversuch im Norden von Boucher an der Lende verwundet. Er schleppte sich auf der Flucht hinter den andern her und wurde dann von Seelees Leuten gefangen. Diese drei wurden täglich, schwer gefesselt, als Warnung auf dem Grundstück ausgestellt, alles zur Belehrung der einhundertundfünfzig halbwilden Punga-Punga-Leute. Dann wurde der Minerva, die auf der Fahrt nach Tulagi vorbeisegelte, signalisiert, ein Boot zu schicken und die drei Gefangenen mitzunehmen, damit sie im Gefängnis ihre Verurteilung abwarteten. Fünf befanden sich noch in Freiheit, aber ein Entkommen war unmöglich. Sie konnten nicht an die Küste gelangen, und zu weit ins Innere wagten sie sich aus Furcht vor den wilden Buschleuten auch nicht. Da stellte sich einer der fünf freiwillig, und Scheldon erfuhr durch ihn, daß nur noch Gogoomy und zwei andere in Freiheit waren. Es hätte noch ein vierter sein müssen, aber der war nach Angabe des Zurückgekehrten getötet und gefressen worden. Die Furcht vor einem ähnlichen Schicksal hatte ihn wieder hergetrieben.

Er war ein Malu-Mann, vom nordwestlichen Teil Malaitas, woher auch der andere, der aufgefressen worden war, stammte. Die beiden anderen Gefährten Gogoomys waren aus Port Adam. Der Schwarze erklärte, daß er es lieber sähe, durch die Regierung bestraft, als von seinen Genossen im Busch aufgefressen zu werden.

»Dicht bei Gogoomy kai-kai mich,« sagte er, »mein Wort, mich nicht mögen, Jungen kai-kai mich.«

Drei Tage später fing Scheldon einen der Leute, der hilflos vom Sumpffieber und unfähig war, zu kämpfen oder wegzulaufen. Am selben Tage fing Seelee einen zweiten in ähnlicher Verfassung. Jetzt war nur noch Gogoomy frei, und als die Verfolger ihm nahe kamen, überwand er seine Furcht vor den Buschleuten und floh geradeswegs in die Berge. Scheldon und vier Tahitianer sowie Seelee mit dreißig seiner Leute verfolgten Gogoomys Fährte ein Dutzend Meilen weit in das offene Grasland. Dann verloren Seelee und seine Leute den Mut. Er gestand, daß weder er noch sonst einer von seinem Stamme je so weit ins Innere vorgedrungen sei, und erzählte, um Scheldon zu warnen, die schrecklichsten Geschichten von den furchtbaren Buschleuten. In früheren Zeiten, sagte er, hätten sie das Grasland überquert und die Salzwasserleute angegriffen; seit jedoch die Weißen an die Küste gekommen wären, hielten sie sich in ihren Festungen im Innern, und kein Salzwassermann hätte sie je wieder gesehen.

»Gogoomy, er fertig werden durch die fella Buschleute«, versicherte er Scheldon. »Mein Wort, er fertig werden sehr bald, kai-kai ganz und gar.«

So kehrte die Expedition denn um. Nichts konnte die Küstenbewohner bewegen, weiter zu gehen, und Scheldon wußte, daß es Wahnsinn gewesen wäre, mit seinen vier Tahitianern allein weiter vorzudringen. Das Gras reichte ihm bis an die Hüfte, und er blickte mit Bedauern über die Steppe und die sanft ansteigenden Hügel bis zum Löwenkopf, einem hohen Felsmassiv, das mitten auf Guadalcanar gen Himmel ragte, ein Wahrzeichen, das jeder die Küste entlangfahrende Seemann zur Peilung benutzte, ein Gebirge, das noch keines Weißen Fuß je betreten hatte.

Als Scheldon und Joan an diesem Abend nach dem Essen Billard spielten, bellte Satan draußen. Laraperu wurde geschickt, um nachzusehen, und brachte einen ermüdeten und wegbeschmutzten Eingeborenen, der den weißen Herrn zu sprechen wünschte. Nur durch seine Beharrlichkeit erhielt der Mann zu dieser Stunde Zutritt. Scheldon trat auf die Veranda und erkannte auf den ersten Blick an den ausgemergelten Zügen und dem verkommenen Körper des Mannes, daß er einen wichtigen Auftrag haben müsse. Trotzdem fragte er barsch:

»Was Name, du kommen Haus gehören mir, Sonne er gehen unter?«

»Mich Charley,« murmelte der Mann müde und ängstlich, »mich kommen von Binu.«

»Ah, Binu-Charley, he? Schön, was Name du sprechen zu mir? Was Ort groß fella weißer Herr er bleiben?«

Joan und Scheldon hörten zusammen den Bericht an, den Binu-Charley brachte. Er beschrieb die Expedition Tudors den Balesuna hinauf, durch das Grasland, erzählte, wie die Weißen unzählige Male den Kies auf der Suche nach Gold ausgewaschen hätten, wie sie auf der ersten Hügelkette auf Menschenfallen, mit Speeren gefüllte Löcher, gestoßen, wie sie im Dickicht zum erstenmal mit den Buschleuten zusammengetroffen waren, die noch nie Tabak gesehen hatten und die Wirkung des Rauchens nicht kannten, wie die Expedition, die freundlich empfangen worden, immer tiefer um den Löwenkopf herum in das Innere eingedrungen war, trotz der Wunden, die das Dornengestrüpp im Busch ihnen beigebracht hatte, und trotz der Fieberanfälle der Weißen. Wahnsinn, meinte er, sei es gewesen, den Buschleuten zu trauen.

»Alle Zeit ich reden mit weiß fella Herr«, sagte er. »Mich sagen, das fella Buschmann er sehen mit Auge gehören ihm. Er savvee zu viel. Glauben, Muskete er sehen bei dir, das fella Buschmann er zuviel gut Freund mit dir. Allzeit er sehen scharf Augen gehören ihm. Muskete er nicht bleiben bei dir, mein Wort, das fella Buschmann schlagen Köpfe ab gehören euch. Ihr kai-kai alle zusammen.«

Aber die Geduld der Buschleute hatte die der Weißen überdauert. Wochen waren vergangen, ohne daß eine Feindseligkeit vorgekommen war. Die Buschleute kamen in immer größerer Zahl ins Lager und brachten stets Geschenke, Jams und Taro, Schweine und Geflügel, wilde Früchte und Gemüse. Wenn die Goldsucher ihr Lager verlegten, trugen die Buschleute freiwillig das Gepäck. Und die Weißen wurden immer sorgloser. Sie wurden es bald müde, sich bei der Untersuchung des Bodens mit ihren Gewehren und den schweren Patronengürteln abzuschleppen, und schließlich pflegten sie ihre Waffen im Lager zurückzulassen. »Ich sagen viel fella weiß Herr sollen sehen scharf Augen gehören ihm. Und viel fella weiß Herr machen groß Lachen über mich, sagen, Charley, ganz wie pickaninny – mein Wort, sie sprechen zu mir ganz wie pickaninny.«[3]

Dann kam der Morgen, an dem Binu-Charley bemerkte, daß Weiber und Kinder verschwunden waren. Tudor lag mit schwerem Fieber in einem früheren Lager, während das Hauptlager um fünf Meilen verlegt worden war, um eine zutage liegende Ader, die vermutlich Quarz enthielt, zu untersuchen. Binu-Charley befand sich mitten zwischen den beiden Lagern, als ihm die Abwesenheit der Weiber und Kinder auffiel.

»Mein Wort«, sagte er. »Mich denken furchtbar schnell. Ihr schwarze Mary, ihr Kinder gehen weg, lang Weg klein bißchen. Was Name? Mich savvee, zuviel Lärm dicht bei. Mich Angst wie Hölle. Mich laufen. Mein Wort, mich laufen.«

Binu-Charley hatte Tudor, der bewußtlos war, quer über der Schulter eine Meile den Weg entlang getragen. Dann hatte er ihn, die Fährte hinter sich verwischend, eine Viertelmeile ins tiefste Dickicht geschleppt und ihn in einem großen Banyabaum verborgen. Als er zurückging, um die Gewehre und die übrige Ausrüstung in Sicherheit zu bringen, hatte Binu-Charley eine Horde Buschleute den Weg herankommen sehen und sich im Busch versteckt. Dann hatte er aus der Richtung des Hauptlagers zwei Büchsenschüsse gehört. Das war alles. Er hatte die Weißen nie wieder zu sehen bekommen und hatte sich auch nicht wieder in die Nähe des Lagers gewagt. Er war zu Tudor zurückgekehrt und hatte sich eine Woche

---

[3] pickaninny = kleines Kind.

lang mit ihm versteckt gehalten. Während dieser Zeit hatten sie von wilden Früchten und ein paar Tauben und Kakadus, die er mit Pfeil und Bogen erlegen konnte, gelebt. Dann war er nach Berande gegangen, um die Nachricht zu überbringen. Tudor war, wie er sagte, sehr krank, lag seit Tagen ohne Bewußtsein und würde, wenn er zu sich kam, zu schwach sein, um sich selbst zu helfen.

»Was Name du nicht töten das groß fella Herr?« fragte Joan. »Er haben gut fella Muskete, viel Kaliko, viel Tabak, viel Messer, und zwei fella pickaninny Musketen schießen schnell, bang-bang-bang – gerade so.«

Der Schwarze lächelte schlau.

»Mich savvee zuviel. Mich töten das groß fella Herr, viel weiße fella Herrn kommen Binu cross wie Hölle. ›Was Name dies Bursche Musket?‹ dies viel fella weiß Herrn reden mit mir. Mein Wort, Binu-Charley fertig ganz und gar. Glauben, mich töten ihn, nicht gut für mich. Viel weiß fella Herrn cross auf mich. Glauben mich nicht töten ihn, vielleicht er geben mir viel Tabak, viel Kaliko, viel alles andere.«

»Es gibt nur eine Möglichkeit«, sagte Scheldon zu Joan.

Sie trommelte erwartungsvoll mit den Fingern, während Binu-Charley sie müde anstarrte.

»Ich werde morgen früh aufbrechen«, sagte Scheldon. »Wir werden aufbrechen«, verbesserte sie. »Ich hole doppelt soviel wie Sie aus meinen Tahitianern heraus, und außerdem sollte ein Weißer unter solchen Umständen nie allein sein.«

Er gab durch Achselzucken zu verstehen, daß er nachgäbe, wenn er auch durchaus nicht einverstanden war; aber er wußte, daß es keinen Zweck hatte, sich in einen Streit über diese Frage mit ihr einzulassen, er tröstete sich mit dem Gedanken, daß ihr Gott weiß was für Abenteuer zustoßen konnten, wenn sie eine Woche lang allein auf Berande blieb. Er klatschte in die Hände, und in der nächsten Viertelstunde hatten die Hausboys alle Hände voll zu tun. Befehle wurden nach den Baracken geschickt, ein Mann mußte in das nahegelegene Dorf Balesuna laufen, um sofort den alten Seelee zu holen. Das Boot wurde geschickt, um Boucher zu holen. An die Tahitianer wurde Munition ausgeteilt und dem Lager für einige Tage Vorräte entnommen. Viaburi erschrak, als er erfuhr, daß er die Expedition begleiten sollte, und zum allgemeinen Erstaunen erbot Lalaperu sich freiwillig, an seiner Statt zu gehen. Seelee traf ein, stolz auf die Auszeichnung, daß der große Herr von Berande ihn nachts zu einer Besprechung gerufen hatte, und unerschütterlich in seinem Entschluß, keinen Zoll weit in das gefürchtete Gebiet der Buschleute einzudringen. Wäre er um seine Meinung gefragt worden, als die Goldsucher aufbrachen, so hätte er ihnen ihr unglückliches Ende vorausgesagt. Für jeden, der in das Gebiet der Buschleute eindrang, gab es nur ein Schicksal: gefressen zu werden. Und wenn Sheldon in den Busch ginge, dann prophezeite er ihm dieses Schicksal auch. Sheldon ließ die Aufseher holen und sagte ihnen, daß sie zehn der größten, besten und stärksten Punga-Punga-Leute bringen sollten.

»Nicht Salzwasserjungen,« schärfte Sheldon ihnen ein, »sondern Buschjungen – Bein gehören ihnen stark fella Bein. Jungen nicht savvee Muskete, nicht gut. Du bringen Jungen können schießen Muskete stark fella.«

Zehn Männer waren es, die beim Schein der Laterne auf der Veranda antraten. Ihre kräftigen muskulösen Beine zeigten, daß sie Buschleute waren. Jeder von ihnen war im Buschkampf erfahren; die meisten hatten zum Beweis Narben von Schüssen oder Speeren aufzuweisen, und alle brannten darauf, die Einförmigkeit der Plantagenarbeit durch eine kriegerische Expedition zu unterbrechen. Ihr natürlicher Beruf war Kampf, nicht Unkrautjäten, und wenn sie sich auch nicht allein in den Busch von Guaclalcanar gewagt hätten, so fühlten sie sich doch sicher mit einem weißen Mann wie Sheldon und einer weißen Frau wie Joan. Außerdem hatte der große Herr ihnen gesagt, daß die acht riesigen Tahitianer mitgingen. Die Punga-Punga-Freiwilligen standen bis auf ihre Lendentücher nackt und barbarisch geschmückt, mit leuchtenden Augen und glühenden Gesichtern da. Jeder trug einen Schildpattring durch die Nase und eine Tonpfeife in dem Ohrläppchen oder in einem Perlenarmband um den Oberarm. Die Brust des einen schmückten zwei prächtige Eberhauer. Auf der Brust des andern hing eine große Scheibe aus polierter Venusmuschelschale.

»Viel stark fella kämpfen«, warnte Scheldon sie zum Schluß.

Sie grinsten und traten vergnügt von einem Fuß auf den andern.

»Möglich, Buschleute kai-kai euch.«

»Kein Furcht«, antwortete ihr Sprecher Kogoo, ein stämmiger Kerl mit Wulstlippen, der wie ein Äthiopier aussah. »Vielleicht Punga-Punga-Jungen kai-kai Buschjungen.«

Scheldon schüttelte lächelnd den Kopf, entließ sie und ging in den Vorratsraum, um ein kleines Schutzzelt für Joan herauszugeben.

Im Busch

Es war wirklich eine Furcht einflößende Expedition, die am nächsten Morgen bei Tagesanbruch mit einer Flottille von Kanus und Dinghis von Berande aufbrach. Sie bestand aus Joan, Scheldon, Binu-Charley, Lalaperu, den acht Tahitianern und den zehn Punga-Punga-Leuten, die alle stolz auf ihre schimmernden neuen Gewehre waren. Außerdem nahmen zwei Bootsmannschaften der Plantage von je sechs Mann am Zuge teil. Sie sollten allerdings nur bis Carli mitkommen, wo die Reise zu Wasser zu Ende war, und wo sie mit den Booten warten sollten. Boucher blieb zur Beaufsichtigung der Plantage in Berande zurück.

Gegen elf Uhr vormittags erreichte die Expedition Binu, ein Dorf von zwanzig Hütten am Flußufer. Hier schlossen sich ihr einige dreißig mit Speeren und Bogen bewaffnete Binuleute an, die vor Freude über den kriegerischen Aufzug außer sich waren. Die weiten ruhigen Strecken des Flusses wichen einer schnelleren Strömung, und das Vorwärtskommen gestaltete sich immer langsamer und schwieriger. Dazu wurde der Balesuna seichter, und immer häufiger stießen die beladenen Boote auf Grund und mußten geschoben werden. An manchen Stellen versperrten gestürzte Bäume den schmalen Fluß, und Boote und Kanus mußten um diese Hindernisse herumgetragen werden. Die Nacht brachte sie nach Carli, und sie hatten die Genugtuung, in einem Tage das geschafft zu haben, wozu Tudors Expedition zwei Tage gebraucht hatte. Hier in Carli, wo sie das Grasland halbwegs durchquert hatten, wurden am nächsten Morgen die Bootsbesatzungen und die Binuleute zurückgelassen; die kühnsten von ihnen gingen zwar noch eine Meile mit, rissen dann aber aus und liefen fort. Binu-Charley hingegen ging voraus und zeigte den Weg zu den ansteigenden Hügelketten, indem er dem Pfade folgte, den Tudor mit seinen Leuten vor Wochen geschritten war. Diese Nacht kampierten sie schon im hügeligen Gelände, tief in der tropischen Dschungel. Der dritte Tag fand sie auf den Pfaden der Buschleute, Pfaden, die so schmal waren, daß die Leute im Gänsemarsch gehen mußten, und die sich in endlosen Windungen durch das dichte Gestrüpp schlängelten. Es war ein schweigender Wald, üppig und feucht, wo nur gelegentlich eine Holztaube gurrte, oder schneeweiße Kakadus im schnellen Fluge rauh krächzten.

Hier ereignete sich eines Vormittags der erste Unglücksfall. Binu-Charley war ein wenig zurückgeblieben, und Kogoo, der Punga-Bunga-Mann, der sich gebrüstet hatte, die Buschleute auffressen zu wollen, hatte die Führung. Joan und Sheldon hörten ein Schwirren und sahen, wie Kogoo die Arme in die Höhe warf, das Gewehr fallen ließ, vorwärts stürzte und auf Hände und Knie niederfiel. Links, tief zwischen seinen nackten Schultern, sah die mit knöchernen Widerhaken versehene Spitze eines Pfeiles hervor, der durch und durch gegangen war. Gespannte Büchsen suchten nervös den Busch ab, aber es gab kein Rascheln, keine Bewegung, nichts als die feuchte, drückende Stille.

»Das nicht Buschleute«, rief Binu-Charley, und der Klang seiner Stimme erschreckte die andern. »Das verdammte Hinterlist. Das fella Kogoo nicht haben auf Auge gehören ihm. Er nicht savvee klein bißchen.« Kogoo lag mit gekrümmten Armen da, wo er gestürzt war. In dem Augenblick, als Binu-Charley zu ihm trat, stieß der Getroffene seinen letzten Seufzer aus und blieb nach einem letzten konvulsivischen Zucken still liegen.

»Mitten durchs Herz«, sagte Sheldon und richtete sich nach der vorgenommenen Untersuchung auf. »Es muß eine Falle sein.«

Er bemerkte Joans blasses gespanntes Gesicht und die großen Augen, mit denen sie auf das starrte, was vor kaum einer Minute noch ein gesunder Mensch gewesen war.

»Ich habe den Mann selbst angeworben«, flüsterte sie. »Er kam aus dem Busch geradeswegs auf die Martha und bot sich freiwillig an. Ich war so stolz. Er war mein allererster Rekrut –«

»Mein Wort, seht das fella«, unterbrach Charley sie, indem er die Blätterwand neben dem Pfahl beiseitebog und einen Bogen aufdeckte, der so schwer war, daß kein Buschmann ihn hätte spannen können.

Der Binu-Mann untersuchte den Mechanismus der Falle und deckte in dem Gewirr des Unterholzes die verborgene Schnur auf, die bei Berührung durch Kogoos Fuß den Pfeil abgeschossen hatten.

Sie befanden sich tief im Urwald. Ein schwaches Zwielicht herrschte, denn durch das dichte Dach von Blättern und Schlingpflanzen über ihnen drang nicht einmal ein flüchtiger Sonnenstrahl. Die Tahitianer waren offenbar durch die Stille, die Dunkelheit und das Geheimnisvolle des Ortes und des Vorfalls bedrückt, sie zeigten jedoch keineswegs Furcht, sondern wollten weiter vordringen. Die Punga-Punga-Leute hingegen waren durchaus nicht bedrückt. Sie waren selbst Buschleute, und ein solcher schweigender Kriegszug war ihnen nichts Ungewohntes, wenn die Kunstgriffe sich auch von denen unterschieden, die sie in ihrem eigenen Busch anwandten. Am niedergeschlagensten waren Joan und Scheldon, doch von ihnen als Weißen wurde vorausgesetzt, daß derartige Vorkommnisse sie überhaupt nicht berührten, und ihre Aufgabe war es, mit zäher Tapferkeit die Lage zu meistern, wie es sich für »groß fella Herren« der herrschenden Rasse geziemt.

Sie drangen weiter vor, wieder übernahm Binu-Cbarley die Führung, und seine scharfen Augen entdeckten eine Falle nach der andern in den verborgensten Schlupfwinkeln. Der Weg war von tausend heimtückischen Dingen übersät, hauptsächlich geschickt verborgenen Dornen, die in die nackten Füße der Angreifer eindringen sollten. Am Nachmittag entging Binu-Charley einmal nur mit knapper Not der Gefahr, in einer mitten auf dem Wege liegenden, mit Speeren gespickten Grube gepfählt zu werden. Hin und wieder machten sie Halt und warteten eine halbe Stunde oder noch länger, während Binu-Charley verdächtige Stellen des Weges untersuchte. Zuweilen war er genötigt, den Pfad zu verlassen und durch das Dickicht zu kriechen und zu klettern, um von hinten an die Menschenfallen heranzukommen, und trotz seiner Vorsicht entspannte sich einmal dabei ein Bogen, und der fliegende Pfeil ritzte leicht die Schulter eines wartenden Punga-Punga-Mannes.

An einer Stelle, wo ein schmaler Pfad in den Hauptweg mündete, blieb Scheldon stehen und fragte Binu-Charley, ob er wüßte, wohin der Steig führte.

»Viel Busch fella Pflanzung. Er bleiben dort kurz Weg klein bißchen«, lautete die Antwort. »Wenn du wollen, wir gehen sehen ihn.«

»Geh langsam«, warnte er einige Minuten später. »Dicht bei das fella Pflanzung. Glaub, welche Busch fella bleiben, wir fangen sie.«

Binu-Charley kroch voraus, blickte einen Augenblick in die Lichtung und winkte Scheldon dann zu, daß er vorsichtig herankam. Joan kauerte sich neben sie, und so hielten sie Umschau. Die Rodung hatte eine Ausdehnung von gut einem halben Morgen und war sorgsam zum Schutz gegen wilde Schweine umfriedigt. Papayas und Bananen hingen voll von reifen Früchten, und darunter wuchsen Bataten und Jams. Am Rande der Rodung stand ein kleines Grashaus mit offenen Seiten, nicht mehr als ein Schutz vor dem Regen. Davor kauerte am Feuer ein hagerer, bärtiger Buschmann. Das Feuer entwickelte einen außergewöhnlich starken Rauch, und in dem dicken Qualm hing vom Dache herab ein runder, dunkler Gegenstand. Der Buschmann schien in die Betrachtung dieses Gegenstandes vertieft.

Scheldon gab Befehl, nur zu schießen, wenn der Mann fliehen sollte, und winkte die Punga-Punga-Leute heran. Joan lächelte Scheldon beistimmend zu. Kopfjäger gegen Kopfjäger. Die Schwarzen gingen geräuschlos auf ihre Posten, die so gewählt waren, daß sie alle gleichzeitig ins Freie springen konnten. Ihre Gesichter waren ernst und eifrig, ihre Augen leuchteten vor Begeisterung über das Leben, das sie jetzt führen durften. Denn für sie bedeutete dieses Spiel um Leben und Tod das Leben, und es war ihrer Ansicht nach das einzige eines Mannes würdige Spiel, wenn sie es auch auf hinterlistige und feige Weise spielten, indem sie im Waldesdunkel von hinten töteten, und sich nur selten ins Freie wagten.

Scheldon flüsterte den Befehl, und die zehn Mann – Binu-Charley hatte sich ihnen angeschlossen – sprangen vor. Der Buschmann sprang, durch sein scharfes Gehör gewarnt, auf, während er gleichzeitig einen Pfeil in die Kerbe legte und den Bogen spannte. Der Mann, auf den er gezielt hatte, wich dem Pfeil aus, und ehe er einen zweiten aufschießen konnte, waren seine Feinde über ihm. Er wurde überwältigt, niedergerissen und entwaffnet.

»O,« rief Joan und zeigte auf den Buschmann, »das ist ja ein alter Babylonier! Ein Assyrier! Ein Phönizier! Sehen Sie nur diese gerade Nase, dies schmale Gesicht, diese hohen Backenknochen, diese fliehende ovale Stirn und den Bart und die Augen.«

»Und die sich schlängelnden Locken«, lachte Sheldon. Der Buschmann mußte Todesangst ausstehen, da er allen seinen Erfahrungen nach nur den Tod erwarten konnte; aber dennoch wich er nicht vor ihnen zurück. Im Gegenteil, er erwiderte ihre Blicke mit einem gewissen Selbstbewußtsein und ließ seine Augen schließlich auf Joan ruhen, der ersten weißen Frau, die er je gesehen hatte.

»Mein Wort, das gut fella kai-kai, das fella Junge«, bemerkte Binu-Charley.

So komisch klang dieser Ausruf, daß Joan sich arglos umwandte, um zu sehen, was es gab. Sie stand Auge in Auge mit Gogoomy. Wenigstens war es der Kopf Gogoomys – der dunkle Gegenstand, den sie im Rauch hatte hängen sehen. Er war noch ganz frisch – das Räuchern hatte eben erst begonnen – und bis auf die geschlossenen Augen zeigte das gräßliche Ding, das in dem wirbelnden Rauch baumelte und sich drehte, die ganze bösartige Schönheit und tierische Männlichkeit Gogoomys, wie Joan ihn gekannt hatte.

Das Verhalten der Punga-Punga-Leute milderte Joans Entsetzen keineswegs. In dem Augenblick, als sie den Kopf erkannten, riefen sie es sich gegenseitig mit schrillen Fistelstimmen zu und erhoben ein wildes herzliches Gelächter. Gogoomys Ende war für sie ein Witz. Sein Versuch, zu entkommen, war vereitelt worden. Er hatte das Spiel gewagt und hatte verloren. Und konnte es einen größeren Spaß geben, als daß die Buschleute einen auffraßen? Es war das Spaßigste, was sie seit langem erlebt hatten. Und es war gar nichts Außergewöhnliches für sie daran. Mit Gogoomys Tod hatte das

Leben eines Buschmannes seinen natürlichen Abschluß gefunden. Er hatte Köpfe gejagt, und jetzt hatte man seinen Kopf genommen. Er hatte Menschen gefressen, und jetzt war er selbst gefressen worden.

Allmählich ließ das Gelächter der Punga-Punga-Leute nach, und sie betrachteten nun das Schauspiel mit funkelnden Augen und gierigem Ausdruck. Die Tahitianer dagegen waren entrüstet; Adamu-Adam schüttelte langsam den Kopf und verlieh grunzend seinem Abscheu Ausdruck. Joan war zornig. Ihr Gesicht war bleich, aber auf jeder Wange zeigte sich ein roter Fleck. Ihr Abscheu war dem Zorn gewichen, und sie sann offensichtlich auf Rache. Sheldon lachte.

»Das ist kein Grund, zornig zu sein«, sagte er. »Sie dürfen nicht vergessen, daß er Kwaques Kopf abgehackt und einen seiner eigenen Genossen, der mit ihm weggelaufen war, aufgefressen hat. Zudem war es seine Bestimmung. Er ist aus dem gleichen Trog verzehrt worden, aus dem er selbst gegessen hat.«

Joan sah ihn an, und ihre Lippen zuckten, als ob sie sprechen wollte.

»Und vergessen Sie nicht,« fügte Sheldon hinzu, »daß er der Sohn eines Häuptlings war, und daß seine Stammesgenossen von Port Adam so sicher wie das Schicksal den Kopf eines Weißen dafür nehmen werden.«

»Das ist alles so gräßlich lächerlich«, sagte Joan schließlich.

»Und – romantisch«, flüsterte er ironisch.

Sie antwortete nicht und wandte sich ab; aber Sheldon wußte, daß der Hieb gesessen hatte.

»Das fella Boy er krank, Bauch gehören ihm gehen herum«, sagte Binu-Charley, auf den Punga-Punga-Mann zeigend, dessen Schulter vor einer Stunde von dem Pfeil gestreift worden war.

Der Mann hockte auf dem Boden und stöhnte, die Arme um die Knie geschlungen, während sein Kopf vornüber sank und sich qualvoll hin und her bewegte. Aus Furcht vor einer Vergiftung hatte Sheldon die Wunde sofort geschröpft und übermangansaures Kali eingespritzt, aber trotz dieser Vorsichtsmaßregeln schwoll die Schulter sehr schnell an.

»Wir nehmen ihn mit dorthin, wo Tudor liegt«, sagte Joan. »Das Gehen wird den Blutumlauf fördern und das Gift verteilen. Adamu-Adam, stütz den Mann. Sollte er einschlafen wollen, so mußt du ihn aufrütteln. Wenn er einschläft, muß er sterben.«

Sie drangen jetzt schneller vor, weil Binu-Charley den gefangenen Buschmann vor sich hergehen und auf die Fallen achten ließ. An einer scharfen Wegbiegung, wo man mit der Schulter unfehlbar das Gestrüpp berührt hätte, zeigte der Buschmann große Vorsicht. Er bog die Zweige beiseite und deckte die Spitze eines Speeres auf, der so angebracht war, daß ein zufällig Vorübergehender eine arge Schramme abbekommen hätte.

»Mein Wort,« sagte Binu-Charley, »das fella Speer alle zusammen Teufel-Teufel.«

Er nahm den Speer und untersuchte ihn, und plötzlich tat er, als wollte er ihn nach dem Buschmann werfen. Es war nicht Ernst, aber der Buschmann sprang in offensichtlicher Furcht beiseite. Die Waffe war zweifellos vergiftet, und Binu-Charley trug sie von jetzt an als Drohung hinter dem Rücken des Gefangenen.

Als die Sonne hinter einem hohen Gipfel im Westen untergegangen war, herrschte eine frühe, unsichere Dämmerung, und die Expedition mühte sich weiter durch den unheilvollen Wald – eine Stätte der Geheimnisse und der Furcht, des schnellen, schleichenden, schrecklichen Todes, tierischen Verlangens und niedriger Naturtriebe sowie eines menschlichen Lebens voll tiefster ungehemmter Wildheit, eines Lebens, das sich noch im Urschlamm wälzte. Nicht das leiseste Lüftchen wehte in der dunklen Stille, und die Luft war dumpf und feucht und atembeklemmend. Der Schweiß strömte unaufhörlich über ihre Körper, und ein Dunst von verwesenden Pflanzen und schwarzer, von fruchtbarem Leben wimmelnder Erde umgab sie. An einer von Binu-Charley angegebenen Stelle verließen sie den Pfad und erreichten schließlich, zeitweise auf Händen und Knien durch den feuchten Schmutz kriechend, oder in doppelter Manneshöhe durch das wirre Unterholz kletternd und sich windend, einen riesigen

Banyabaum, dessen Krone einen halben Morgen beschattete, und der im tiefsten Dickicht selbst ein noch tieferes Dickicht bildete. Und aus der schwarzen Tiefe drang die wahnsinnige, geisterhafte Stimme eines singenden Mannes.

»Mein Wort, das groß fella Herr er nicht sterben!« Der Gesang brach ab, und die Stimme rief schwach und matt Hallo. Joan antwortete, und dann sprach die Stimme:

»Ich bin nicht verrückt. Ich sang nur, um meine Lebensgeister aufrechtzuhalten. Haben Sie etwas zu essen?«

Einige Minuten später lag der Gerettete in Decken, während Feuer gemacht, Wasser geholt und Joans Zelt aufgestellt wurde und Lalaperu Traglasten auspackte und Konservendosen öffnete. Tudor hatte das Fieber überstanden und befand sich auf dem Wege zur Genesung, aber er war noch sehr schwach und sehr ausgehungert. So verschwollen war er von Moskitostichen, daß sein Gesicht nicht zu erkennen war. Sie mußten seine Identität fast auf guten Glauben hinnehmen. Joan hatte ihre eigenen Salben bei sich, vor deren Anwendung sie Tudors Gesicht mit heißen Tüchern behandelte. Scheldon, der mit dem Aufschlagen des Lagers und den Vorbereitungen für die Nacht beschäftigt war, warf hin und wieder einen Blick zu ihr hinüber und empfand Qualen der Eifersucht, so oft ihre Hände Tudors Gesicht oder Körper berührten. Irgendwie erschienen ihm diese Hände in ihrer Heiltätigkeit nicht mehr wie die eines Knaben, diese Hände Joans, die mit blassen Wangen, auf denen die Flamme des Zornes glühte, auf den Kopf Gogoomys gestarrt hatte. Jetzt waren diese Hände die einer Frau, und Scheldon mußte lachen, als er sich vorstellte, daß er wohl eines Nachts ohne den Schutz eines Moskitonetzes liegen müßte, damit Joan am nächsten Morgen auch ihm Linderung brachte.

Die Kopfjäger

Die Unternehmungen dieses Morgens waren am Abend zuvor festgesetzt worden. Tudor sollte im Schutz des Banyabaumes zurückbleiben und Kräfte sammeln, während die Expedition weiter marschierte. In der allerdings nur geringen Hoffnung, vielleicht noch einige Überlebende von Tudors Gesellschaft retten zu können, war Joan fest entschlossen, weiter vorzudringen, und weder Scheldon noch Tudor konnten sie überreden, ruhig bei dem Banyabaum zu bleiben, während Scheldon weiter suchte. Adamu-Adam und Arahu sollten bei Tudor bleiben, der zweite Tahitianer wegen eines schlimmen Fußes, der Folge davon, daß er auf einen von den Buschleuten verborgenen Dorn getreten war. Es war offenbar ein langsam wirkendes und nicht sehr kräftiges Gift, das die Buschleute benutzten, denn der verwundete Punga-Punga-Mann lebte noch, und wenn die Schulter auch noch furchtbar angeschwollen war, so ging die Entzündung doch bereits zurück. Er blieb ebenfalls bei Tudor zurück. Binu-Charley führte an, wenn auch nur indirekt, denn er trieb den gefangenen Buschmann mit Hilfe des vergifteten Speeres vor sich her. Der Pfad führte immer noch durch die feuchte dumpfe Dschungel, und sie wußten, daß sie keine Dörfer antrafen, bis sie die Hügelkette erreicht hatten. Keuchend und schwitzend in der dumpfen stickigen Luft mühten sie sich weiter ab. Sie waren in ein Meer üppiger Vegetation versunken. Überall wurden ihre Schritte durch riesige Baumwurzeln gehemmt, während verschlungene und knotige Kletterpflanzen von der Dicke eines Mannesarms sich von einem luftigen Ast zum anderen wanden oder in wirren Massen wie gewaltige Schlingen herabhingen. Üppige Pflanzen mit Blättern, die größer waren als der Körper eines Mannes, schwitzten an der Oberfläche eine klebrige Flüssigkeit aus. Hier und dort drängten Banyabäume wie Felseninseln die Flut der Vegetation beiseite, und zwischen den dicht beieinanderstehenden Säulen zeigten sich Portale und Durchgänge, in denen jedes Tageslicht fehlte und mitternächtliches Dunkel herrschte. Baumfarne, Moose und Myriaden anderer Schmarotzerpflanzen kämpften mit grellbunten, schwammigen Gewächsen um Raum zum Leben, und luftige, märchenhafte Schlingpflanzen, leicht und zierlich wie Edelsteinstaub, erfüllten zitternd die Luft mit winzigen Blüten. Mattgoldene und zinnoberrote Orchideen prunkten mit ihren krankhaften Blüten in dem golden funkelnden Sonnenschein, der durch das Blätterdach sickerte. Es war der geheimnisvolle, böse Wald, ein Totenhaus des Schweigens, in dem nichts sich regte als seltsame zierliche Vögel – deren Seltsamkeit die geheimnisvolle Stimmung noch erhöhte, denn sie flatterten auf lautlosen Schwingen, ließen weder Singen noch Zirpen hören – sie schillerten ganz ähnlich wie die Orchideen, die Blüten der Krankheit und Verwesung, in krankhaften Farben.

In der Luft, fünf Meter über dem Boden, in der Astgabel eines viel verzweigten Baumes, wurde er überrascht. Alle sahen ihn, als er sich, nackt wie bei seiner Geburt, schattengleich fallen ließ und den Pfad entlanglief. Sie konnten sich kaum vorstellen, daß es ein Mensch war, er schien eher ein unheimliches Dschungelgespenst, ein Waldkobold zu sein. Nur Binu-Charley zeigte Geistesgegenwart. Er warf seinen vergifteten Speer über den Kopf des Gefangenen hinweg nach der fliehenden Gestalt. Es war ein mächtiger, gut gezielter Wurf, aber der Schatten entging ihm durch einen Sprung, und der Speer fuhr ihm harmlos zwischen den Beinen hindurch. Ehe er jedoch entkommen konnte, war Binu-Charley bei ihm und packte ihn an seinem schneeweißen Haar. Er war ein junger Mann und dazu ein Stutzer; sein Gesicht war mit Holzkohle geschwärzt, sein Haar mit Holzasche weiß gefärbt, während ein frisch abgeschnittener Wildschweinschwanz durch seine durchbohrte Nase und zwei weitere durch seine Ohren gesteckt waren. Sein einziger sonstiger Schmuck bestand in einem Halsband aus menschlichen Fingerknochen. Beim Anblick des anderen Gefangenen schnatterte er mit hoher Fistelstimme, mit gerunzelten Brauen und Augen, die unruhig wie die eines Raubtieres waren. Er wurde in die Mitte genommen und von einem der Punga-Punga-Leute an einer Faserleine geführt.

Der Pfad begann sich aus der Dschungel zu heben, tauchte hin und wieder in Sumpflöcher voll ungesunder Vegetation, stieg aber immer mehr an, über unsichtbar sich hebende Hügelhänge, steile Höhenrücken und steinige Strecken, wo der Wald sich lichtete und der blaue Himmel über ihnen sichtbar wurde. »Dicht bei er bleiben«, warnte Binu-Charley sie flüsternd.

Er hatte noch nicht ausgesprochen, als hoch über ihnen der weithallende, tiefe Ton einer Signaltrommel erklang. Aber die Schläge waren langsam, sie drückten keinen Schrecken aus. Sie befanden sich direkt unterhalb des Dorfes und konnten das Krähen der Hähne, zwei Frauenstimmen, die sich unterhielten, und einmal das Schreien eines Kindes hören. Der Pfad wurde jetzt zu einem ausgetretenen Wege und stieg so steil an, daß die Gesellschaft mehrmals stehenbleiben mußte, um Atem zu schöpfen. Der Weg war nicht breiter als zuvor, und an manchen Stellen war er durch die Füße von Generationen so ausgetreten und durch den Regen so ausgewaschen, daß er zwanzig Fuß tief in den Boden einschnitt.

»Mit einem Gewehr könnte man den Zugang gegen Tausende halten,« flüsterte Scheldon Joan zu, »und zwanzig Mann könnten ihn mit Speeren und Pfeilen verteidigen.«

Sie erreichten das Dorf, das auf einem kleinen, grasbedeckten und mit einigen Bäumen bestandenen Hochplateau lag. Die Weiber ließen einen wilden Chor warnender Schreie ertönen, eilten nach den Grashütten, flohen wie erschreckte Wachteln nach der entgegengesetzten Seite der Lichtung und lasen im Laufen ihre Kinder auf. Gleichzeitig begannen Speere und Pfeile auf die Eindringlinge herabzuregnen. Auf Scheldons Befehl machten die Tahitianer und Punga-Punga-Leute von ihren Gewehren Gebrauch. Der Regen von Speeren und Pfeilen ließ nach, die letzten Buschleute verschwanden, und der Kampf war vorüber, ehe er recht begonnen hatte. Auf ihrer Seite war kein einziger verwundet, während ein halbes Dutzend Buschleute getötet worden waren. Diese allein blieben zurück, die Verwundeten waren mitgenommen worden.

Die Tahitianer und die Punga-Punga-Leute waren in Eifer geraten und wollten durchaus den fliehenden Buschleuten nachstürmen, aber Scheldon erlaubte es nicht. Joan stimmte ihm bei, und er war angenehm überrascht, denn als sein Blick während des Schießens einmal auf sie gefallen war, hatte er ihr weißes Gesicht gesehen, das in der Spannung des Kampfes mit geweiteten Nüstern und den glänzenden, festen und harten Augen wie ein funkelndes Schwert aussah.

»Arme Geschöpfe«, sagte sie. »Sie handeln nur ihrer Natur gemäß. Ihre Mitmenschen zu fressen und ihnen die Köpfe zu nehmen, gehört für sie zum guten Ton.«

»Aber es muß ihnen beigebracht werden, daß sie die Köpfe von Weißen nicht nehmen dürfen«, wandte Scheldon ein.

Sie nickte zustimmend und sagte:

»Wenn wir einen Kopf finden, wollen wir das Dorf niederbrennen. He, du, Charley! Was fella Ort Kopf er bleiben?«

»Vielleicht er bleiben in Teufel-Teufel-Haus«, lautete die Antwort. »Das groß fella Haus, er Teufel-Teufel.« Es war das größte Haus des Dorfes, reich geschmückt mit phantastisch geflochtenen Matten und Königspfosten, in die monströse und ungeheuerliche halb menschliche und halb tierische Figuren geschnitzt waren. Sie traten ein, stolperten in der Dunkelheit über die Schlafhölzer der jungen Männer des Dorfes und stießen mit dem Kopf gegen geisterhafte Weihopfer, die vertrocknet und runzlig von den Dachbalken herabhingen. Auf jeder Seite standen roh geschnitzte Götzenbilder, einige mit grotesken Schnitzereien, andere nichts weiter als formlose Pfosten, die in verfaulte und unbeschreiblich schmutzige Matten eingewickelt waren. Die Luft war dumpf und voll Verwesung, und ausgespannte Leinen mit Fischschwänzen und halb gereinigten Schädeln von Hunden und Krokodilen verbesserten die Atmosphäre nicht gerade. In der Mitte kauerte vor einem schwelenden Feuer, das in der Asche vieler früherer Feuer brannte, ein alter Mann, der die Eindringlinge apathisch anblinzelte. Er war außerordentlich alt – so alt, daß seine vertrocknete Haut in losen Falten schlotterte und gar nicht mehr wie Haut aussah. Seine Hände waren knochige Klauen, seine ausgemergelten Züge ein richtiger Totenschädel. Seine Aufgabe schien zu sein, das Feuer zu hüten, und während er sie anblinzelte, warf er eine Hand voll trockenen, schimmeligen Holzes hinein. Und im Rauch hängend entdeckten sie den Gegenstand ihrer Nachforschungen. Joan wandte sich ab und wankte, todübel, hinaus, taumelte in den Sonnenschein und griff nach einem Halt in der Luft.

»Sehen Sie nach, ob alle da sind«, rief sie schwach zurück und wankte ziellos ein paar Schritte vorwärts, während sie, schweratmend, versuchte, den Eindruck, den sie soeben gehabt hatte, auszulöschen.

Sheldon fiel die unangenehme Aufgabe zu, die Köpfe zu zählen. Sie waren alle da, neun Köpfe von Weißen, deren Gesichter er aus der Zeit kannte, als ihre Eigentümer in Berande kampiert hatten. Binu-Charley half, stark interessiert, die Köpfe zu ihrer Identifizierung herumzudrehen, und bemerkte die Beilhiebe und die verzerrten Züge. Die Punga-Punga-Leute glotzten wie gewöhnlich, und wie gewöhnlich waren die Tahitianer entrüstet und zornig und fluchten und murmelten leise. Matapuu war so zornig, daß er plötzlich an den Feuerhüter herantrat und ihm einen Stoß in die Rippen versetzte, worauf der alte Wilde in seiner tierischen Angst einen gellenden Schrei wie ein Schwein ausstieß und mit dem Gesicht in die Asche fiel, wo er zitternd, den sofortigen Tod erwartend, liegen blieb.

Andere an der Sonne getrocknete und gedörrte Köpfe wurden in größerer Zahl gefunden, aber es waren mit zwei Ausnahmen Köpfe von Schwarzen. Derart ist also die Jagd, die in dem dunklen, bösen Walde getrieben wird, dachte Sheldon, als er sie betrachtete. Die Luft machte ihn krank, aber er konnte sich doch nicht enthalten, vor einem von Binu Charleys Funden stehen zu bleiben.

»Mich savvee schwarz Mary, mich savvee weiß Mary«, meinte Binu-Charley. »Aber mich nicht savvee das fella Mary. Was Name gehören ihr?«

Sheldon sah hin; der Kopf war alt und vertrocknet, geschwärzt vom Rauch vieler Jahre, und doch war es zweifellos ein eingeschrumpftes, mumienhaftes altes chinesisches Gesicht. Wie es hierhergekommen, war ein Geheimnis. Es war ein Frauenkopf, und er hatte nie gehört, daß je eine chinesische Frau nach den Salomons gekommen war. In den Ohren hingen zwei Zoll lange Ohrringe, und als Binu-Charley auf Scheidens Anweisung die Rauch- und Schmutzschicht abrieb, erschien unter seinen Fingern das polierte Grün von Nephrit, der Schimmer von Perlen und das warme Rot orientalischen Goldes. Der andere, ebenso alte Kopf war der eines Weißen, wie der starke blonde Schnurrbart, der wirr und schief auf der eingeschrumpften Oberlippe saß, zur Genüge bewies. Scheldon dachte, welcher längst vergessene Trepangfischer oder Sandelholzhändler diese gräßliche Trophäe geliefert haben mochte. Nachdem Binu-Charley auf Scheldons Befehl die Ohrringe entfernt und die Punga-Punga-Leute den alten Feuerhüter hinausgebracht hatten, wurde das Teufel-Teufel-Haus geräumt und in Brand gesteckt. Bald loderte ein Haus nach dem andern auf, während der alte Feuerhüter aufrecht im Sonnenschein saß und blinzelnd auf die Zerstörung seines Dorfes blickte. Von den Höhen über ihnen, wo sich offenbar weitere Dörfer befanden, erklang das Dröhnen von Trommeln und das wilde Blasen der Kriegsmuscheln. Aber Scheldon hatte alles getan, was er mit seiner kleinen Schar wagen durfte, und zudem war seine Aufgabe erfüllt. Sie hatten für alle Mitglieder der Expedition Tudors Belege gefunden, und es war ein weiter Weg zurück aus dem Lande der Kopfjäger. Sie ließen die beiden Gefangenen laufen, die wie erschrecktes Wild davonsprangen, und stiegen den steilen Pfad hinab in die dampfende Dschungel. Joan schritt, noch erregt durch das Gesehene und bedrückt, schweigend vor Scheldon. Nach einer halben Stunde wandte sie sich mit einem schwachen Lächeln zu ihm um und sagte:

»Ich glaube nicht, daß ich je Lust verspüren werde, noch einmal die Kopfjäger zu besuchen. Es war ein Abenteuer, ich weiß es, aber man kann auch von einer guten Sache zuviel bekommen. In Zukunft wird es mir genügen, über die Plantage zu reiten oder vielleicht auch eine andere Martha zu bergen. Aber die Buschleute von Guadalcanar brauchen nicht zu fürchten, daß ich sie je wieder besuchen werde. Ich weiß, daß ich auf Monate hinaus Alpdrücken haben werde. Oh, diese abscheulichen Bestien!«

Am Abend waren sie wieder im Lager bei Tudor, dessen Zustand sich zwar gebessert hatte, der aber doch noch auf einer Bahre getragen werden mußte. Die Schwellung an der Schulter des Punga-Punga-Mannes ging langsam zurück, aber Arahu humpelte noch auf seinem durch den Dorn vergifteten Fuß.

Zwei Tage später hatten sie die Boote in Carli erreicht, und am Mittag des dritten Tages traf die Expedition, mit der Strömung fahrend und über die Stromschnellen dahinschießend, auf Berande ein. Joan schnallte mit einem Seufzer den Revolvergürtel ab und hing ihn an den Nagel im Wohnzimmer, wobei Sheldon, der sich in der Nähe aufgehalten hatte, nur um sie diese besondere Handlung der Heimkehr ausführen zu sehen, ebenfalls befriedigt seufzte. Und doch war die Heimkehr keine reine Freude für ihn, denn jetzt pflegte Joan Tudor und verbrachte viel Zeit auf der Veranda, auf der er in der Hängematte unter dem Moskitonetz lag.

Sonnenglut

Die zehn Tage bis zu Tudors Genesung waren friedliche Tage für Berande. Die Plantagenarbeit lief wie ein Uhrwerk. Mit der Unterdrückung der verfrühten Revolte Gogoomys und seiner Genossen schien jeder Ungehorsam verschwunden. Von den alten Arbeitern hatte die Martha wieder zwanzig, deren Zeit um war, fortgebracht, und die neuen Arbeiter bewährten sich bei der gerechten Behandlung, die ihnen zuteil wurde, außerordentlich. Bei einem Ritt über die Plantage, bei der er sich die Annehmlichkeit und Bequemlichkeit eines Pferdes klar machte und sich wunderte, daß er nicht selbst längst auf den Gedanken gekommen war, eines anzuschaffen, dachte Sheldon über die Verbesserungen nach, die Joan eingeführt hatte: die prächtigen Punga-Punga-Leute, das Obst, das Gemüse und schließlich die Martha, die für ein Butterbrot dem Meere abgerungen war und trotz der langsamen und vorsichtigen Art und Weise, mit der der alte Kinroß sie handhabte, viel Geld einbrachte. Und Berande, das wieder einmal finanziell gesichert war, näherte sich mit jedem Tage mehr dem Zeitpunkt, an dem es Einkünfte bringen mußte, und wuchs von Tag zu Tag, während die schwarzen Arbeiter Busch rodeten, Gras schnitten und immer mehr Kokosnüsse pflanzten.

Diese und viele andere Tatsachen machten es Sheldon klar, wie viel Dank er für das Gedeihen der Plantage Joan schuldete, diesem schlanken Mädel, aus dessen grauen Augen die Romantik blickte, dessen langläufiger Revolver an der Hüfte von Abenteuern erzählte, das in einem tosenden Sturm von den starken Tahitianern auf die Insel gebracht worden, sein Bungalow betreten und mit Knabenhänden den Revolvergürtel und den Cowboy-Hut an den Nagel neben dem Billard gehängt hatte. Er hatte alle frühere Erbitterung vergessen, erinnerte sich nur ihres Reizes und ihrer Anmut und liebte jetzt die Eigenschaften, die ihm zuerst am meisten mißfallen hatten: ihre Knabenhaftigkeit und Abenteuerlust, ihre Freude am Schwimmen und ihre Wagnisse mit den Haien, ihren Wunsch, Arbeiter zu werben, ihre Liebe für die See und für Schiffe, ihre scharfen Befehle, wenn sie das Boot zu Wasser bringen ließ, oder wenn sie, die Streichhölzer in der einen, Dynamit in der andern Hand, mit ihrer malerischen Bootsbesatzung abfuhr, um im Balesuna zu fischen, ihre mehr als unschuldige Verachtung für alles Herkömmliche, ihre jugendliche Streitsucht, ihre Freiheitsliebe und ihre fast krankhafte Leidenschaft für Unabhängigkeit. Alles das liebte er jetzt und hatte nicht mehr den Wunsch, sie zu zähmen und zu halten, wenn es auch wahnsinnig schien, sie ohne Zähmen und Halten gewinnen zu wollen. Zeitweise schwindelte ihn bei dem Gedanken an sie und seine Liebe zu ihr, er hielt sein Pferd an und stellte sie sich mit geschlossenen Augen vor, wie er sie am ersten Tage gesehen hatte: am Ruder ihres Bootes, in wilder Fahrt auf den Strand schießend, wie sie streitlustig auf die Veranda getreten war und gesagt hatte, daß es eine schöne Gastfreundschaft sei, Fremde vor seinem Garten versinken oder schwimmen zu lassen. Und wenn er dann die Augen öffnete und sein Pferd antrieb, grübelte er zum tausendsten Male darüber nach, ob es ihm je gelingen würde, sie festzuhalten, die wie ein wilder Vogel war und ihm unter der Hand zu entflattern drohte.

Es war Scheldon klar, daß Tudor sich für Joan interessierte. Der Gast lebte ausschließlich auf der Veranda, wenn er auch, obgleich er noch sehr schwach auf den Beinen stand, darauf bestand, zu den Mahlzeiten hereinzukommen und sich zu ihnen zu setzen. Das erste Anzeichen dieses wachsenden Interesses für das Mädchen war für Scheldon, daß Tudor allmählich unterließ, ihn mit seinem gewohnten Spott und seinen spitzen Redensarten zu sticheln.

Das Aufhören dieser Sticheleien ähnelte dem Abbruch der diplomatischen Beziehungen zwischen zwei Nationen vor Kriegsbeginn, und als Scheldons Argwohn erst einmal geweckt war, dauerte es nicht lange, bis er weitere Nahrung fand. Die Gesellschaft Joans gefiel Tudor offensichtlich, zu augenfällig legte er es darauf an, sie durch seine eigene hervorragende und abenteuerliche Persönlichkeit zu unterhalten und zu fesseln. Oft fand Scheldon das Paar, wenn er von seinen Morgenritten durch die Plantage, vom Lager oder von der Besichtigung der Koprabereitung kam, auf der Veranda, Joan gespannt und erregt zuhörend, Tudor in die Schilderung irgendeines persönlichen Abenteuers vom andern Ende der Welt vertieft.

Sheldon beobachtete auch, wie Tudor sie ansah und mit den Augen verfolgte, und er bemerkte in diesen Augen einen gewissen gierigen Blick und auf dem Gesicht einen gewissen sehnsüchtigen Ausdruck; und er fragte sich; ob sein eigenes Gesicht seine Gefühle wohl in ähnlicher Weise verriete. Er war davon überzeugt, daß Tudor nicht der rechte Mann für Joan war und sie wohl kaum dauernd glücklich machen konnte, ferner auch, daß Joan ein zu verständiges Mädchen war, um sich wirklich in einen so oberflächlichen Mann zu verlieben, und schließlich, daß Tudor in seiner Hofmacherei einmal einen Schnitzer machen würde. Aber gleichzeitig fürchtete er, Sheldon, doch mit der Angst des ehrlich Liebenden, daß der andere keinen Schnitzer machen und das Mädchen ganz zufällig durch erfolgreiche Verführung gewinnen könnte. Aber eines wußte Sheldon dennoch bestimmt: Tudor kannte sie nicht so genau wie er und ahnte nicht, in welchem Maße die Wildheit und die Liebe zur Unabhängigkeit in ihr entwickelt war. Hier mußte er bei seinem Versuch, sie zu gewinnen und zu halten, den Schnitzer machen, und trotzdem mußte sich Sheldon trotz seiner Sicherheit immer wieder fragen, ob seine Theorie nicht doch falsch war, und ob Tudor nicht doch den richtigen Weg eingeschlagen hatte.

Die Situation war höchst unbefriedigend und verwirrend. Sheldon spielte die schwere Rolle des Abwartenden und Zusehenden, während sein Nebenbuhler energisch auf sein Ziel losging. Dazu hatte Tudors Wesen etwas Aufrührerisches an sich. Es war zwar seit Abbruch der diplomatischen Beziehungen fast unfühlbar, aber Sheldon empfand es doch als wachsende Gegnerschaft und vergrößerte es unwillkürlich durch die Eifersucht des Liebenden. Der andere war ein Eindringling, er gehörte nicht nach Berande, und jetzt, da er seine Gesundheit und Kraft wiedergewonnen hatte, war es Zeit für ihn, zu gehen. Aber trotzdem der Postdampfer nach Sydney fällig war, richtete sich Tudor häuslich ein, nahm das Schießen wieder auf, ging mit Joan zum Fischen und verbrachte lange Stunden mit ihr beim Taubenschießen, Krokodilfang und Scheibenschießen mit Gewehr und Revolver.

Aber gewisse Überlieferungen der Gastfreundschaft hielten Scheldon vor Andeutungen zurück, daß es für seinen Gast Zeit sei, zu gehen. Aus ähnlichen Gründen kämpfte er auch die Versuchung nieder, Joan zu warnen. Selbst wenn er irgend etwas, nicht zu Ernstes, zu Tudors Nachteil gewußt hätte, wäre er unfähig gewesen, es auszusprechen; das schlimmste aber war, daß er überhaupt nichts gegen den Mann sagen konnte.

Das war das Verwünschte an der Sache. Und zu Zeiten übermannten ihn seine Gefühle derart, daß er ungewöhnlich ruhig wurde: dann machte er sich klar, daß seine Abneigung gegen Tudor nur auf einem kleinlichen Vorurteil und auf Eifersucht beruhte. Äußerlich zeigte er sich ruhig und heiter. Die Plantagenarbeit ging ihren Gang. Die Martha und die Flibberty-Gibbet kamen und gingen, und ebenso alle die andern Küstenschiffe, deren Kapitäne die Insel anliefen, um auf Wind zu warten, zu plaudern, ein Gläschen zu trinken oder eine Partie Billard zu spielen. Satan hielt das Grundstück frei von Schwarzen. Boucher kam regelmäßig im Boot, um den Sonntag auf Berande zu verbringen. Zweimal täglich, zum Frühstück und Mittagessen, trafen Joan, Scheldon und Tudor sich freundschaftlich bei Tische, und die Abende wurden ebenso freundschaftlich auf der Veranda verbracht.

Aber da geschah es: Tudor machte seinen Schnitzer. Ohne eine Ahnung von Joans Wildheit, ihrem blinden Haß gegen jeden Zwang, ihrem Abscheu vor der Bevormundung durch andere und, indem er irrig die durch seine letzte Erzählung in ihren Augen hervorgerufene Wärme und Begeisterung für Zärtlichkeit und Fügsamkeit hielt, zog er sie an sich, legte seinen Arm um ihre Hüfte und mißverstand ihre wahnsinnige Empörung als mädchenhafte Scheu. Dies geschah nach dem Frühstück auf der Veranda, und Scheldon, der drinnen über einen Sydneyer Katalog saß und seine Bestellungen für den nächsten Dampfertag zusammenstellte, hörte einen scharfen Ausruf von Joan und gleich darauf den ebenso scharfen

Schlag einer flachen Hand gegen eine Backe. Joan hatte sich mit zornigem Widerwillen von Tudors Armen frei gemacht und ihm mehrere Schläge ins Gesicht gegeben, und zwar mit mehr Wucht und Kraft als damals, als sie Gogoomy geschlagen hatte.

Scheldon war halb aufgesprungen, beherrschte sich dann aber, ließ sich wieder auf den Stuhl fallen und hatte, als Joan eintrat, seine Fassung wiedergewonnen. Sie hielt das rechte Handgelenk mit der linken Hand, und ihre blassen Wangen mit den brennendroten Flecken erinnerten ihn daran, wie er sie das erste Mal zornig gesehen.

»Er hat mir den Arm verletzt«, platzte sie als Antwort auf seinen fragenden Blick heraus.

Unwillkürlich mußte er lächeln. Das war wieder so ganz die alte Joan, ganz der Knabe in ihr, daß sie zu ihm gelaufen kam, um sich über eine ihr zugefügte tätliche Beleidigung zu beklagen. Sicher war sie keine Frau, die die Männer kannte und wußte, wie sie zu behandeln waren. Der Schlag, den sie Tudor gegeben hatte, klang noch in Scheldons Ohren nach, und als das Mädchen jetzt vor ihm stand und sich beklagte, daß ihr Arm verletzt sei, mußte er noch mehr lächeln. Dieses Lächeln, das Joan selbst von der Lächerlichkeit ihres Benehmens überzeugte, ließ sie so heftig erröten, wie Scheldon es noch nie gesehen hatte. Hals, Wangen und Stirn erglühten vor Scham.

»Er – er –«« versuchte sie ihren Zorn zu verteidigen, und dann lief sie plötzlich davon, zur Hintertür hinaus und die Treppe hinunter.

Scheldon blieb sitzen und sann nach. Er war ärgerlich, und je mehr er über den Vorfall nachdachte, desto ärgerlicher wurde er. Wenn es irgendeine andere Frau als gerade Joan gewesen wäre, so würde es ihn belustigt haben. Aber Joan war die letzte, die man mit Gewalt zu nehmen versuchen durfte. Die ganze Sache schmeckte ein bißchen nach Hintertreppe – vielleicht war es nur eine kleine schmutzige Komödie, aber gerade bei Joan war es nicht weniger als eine Entweihung. Der Mann hätte vernünftiger sein müssen. Zudem war Scheldon persönlich gekränkt. Etwas, das er fast als sein Eigentum betrachtet hatte, war ihm entwendet worden, und bei dem Gedanken an diese plumpe Vertraulichkeit stieg seine Eifersucht noch.

Während er noch in dieser Stimmung war, knallte plötzlich die Moskitotür laut hinter Tudor zu, der ins Zimmer trat und hinter ihm stehenblieb. Scheldon war nicht auf sein Kommen vorbereitet, aber der andere war augenscheinlich wütend.

»Nun?!« fragte Tudor herausfordernd.

Im selben Augenblick sprudelte Scheldon hervor:

»Ich hoffe, daß Sie sich etwas Derartiges nicht wieder erlauben werden – im übrigen steht Ihnen mein Boot jederzeit zur Verfügung. Es wird Sie in einigen Stunden nach Tulagi bringen.«

»Als ob die Geschichte damit erledigt wäre«, lautete die Entgegnung.

»Ich verstehe Sie nicht«, sagte Scheldon einfach.

»Weil Sie mich nicht verstehen wollen.«

»Ich verstehe Sie immer noch nicht«, sagte Scheldon in ruhigem, gleichmäßigem Ton. »Nur eines ist mir klar, nämlich, daß Sie Ihr eigenes Verschulden übertreiben und zu etwas Ernsthaftem machen.«

»Mir scheint eher, daß Sie es übertreiben, indem Sie mich auffordern, mit Ihrem Boot abzufahren. Das beweist mir, daß Berande nicht Raum für uns beide bietet Und ich sage Ihnen jetzt daß nicht einmal die ganzen Salomons groß genug für uns beide sind. Die Sache muß zwischen uns erledigt werden, und das kann sie ebensogut gleich hier.«

»Ich verstehe Ihr wildes Benehmen, denn ich weiß, daß es Ihrer Natur entspricht,« fuhr Scheldon gelangweilt fort, »aber ich kann wirklich nicht begreifen, warum Sie Ihre Wut gerade an mir auslassen wollen, denn Sie wollen sich doch nicht mit mir streiten.«

»Aber gewiß will ich das!«

»Aber warum denn um Himmels willen?«

Tudor betrachtete ihn mit vernichtender Verachtung. »Sie haben nicht einmal die Seele einer Laus! Ich glaube, jeder Mann könnte Ihrer Frau den Hof machen —«

»Aber ich habe ja gar keine Frau«, unterbrach ihn Scheldon.

»Dann machen Sie sie doch dazu. Die Situation ist schimpflich. Heiraten Sie sie wenigstens, wie ich es in allen Ehren tun wollte.«

Zum ersten Male kochte in Scheldon der Zorn über.

»Sie —« begann er heftig, beherrschte sich aber und fuhr beschwichtigend fort: »Sie sollten lieber einen Whisky trinken und sich die Geschichte nochmal überlegen. Das rate ich Ihnen. Wenn Sie sich beruhigt haben, werden Sie, nachdem Sie so zu mir gesprochen haben, natürlich nicht länger hierbleiben wollen. Und deshalb werde ich, während Sie Ihren Whisky trinken, die Bootsbesatzung rufen und ein Boot zu Wasser bringen lassen. Heute abend gegen acht Uhr werden Sie in Tulagi sein.«

Er wandte sich zur Tür, um seine Worte in die Tat umzusetzen, aber der andere packte ihn an der Schulter und drehte ihn schnell herum.

»Hören Sie, Scheldon, ich sagte Ihnen schon, daß die Salomons zu klein für uns beide sind, und dabei bleibe ich.«

»Ist das ein Angebot, Berande, wie es geht und liegt, zu kaufen?« fragte Scheldon.

»Nein, das ist es nicht! Es ist eine Herausforderung zum Kampf!«

»Aber, Donnerwetter, warum wollen Sie denn mit mir kämpfen?« Scheldons Erregung steigerte sich bei der Hartnäckigkeit des andern. »Ich habe nichts gegen Sie. Und was können Sie gegen mich haben? Ich habe mich nie in Ihre Angelegenheiten gemischt. Sie waren mein Gast. Fräulein Lackland ist meine Teilhaberin. Sie haben es für richtig gehalten, ihr den Hof zu machen, und haben aus irgendeinem Grunde keinen Erfolg gehabt – aber warum sollten Sie deshalb mit mir kämpfen? Wir leben im zwanzigsten Jahrhundert, mein Lieber, und das Duell war schon aus der Mode, ehe Sie und ich geboren wurden.«

»Sie haben Streit mit mir angefangen«, beharrte Tudor.

»Sie haben mir zu verstehen gegeben, daß es Zeit für mich sei, zu gehen. Sie haben mich, kurz gesagt, aus Ihrem Hause herausgeworfen. Und jetzt haben Sie die Unverschämtheit, mich zu fragen, warum ich anfange. Ich habe es nicht getan. Sie haben den Streit angefangen, und ich werde ihn zu Ende führen!«

Scheldon lächelte nachsichtig und zündete sich eine Zigarette an. Aber Tudor ließ sich nicht ablenken.

»Sie haben den Streit angefangen«, blieb er dabei.

»Es gibt ja gar keinen Streit. Zu einem Streit gehören zwei. Und ich für meine Person lehne es ab, mit solchen Narrheiten etwas zu tun zu haben.«

»Sie haben angefangen, und ich will Ihnen sagen, warum.«

»Ich glaube, Sie haben zuviel getrunken«, warf Scheldon ein. »Das ist die einzige Erklärung, die ich für Ihre Unvernunft finden kann.«

»Und ich werde Ihnen sagen, warum Sie angefangen haben. Es war eine Albernheit von Ihnen, aus dieser kleinen Kurmacherei etwas Ernsthaftes zu machen. Ich habe in Ihrem Revier gewildert, und jetzt wollen Sie mich los sein. Es war hier alles sehr schön und angenehm, bis ich kam. Und jetzt sind Sie eifersüchtig – das ist es – Eifersucht – und Sie wollen mich fort haben. Aber ich gehe nicht!«

»Dann bleiben Sie in Gottesnamen. Ich will mich nicht darüber mit Ihnen streiten. Machen Sie es sich bequem. Bleiben Sie ein Jahr, wenn Sie wollen.«

»Sie ist nicht Ihre Frau«, fuhr Tudor fort, als ob der andere überhaupt nichts gesagt hätte. »Jeder hat das Recht, ihr den Hof zu machen, falls Sie – oder vielleicht war es doch ein Irrtum von mir, aus Unkenntnis völlig entschuldbar. Ich hätte es allerdings mit geschlossenen Augen merken können, auch wenn ich nicht auf den Küstenklatsch gehört hätte. Ganz Guvutu und Tulagi haben ja darüber gelacht. Ich war ein Narr und beging den Irrtum, die Situation nach ihrem unschuldigen Aussehen zu beurteilen.«

Scheldon wurde so zornig, daß Gesicht und Gestalt des andern vor seinen Augen zu zittern und zu tanzen begannen. Äußerlich bewahrte er jedoch seine Ruhe und war scheinbar nur der Unterhaltung überdrüssig. »Bitte, lassen Sie sie aus dem Spiel!« sagte er.

»Warum sollte ich? Sie haben mich gleichsam in eine Falle gelockt, so daß ich mich lächerlich gemacht habe. Woher sollte ich wissen, daß nicht alles stimmte? Sie taten beide genau so, als ob alles stimmte. Aber jetzt sind mir die Augen geöffnet. Sie spielte das beleidigte Weib vollendet, schlug den Beleidiger und floh zu Ihnen. Der beste Beweis für die Wahrheit dessen, was die Küste erzählt. Teilhaberin, was? Geschäftliche Teilhaberin? Unsinn, ich weiß Bescheid.«

Da schlug Scheldon zu. Mit kühner Überlegung und mit der ganzen Kraft seines Armes, und Tudor fiel, ans Kinn getroffen, seitwärts nieder und zerschlug unter dem Gewicht seines Körpers einen Stuhl in tausend Stücke. Langsam erhob er sich wieder, blieb aber stehen.

»Wollen Sie jetzt kämpfen?« fragte er grimmig.

Scheldon lachte, und zwar jetzt zum ersten Male ungezwungen. Die Lächerlichkeit der Situation überwältigte ihn. Er schickte sich an, noch einmal zuzuschlagen, aber Tudor, der mit blassem Gesicht und herabhängenden Armen dastand, versuchte sich nicht zu verteidigen.

»Ich meine keinen Kampf mit Fäusten«, sagte er langsam. »Ich meine einen Kampf bis zur letzten Entscheidung. Bis zum Tode. Sie sind ein guter Schütze mit Revolver und Gewehr, ich auch. Auf diese Weise wollen wir die Sache erledigen.«

»Sie sind vollkommen verrückt geworden. Sie sind wahnsinnig.«

»Nein, das bin ich nicht«, erwiderte Tudor. »Ich bin verliebt, und ich fordere Sie nochmals auf, mit hinauszukommen und die Sache auszutragen. Die Wahl der Waffe überlasse ich Ihnen.«

Jetzt betrachtete Scheldon ihn zum ersten Male ernsthaft und dachte, was für merkwürdige Dinge wohl im Kopf des andern vorgehen mochten, um ihn zu diesem ungewöhnlichen Verhalten zu bewegen.

»Aber so etwas tut man doch nicht im wirklichen Leben«, meinte Scheldon.

»Ehe Sie mit mir fertig sind, werden Sie schon noch bemerken, daß ich ziemlich wirklich bin. Ich werde Sie heute töten.« »Unsinn, Mann.«

Jetzt begann Scheldon seine Ruhe zu verlieren. »Das ist ja Unsinn. Man duelliert sich nicht mehr im zwanzigsten Jahrhundert. Das ist – das ist vorsintflutlich, sage ich Ihnen.«

»Was Joan betrifft –«

»Bitte, lassen Sie ihren Namen aus dem Spiel«, warnte Scheldon.

»Das werde ich tun, wenn Sie kämpfen wollen.«

Scheldon hob verzweifelt die Arme.

»Was Joan betrifft –«

»Hüten Sie sich!« warnte Scheldon ihn zum zweiten Male.

»Nur zu, schlagen Sie mich nieder, aber das würde mir den Mund nicht verschließen. Sie können mich den ganzen Tag lang niederschlagen, aber sobald ich wieder aufstehe, werde ich von Joan sprechen. Wollen Sie jetzt kämpfen?«

»Hören Sie, Tudor«, begann Scheldon, und seine Stimme klang entschlossen. »Ich bin nicht gewohnt, mir von irgend jemand auch nur den zehnten Teil von dem gefallen zu lassen, was Sie mir bereits geboten haben.«

»Sie werden sich noch viel mehr gefallen lassen, ehe der Tag zu Ende ist«, lautete die Antwort. »Ich sage Ihnen, Sie müssen einfach kämpfen. Ich will Ihnen eine ehrliche Gelegenheit geben, mich zu töten. Aber ehe der Tag zu Ende ist, werde ich Sie getötet haben. Hier gibt es keine Zivilisation. Wir sind hier auf den Salomons, und daher ist mein Vorschlag auch ziemlich primitiv. König, Gesetz und Ordnung werden durch den Kommissar in Tulagi und durch ein gelegentlich herkommendes Kriegsschiff vertreten. Zwei Männer und eine Frau sind eine ebenso primitive Sache. Wir werden sie auf gute, alte, primitive Art und Weise austragen.«

Scheldon sah ihn an, und der Gedanke stieg in ihm auf, daß doch an den wilden Abenteuern des andern an allen Enden der Welt etwas sein konnte. Dazu gehörte ein Mann von dieser Beschaffenheit, ein Mann, der es fertig brachte, im geordneten Leben des zwanzigsten Jahrhunderts einem andern ein Duell aufzuzwingen, um solche wilde Abenteuer zu erleben.

»Es gibt nur eine Möglichkeit, mich zum Schweigen zu bringen,« fuhr Tudor fort, »ich kann Sie nicht direkt beleidigen, das weiß ich. Sie sind zu ruhig oder zu feige, oder beides. Aber ich kann Ihnen den Küstenklatsch erzählen, – ha, jetzt habe ich Sie getroffen, nicht wahr? Ich kann Ihnen sagen, was die Küste von Ihnen und diesem jungen Mädchen erzählt, das mit Ihnen zusammen als Teilhaberin eine Plantage bewirtschaftet.«

»Halt!« rief Scheldon, denn der andere fing wieder an, vor seinen Augen zu tanzen. »Sie wollen ein Duell, Sie sollen es haben.«

Dann lehnten sich sein gesunder Menschenverstand und seine Abneigung gegen das Lächerliche wieder dagegen auf, und er fügte hinzu: »Aber es ist ja albern, unmöglich!«

»Joan und David Teilhaber, was? Joan und David – Teilhaber«, begann Tudor immer wieder in boshaftem spöttischen Ton zu wiederholen.

»Um Gotteswillen, seien Sie nur still, ich werde Ihnen Ihren Willen lassen!« schrie Scheldon. »Ich habe noch nie einen Narren gesehen, der sich so in seine Narrheit verrannt hätte. Was für ein Duell soll es denn sein? Sekundanten sind nicht da! Was für Waffen werden wir gebrauchen?«

Sofort ließ Tudor sein albernes Benehmen fallen und war wieder der kühle, beherrschte Weltmann.

»Ich habe oft gedacht, daß das ideale Duell von dem herkömmlichen abweichen müsse«, sagte er. »Von der Art habe ich mehrere ausgefochten, wie Sie wissen.«

»Französische«, unterbrach Scheldon ihn.

»Nennen Sie sie so. Um aber auf dieses ideale Duell zurückzukommen, so ist es folgendermaßen: natürlich, kein Sekundant. Kein Zuschauer. Nur die beiden Teilnehmer sind nötig. Sie können jede Waffe gebrauchen, die Sie wünschen. Von Revolver und Gewehr bis zu Maschinengewehr und Bumerang. Sie beginnen das Spiel aus der Ferne und nähern sich einander, wobei sie jede Deckung benutzen, sich zurückziehen, umgehen und Finten benutzen können – alles ist erlaubt. Kurz: die Teilnehmer machen Jagd aufeinander.«

»Wie zwei Indianer?«

»Genau so!« rief Tudor erfreut. »Sie haben es erfaßt. Und Berande ist gerade der rechte Ort, und jetzt ist gerade die rechte Zeit dafür. Fräulein Lackland wird jetzt ihren Mittagsschlaf halten und denken, daß wir dasselbe tun. Bis sie aufwacht, haben wir zwei Stunden zu unsrer Verfügung. Also beeilen Sie sich und kommen Sie. Sie fangen am Balesuna an und ich am Berande. Die beiden Flüsse sind doch die Grenze der Plantage? Ausgezeichnet. Das Duell wird auf der Plantage ausgefochten. Keiner der Teilnehmer darf über ihre Grenzen hinausgehen. Sind Sie einverstanden?«

»Vollkommen. Aber haben Sie etwas dagegen, daß ich einige Befehle hinterlasse?«

»Durchaus nicht«, willigte Tudor ein, der jetzt, als sein Wunsch in Erfüllung gegangen war, die Höflichkeit selbst war.

Sheldon klatschte in die Hände und ließ durch den erscheinenden Hausboy Adamu-Adam und Noah-Noah holen.

»Hört«, sagte Sheldon zu ihnen. »Dies Mann und mich haben einen großen Kampf heute. Vielleicht er sterben. Vielleicht ich sterben. Wenn er sterben, schön. Wenn ich sterben, ihr zwei sehen nach Missie Lackalanna. Ihr nehmen Büchsen, und ihr sehen nach ihr Tagzeit und Nachtzeit. Wenn sie sprechen wünschen mit Herrn Tudor, schön. Wenn sie nicht sprechen wünschen, ihr machen ihn halten fort. Savvee?«

Sie grunzten und nickten. Sie hatten viel mit Weißen zu tun gehabt und sich daran gewöhnt, sich nicht um das merkwürdige Tun dieser merkwürdigen Rasse zu kümmern. Wenn die beiden es für richtig hielten, sich gegenseitig zu töten, so war es ihre Sache und nicht die der Insulaner, die Befehle von ihnen erhielten. Sie traten an den Gewehrständer und nahmen jeder ein Gewehr heraus.

»Besser alle tahitianischen Männer haben Büchsen«, schlug Adamu-Adam vor. »Vielleicht groß Lärm kommen.«

»Schön, ihr nehmen sie«, antwortete Sheldon, der dabei war, Munition herauszunehmen.

Sie schritten durch die Tür und die Treppe herab, um die Gewehre in ihr Quartier zu bringen. Tudor hatte sich einen Patronengürtel für Gewehr und Pistole umgeschnallt, hielt das Gewehr in der Hand und wartete ungeduldig.

»Kommen Sie, machen Sie schnell, wir vergeuden das Tageslicht«, drängte er, als Sheldon nach Reservestreifen für seine automatische Pistole suchte. Dann stiegen sie die Treppe herunter und begaben sich an den Strand, wo sie sich den Rücken zukehrten und jeder, das Gewehr im Arm, seinem Bestimmungsort zuschritt. Tudor nach dem Berande und Sheldon nach dem Balesuna.

Ein zeitgemäßes Duell

Kaum hatte Scheldon den Balsuna erreicht, als er den schwachen Knall eines Gewehres in der Ferne hörte. Es war, wie er wußte, das Signal Tudors, daß er den Berande erreicht hatte, umgekehrt war und ihm jetzt entgegenkam. Zur Antwort feuerte Scheldon ebenfalls sein Gewehr in die Luft ab und begann vorzugehen. Er bewegte sich wie im Traum und hielt sich geistesabwesend am freien Strande. Die Geschichte war so albern, daß er sich zwingen mußte, sie für Wirklichkeit zu halten. Er dachte über die Unterredung mit Tudor nach und bemühte sich, das, was er jetzt tat, mit seinem gesunden Menschenverstand in Einklang zu bringen. Er wollte Tudor nicht töten. Daß dieser Mann bei seiner Kurmacherei einen Fehler begangen hatte, war kein Grund, daß er, Scheldon, ihm das Leben nehmen sollte. Denn um was handelte es sich überhaupt? Es war richtig: der Mensch hatte Joan durch seine letzte Bemerkung beleidigt und war dafür zu Boden geschlagen worden. Aber das war doch kein Grund, sich gegenseitig zu töten.

Während er so sann, legte er ein Viertel der Entfernung zwischen den beiden Flüssen zurück, bis ihm klar wurde, daß Tudor gar nicht am Strande war. Natürlich nicht. Er ging, den vereinbarten Bedingungen gemäß, im Schutze der Palmen vor. Scheldon schwenkte schnell nach links ab, um eine nahe Deckung zu suchen, als der schwache Knall eines Gewehrs an sein Ohr schlug, und fast unmittelbar darauf eine Kugel hundert Fuß vor ihm auf den harten Sand schlug, abprallte, weiter sauste und ihn davon überzeugte, daß dies alles, so lächerlich und unnatürlich es an sich auch sein mochte, doch nüchterne Wirklichkeit war. Das war auf ihn gemünzt. Und doch war es kaum glaubhaft. Er blickte über die ihm vertraute Landschaft nach dem Meere, das sich in der leichten, gleichmäßigen Brise kräuselte. In der Richtung von Tulagi konnte er die weißen Segel eines Schoners erkennen, der, einen Schlag entfernt, auf Berande zulag. Am Strande graste ein Pferd, und er fragte sich sinnlos, wo wohl die andern sein mochten. Sein Blick fiel auf den Rauch der Kopra-Darre, schweifte weiter über die Bara-

cken, die Geräteschuppen, die Bootshäuser und das Bungalow und blieb schließlich auf Joans kleinem Grashause in der
Ecke des Grundstücks haften.

Im Schutze der Palmen ging er jetzt eine weitere Viertelmeile vor. Würde Tudor sich mit derselben Schnelligkeit
bewegt haben, so hätten sie jetzt an diesem Punkte zusam-
mentreffen müssen, und Scheldon schloß daher, daß der
andere im Kreise ging. Die Schwierigkeit war, ihn zu finden.
Die Palmen, die sich im rechten Winkel trafen, ermöglichten
es ihm nur, eine einzige schmale Palmenreihe entlang zu
sehen. Sein Feind konnte die nächste Reihe entlang, die übernächste, rechts oder links kommen. Er konnte fünfzig Schritt
oder eine halbe Meile entfernt sein. Scheldon schritt weiter,
überzeugt, daß das hergebrachte Duell bei weitem einfacher
und leichter war als dies Versteckspielen. Er ging ebenfalls im
Kreise, in der Hoffnung, den Kreis des anderen zu schneiden,
kam aber schließlich, ohne etwas von ihm gesehen zu haben,
zu einer neuen Pflanzung, wo die jungen, nur bis zur Hüfte
reichenden Palmen wenig Schutz und noch weniger Versteck
boten. Gerade, als er die Lichtung betrat, krachte rechts von
ihm ein Schuß, und wenn er auch nicht das Pfeifen der Kugel
hörte, so vernahm er doch den dumpfen Schlag, mit dem sie
in geringer Entfernung in den Palmenstamm schlug. Er
sprang in den Schutz der größeren Palmen zurück. Zweimal
hatte er sich bloßgestellt, und zweimal war auf ihn geschossen
worden, während es ihm bisher nicht einmal gelungen war,
seinen Gegner auch nur zu Gesicht zu bekommen. Allmählich packte ihn die Wut. Es war verdammt unangenehm,
wenn so auf einen losgeballert wurde, und so sinnlos es auch
an und für sich war, so war es nichtsdestoweniger tödlicher
Ernst. Hier gab es kein Ausweichen, kein In-die-Luft-feuern,
die Sache zu erledigen, wie beim hergebrachten Duell. Diese
gegenseitige Menschenjagd mußte fortgesetzt werden, bis
einer den andern erledigt hatte, und wenn der eine eine Möglichkeit, den andern zu erledigen, verpaßte, so erhöhte sich die
Möglichkeit für den andern. Es gab keinen Ausweg. Tudor
war ein listiger Teufel, als er diese Art von Duell vorschlug,

schloß Scheldon seine Betrachtungen und begann dann, vorsichtig in der Richtung des letzten Schusses vorzudringen.

Als er die Stelle erreichte, war Tudor verschwunden, und nur seine Fußspur zeigte die Richtung an, in der er tiefer in die Plantage hineingeschritten war. Zehn Minuten später erblickte Scheldon plötzlich Tudor flüchtig, hundert Schritt entfernt, als er dieselbe Reihe wie er, jedoch in entgegengesetzter Richtung, kreuzte. Er hatte das Gewehr noch nicht halb an der Schulter, als der andere schon wieder verschwunden war. Mehr einer Laune folgend, als sich einen Erfolg versprechend, hob Scheldon seine automatische Pistole und feuerte in zwei Sekunden acht Schüsse durch die Bäume in der Richtung, in der Tudor verschwunden war. Scheldon bedauerte, daß er keine Schrotflinte hatte. Er setzte sich hinter einen Baum auf den Boden, schob einen neuen Ladestreifen in den Hohlgriff der Pistole, ließ eine Patrone in den Lauf gleiten und füllte den leeren Streifen wieder. Kurz darauf versuchte Tudor denselben Trick bei ihm, wobei die Kugeln wie ein bösartiger Regen um ihn spritzten, in die Palmenstämme einschlugen oder pfeifend abprallten. Die letzte Kugel schlug, nachdem sie zweimal von verschiedenen Stämmen abgeprallt war und alle Kraft verloren hatte, gegen Scheldons Stirn und fiel zu seinen Füßen nieder. Einen Augenblick war er halb betäubt, als er aber nachfühlte, stellte er keinen größeren Schaden fest, als eine arge Beule, die bald zur Größe eines Taubeneis anschwoll.

Die Jagd nahm ihren Fortgang. Als er einmal in die Nähe des Bungalow, an den Rand der Pflanzung kam, sah er die Hausboys und den Koch auf der hinteren Veranda stehen und neugierig zwischen den Palmen hindurchlugen, während sie mit ihren sonderbaren Fistelstimmen schwatzten und lachten. Ein andermal stieß er auf eine Gruppe von unkrautjätenden Arbeitern. Sie beachteten ihn kaum, obgleich sie genau wußten, was vorging. Es war nicht ihre Sache, wenn die rätselhaften Weißen versuchten, sich gegenseitig zu töten; und wie sehr sie sich auch für den Vorgang interessierten, so ließen sie sich vor Scheldon doch nichts merken. Er befahl ihnen, an einer anderen Stelle zu jäten, und setzte die Verfolgung Tudors fort.

Des andauernden Kreisganges überdrüssig, versuchte Scheldon noch einmal, direkt auf seinen Feind loszugehen. Aber der war zu schlau, benutzte nur den Vorteil, den Scheldons Kühnheit gewährte, um ein paar Schüsse auf ihn abzufeuern, und entschlüpfte in anderer, stets wechselnder Richtung. Eine Stunde lang wichen sie sich aus und wandten sich hierhin und dorthin, gingen im Kreise und jagten einander zwischen den schnurgeraden Palmenreihen. Dann wieder sahen sie sich flüchtig und beschossen sich erfolglos. An einer durch Gras geschützten Stelle, hinter einem Baum, stieß Scheldon auf einen Fleck, wo Tudor geruht und eine Zigarette geraucht hatte. Das zerdrückte Gras zeigte an, wo er gesessen hatte. Neben dem Zigarettenstummel und dem abgebrannten Streichholz lagen glänzende Metallspäne. Scheldon erkannte ihre Bedeutung. Tudor kerbte seine Stahlgeschosse ein oder stumpfte sie ab, so daß sie beim Aufschlag zerreißen mußten – mit anderen Worten, er stellte die niederträchtigen, in der modernen Kriegsführung verbotenen Dum-Dum-Geschosse her. Scheldon wußte jetzt, was ihm bevorstand, wenn er getroffen wurde. Der Einschuß würde ein winziges Loch sein, der Ausschuß jedoch die Größe einer Untertasse haben. Er beschloß, die Verfolgung aufzugeben und sich, von beiden Seiten durch die Palmenreihe geschützt, ins Gras zu legen. Von hier aus konnte er beobachten. Auf diese Weise mußte Tudor zu ihm kommen, oder es kam nie zu einem Ende. Er wischte sich den Schweiß vom Gesicht und band sich sein Taschentuch um den Hals, um die im Grase lauernden Stechmücken abzuhalten. Noch nie hatte er einen so großen Widerwillen gegen das empfunden, was man »Abenteuer« nannte. Joan war schon schlimm genug gewesen mit ihrem Cowboyhut und ihrem langläufigen Colts, und nun war noch dieser Mann gekommen, der Abenteuer suchte und sie auf keine andere Weise finden konnte, als daß er einen friedlichen Pflanzer in ein unsinniges, lächerliches Duell verwickelte. Wenn je ein Mensch die Abenteuer verflucht hatte, dann war es Scheldon, wie er jetzt in dem windstillen Grase schwitzte, gegen die Mücken kämpfte und dabei die Palmenreihe scharf beobachtete.

Da erschien Tudor. Sheldon sah gerade in dem Augenblick, als er in Sicht kam, in die Richtung. Der andere blickte, ehe er ins Freie trat, schnell die Palmenreihe entlang. Mittwegs blieb er stehen, als ob er überlegte, welche Richtung er einschlagen sollte. Wie er in zweihundert Schritt Entfernung seinem verborgenen Feind das Gesicht zukehrte, bot er ein vorzügliches Ziel. Sheldon zielte auf die Mitte der Brust, hielt dann jedoch absichtlich auf die rechte Schulter und drückte mit dem Gedanken »das wird ihn kampfunfähig machen« ab. Die Kugel, die genug Kraft gehabt hätte, auf eine Meile den Körper eines Menschen zu durchbohren, traf Tudor mit solcher Wucht, daß sie ihn durch den Anprall herumwirbelte und halb niederwarf. »Hoffentlich habe ich den Kerl nicht getötet«, murmelte Sheldon hörbar, sprang auf und lief auf Tudor zu.

Fünfzig Schritt weiter wurde seine Besorgnis in dieser Beziehung durch Tudor beseitigt, der ihm mit der linken Hand aus seiner automatischen Pistole einen Hagel von Geschossen entgegensandte. Sheldon duckte sich hinter einem Palmenstamm, zählte die Schüsse und eilte, als der achte Schuß abgefeuert war, zu dem Verwundeten. Er schlug ihm die Pistole aus der Hand und setzte sich dann auf ihn, um ihn niederzuhalten.

»Bleiben Sie ruhig. Ich habe Sie erledigt, sich wehren hat also keinen Zweck.«

Tudor versuchte trotzdem, sich zu wehren und ihn abzuschütteln.

»Verhalten Sie sich ruhig, sage ich«, befahl Sheldon. »Mir genügt das Ergebnis. Und Ihnen hat es auch zu genügen. Sie können jetzt ruhig nachgeben und die Angelegenheit als erledigt betrachten.«

Tudor gab zögernd nach.

»Ziemlich komisch, diese modernen Duelle, nicht wahr?« Sheldon blickte lächelnd auf ihn herab, während er aufstand. »Gar nicht würdevoll. Würden Sie sich noch länger gewehrt haben, dann hätte ich Ihr Gesicht gegen die Erde gerieben.

Ich hätte große Lust, es jetzt noch zu tun, um Ihnen beizubringen, daß Duelle aus der Mode gekommen sind. Jetzt wollen wir nach Ihrer Wunde sehen.«

»Sie haben mich nur zur Strecke gebracht,« brummte Tudor, »weil Sie im Hinterhalt lagen, wie—«

»Wie ein wilder Indianer, genau so. Sie haben es erfaßt.« Sheldon schwieg und stand auf. »Sie bleiben ruhig hier liegen, bis ich ein paar Leute schicke, um Sie hineinzutragen. Sie sind nicht ernstlich verletzt, und es ist ein Glück für Sie, daß ich Ihrem Beispiel nicht gefolgt bin. Wenn Sie von einer Ihrer eigenen Kugeln getroffen wären, könnte Ihnen ein Wagen mit zwei Pferden durch das Loch hindurchfahren. Jetzt sind Sie glatt durchbohrt. Eine hübsche kleine Durchlöcherung. Sie brauchen nichts als eine antiseptische Waschung und einen Verband, um in einem Monat wieder auf dem Posten zu sein. Jetzt machen Sie sich keine Gedanken mehr. Ich werde Ihnen eine Tragbahre schicken.«

Kapitulation

Als Scheldon zwischen den Palmen hervorkam, wartete Joan an der Pforte zum Grundstück, und er konnte ihr ansehen, daß sie sich bei seinem Anblick freute.

»Ich kann Ihnen gar nicht sagen, wie ich mich freue, Sie zu sehen«, begrüßte sie ihn. »Was ist aus Tudor geworden? Das letzte Pistolengeknatter war nicht schön anzuhören. Wer war das, Sie oder Tudor?« »Sie wissen also alles«, erwiderte er kühl. »Nun ja, es war Tudor, aber mit der linken Hand. Er liegt da mit einem Loch in der Schulter.«

Er beobachtete sie scharf. »Das ist eine Enttäuschung, nicht wahr?« fragte er gedehnt.

»Wie meinen Sie das?«

»Nun, daß ich ihn nicht getötet habe.«

»Aber ich wollte ja gar nicht, daß er getötet wurde, nur weil er mich geküßt hat«, rief sie.

»Ach, er hat Sie geküßt!« wiederholte Scheldon mit offensichtlicher Überraschung. »Mir war doch, Sie hätten gesagt, daß er Ihren Arm verletzt hätte.«

»Man kann es einen Kuß nennen, wenn er auch nur die Nasenspitze traf.« Sie lachte bei der Erinnerung. »Aber ich habe es ihm selbst heimgezahlt. Ich habe ihm ins Gesicht geschlagen. Und meinen Arm hat er auch verletzt. Er ist braun und blau. Sehen Sie.«

Sie streifte den Ärmel ihrer Bluse hoch, und er sah die Druckstellen zweier Finger.

In diesem Augenblick kam ein Trupp Schwarzer zwischen den Palmen hervor; sie trugen den Verwundeten auf einer roh gezimmerten Tragbahre.

»Romantisch, nicht wahr?« spöttelte Scheldon, indem er Joans bestürztem Blick folgte. »Und jetzt muß ich noch dazu den Doktor spielen und ihn verarzten. Komisch, dies Duell des zwanzigsten Jahrhunderts. Erst macht man in einen Menschen ein Loch, und dann bemüht man sich, es zu stopfen.«

Sie waren beiseitegetreten, um die Tragbahre vorbeizulassen, und Tudor, der die letzte Bemerkung gehört hatte, richtete sich auf dem Ellbogen seines gesunden Armes auf und sagte mit herausforderndem Lächeln: »Würden Sie eine meiner Kugeln abbekommen haben, dann hätten Sie sich das Loch mit einem Teller stopfen müssen.«

»Oh, Sie Schurke!« rief Joan. »Sie haben Ihre Kugeln gekerbt!«

»Es war der Verabredung gemäß«, erwiderte Tudor. »Alles war erlaubt. Wenn wir wollten, konnten wir Dynamit gebrauchen.«

»Er hat recht«, versicherte Scheldon. »Jede Waffe war erlaubt. Ich lag im Grase an einer Stelle, wo er mich nicht sehen konnte, und erledigte ihn wirklich auf anständige Art und Weise. Das kommt davon, wenn man eine Frau auf der Plantage hat. Und jetzt gilt es, Antiseptica mit Wasser anzusetzen, denke ich. Es ist eine schlimme Sache. Ich werde im Buch nachlesen müssen, ehe ich darangehe.«

»Ich kann nicht einsehen, daß ich die Schuld haben sollte«, begann sie. »Ich kann doch nichts dafür, daß er mich küßte. Ich dachte nicht im Traum daran, daß er es je versuchen würde.«

»Deshalb habe ich nicht gekämpft. Aber jetzt ist keine Zeit für Erklärungen. Wenn Sie Bandagen und Binden vorbereiten wollen, werde ich unter ›Schußwunden‹ nachsehen, was zu tun ist.«

»Blutet es stark?« fragte sie.

»Nein; die Kugel scheint keine Arterie getroffen zu haben. Das wäre schlimm gewesen.«

»Dann brauchen wir uns nicht erst mit Nachlesen abzugeben«, sagte Joan. »Ich sterbe vor Neugier, alles zu erfahren. Die ›Apostel‹ liegt ohne Wind vor der Landspitze und wird von ihren Booten geschleppt. In fünf Minuten wird sie vor Anker liegen, und sicher ist Doktor Welshmere an Bord. Wir haben nichts zu tun, als es Tudor bequem zu machen. Wir bringen ihn am besten in Ihr Zimmer unter das Moskitonetz und schicken ein Boot, um Doktor Welshmere zu bestellen, daß er seine Instrumente mitbringen soll.«

Eine Stunde später hatte Doktor Welshmere den Patienten wohl versorgt und schritt zum Strande, um sich an Bord zu begeben, wobei er versprach, zum Essen wiederzukommen. Joan und Scheldon standen auf der Veranda und sahen ihn abfahren.

»Ich werde nie wieder etwas gegen die Missionare haben, seit ich sie hier auf den Salomons gesehen habe«, sagte sie, indem sie sich auf einen Liegestuhl niederließ.

Sie blickte Scheldon an und begann zu lachen.

»So ist's recht«, sagte er. »Mir ist auch zumute, als wäre ich ein rechter Narr gewesen und hätte versucht, einen Gast zu ermorden.«

»Aber Sie haben mir ja noch gar nicht erzählt, um was es sich handelte.«

»Um Sie«, erwiderte er kurz.

»Um mich? Aber Sie haben doch eben gesagt, daß es sich nicht um mich gehandelt hätte.«

»Oh, nicht wegen des Kusses.« Er trat ans Geländer, lehnte sich dagegen und blickte sie an. »Aber es betrifft Sie trotzdem, ich kann es Ihnen ja ruhig erzählen. Sie erinnern sich wohl, daß ich Sie vor längerer Zeit davor warnte, was geschehen würde, wenn Sie Teilhaber von Berande würden. Und richtig, jetzt klatscht die ganze Küste darüber, und Tudor bestand darauf, mir den Klatsch zu erzählen. Sie sehen also, daß es unter diesen Umständen nicht angeht, daß Sie hierbleiben. Es wäre besser, wenn Sie fortgingen.«

»Aber ich will nicht fortgehen«, widersprach sie mit kläglicher Miene.

»Dann eine Anstandsdame —«

»Nein, auch keine Anstandsdame.«

»Aber Sie erwarten doch wohl nicht von mir, daß ich herumlaufe, um jeden Verleumder in den Salomons, der seinen Mund auftut, niederzuschießen?« fragte er verdrießlich.

»Nein, das auch nicht«, antwortete sie impulsiv. »Ich will Ihnen sagen, was wir tun. Wir heiraten uns und bringen dadurch alle zum Schweigen. — So!«

Er betrachtete sie erstaunt und würde geglaubt haben, daß sie ihn zum Narren hielte, hätte nicht eine plötzliche Glut ihre Wangen überzogen.

»Ist das Ihr Ernst?« fragte er unsicher. »Warum?«

»Um diesen ekelhaften Küstenklatsch zum Schweigen zu bringen. Das ist doch ein triftiger Grund, nicht wahr?«

Die Versuchung war stark und unerwartet genug, um ihn schwanken zu lassen, aber der ganze Ekel, der ihn gepackt hatte, als er, die Mücken abwehrend und alle Abenteuer verfluchend, im Grase lag, überkam ihn wieder, und er antwortete:

»Nein, das ist schlimmer als gar kein Grund. Ich lege keinen Wert darauf, Sie aus Gründen der Schicklichkeit zu heiraten —«

»Sie sind der lächerlichste Mensch, der mir je vorgekommen ist«, platzte sie mit einem Anflug ihres früheren Zornes heraus. »Sehr gegen meinen Wunsch reden Sie mir von Liebe und Heirat, gehen wochenlang maulend durch die Plantage, weil Sie mich nicht haben können, sehen mich, wenn Sie denken, daß ich es nicht merke, mit so hungrigen Blicken an, daß ich mich frage, wann Sie das letztemal etwas zu essen bekommen haben, verdrehen die Augen nach meinem Revolvergurt am Nagel, fechten meinetwegen Duelle aus und so weiter – und – und jetzt, da ich Ihnen sage, daß ich Sie heiraten will, erlauben Sie sich, mir einen Korb zu geben.«

»Sie können mich nicht lächerlicher machen, als ich mich sowieso schon fühle«, antwortete er und rieb sich nachdenklich die Beule auf seiner Stirn. »Und wenn das mit zu dem romantischen Programm gehört – ein Duell um ein Mädchen, das hierauf in die Arme des Siegers eilt – nun, dann werde ich mich jedenfalls nicht noch mehr blamieren, indem ich darauf eingehe.« »Ich glaubte, Sie würden mit Freuden zugreifen«, gestand sie mit einer Unbefangenheit, die ihm um so echter erschien, als er einen schelmischen Schimmer in ihren Augen zu gewahren meinte.

»Dann muß ich eine andere Auffassung von der Liebe haben als Sie«, sagte er. »Ich möchte, daß ein Mädchen mich aus Liebe heiratet und nicht aus romantischer Bewunderung, weil ich daß Glück hatte, mit rauchlosem Pulver ein Loch in die Schulter eines Mannes zu schießen. Ich sage Ihnen, ich habe einen Widerwillen gegen diese abenteuerlichen Narreteien. Das ist nichts für mich. Sehen Sie sich Tudor an, das ist ein solcher Abenteurer. Bricht einen Streit mit mir vom Zaun und benimmt sich wie ein Affe, indem er darauf besteht, mit mir ›bis zum Tode‹ zu kämpfen, wie er sagt. Es war einfach fürchterlich.«

Sie biß sich auf die Lippen, und wenn ihre Augen auch so kühl und ruhig wie gewöhnlich blickten, so stieg doch das verräterische Rot des Zornes in ihre Wangen.

»Natürlich, wenn Sie mich nicht heiraten wollen —«

»Aber ich will ja —«

»Ach, Sie wollen —«

»Aber sehen Sie, Sie Mädelchen, ich möchte, daß Sie mich liebhaben,« fügte er schnell hinzu, »sonst wäre es nur eine halbe Ehe. Ich möchte nicht, daß Sie mich nur heiraten, um den Küstenklatsch zum Schweigen zu bringen, oder aus sonst einer dummen romantischen Neigung. Dann möchte ich Sie lieber nicht zur Frau haben.«

»Oh«, sagte sie mit gespielter Vorsicht, und jetzt hätte er auf den schelmischen Schimmer schwören mögen. »Wenn es so steht, wenn Sie gewillt sind, mein Angebot in Erwägung zu ziehen, so gestatten Sie mir wohl ein paar Bemerkungen. Zunächst haben Sie gar keinen Grund, über Abenteuer zu spotten, denn Sie selbst erleben ja andauernd welche. Ganz bestimmt jedenfalls, als ich Sie zuerst antraf: fieberkrank auf einer einsamen Plantage mit zweihundert wilden Kannibalen, die Ihnen nach dem Leben trachteten. Dann kam ich —«

»Und was war Ihre Ankunft im Sturm?« brach er los.

»Direkt nach dem Schiffbruch Ihres Schoners landeten Sie in einem Boot voll malerischer, tahitianischer Seeleute am Strande und marschierten mit einem Cowboyhut auf dem Kopf, Seestiefeln an den Füßen und einem langläufigen Colt an der Hüfte nach dem Bungalow – nun, ich gebe gern zu, daß Sie die Quintessenz aller Abenteuer waren.«

»Ausgezeichnet«, rief sie frohlockend. »Es ist ein einfaches Rechenexempel – wir brauchen nur Ihre und meine Abenteuer gegeneinander aufzurechnen. Dann ist es erledigt, und Sie haben keinen Grund, noch länger über meine Abenteuer zu spotten. Zudem finde ich nicht, daß etwas Romantisches in Tudors Versuch, mich zu küssen, oder etwas Abenteuerliches an diesem unsinnigen Duell war. Dagegen ist es meiner Ansicht nach romantisch, daß Sie sich in mich verliebt haben, und endlich, und das heißt wohl Romantik zur Romantik fügen, endlich – glaube ich, daß – ich dich liebhabe, David – ach, David!«

Das letzte war ein leiser Seufzer, während er sie in seine Arme schloß und an sich preßte.

»Aber ich habe dich nicht lieb, weil du heute den Narren gespielt hast«, flüsterte sie an seiner Schulter. »Weiße Männer sollten nicht herumlaufen, um sich gegenseitig totzuschlagen.«

»Aber warum liebst du mich denn?« stellte er wie alle Liebenden die ewige Frage, die nie beantwortet werden wird.

»Ich weiß nicht – eben, weil ich dich liebe, denke ich. Und das ist alle Genugtuung, die du mir gabst, als wir das Männergespräch hatten. Aber ich liebe dich seit Wochen – die ganze Zeit schon, da du so köstlich eifersüchtig auf Tudor warst.«

»Ja, ja, weiter«, drängte er atemlos, als sie schwieg.

»Ich war gespannt, wann du dich erklären würdest, und liebte dich um so mehr, weil du es nicht tatest. Du warst wie Vater und Von. Du konntest dich beherrschen. Du machtest dich nicht lächerlich.«

»Nein, erst heute«, sagte er.

»Ja, und auch deshalb liebte ich dich. Es wurde Zeit. Ich fing schon an zu glauben, daß du nie wieder das Gespräch auf diese Angelegenheit bringen würdest. Und selbst jetzt, nachdem ich mich dir angeboten habe, hast du es nicht einmal angenommen.«

Beide Hände auf ihre Schultern gelegt, hielt er sie auf Armeslänge von sich ab und sah ihr lange in die Augen, die nicht mehr kühl blickten, sondern wie von einem goldenen Schimmer erfüllt waren. Sie senkte die Lider, hob aber tapfer den Kopf, um seinem Blick zu begegnen. Da zog er sie ernst und zärtlich an sich. »Und wie steht es mit deinem eigenen Herd und Sattel?« fragte er einen Augenblick später.

»Ich habe sie ja beinahe gewonnen. Das Grashaus ist mein Herd, die Martha mein Sattel, und – sieh alle die Bäume, die ich gepflanzt habe, vom Getreide ganz zu schweigen. Aber du bist doch an allem schuld. Vielleicht hätte ich dich nie geliebt, wenn du mich nicht auf den Gedanken gebracht hättest.«

»Dort kommt die Nongassla um die Spitze und setzt ihre Boote aus«, bemerkte Scheldon beiläufig. »Der Kommissar ist an Bord. Er fährt nach San Christobal, um den Mord an dem Missionar zu untersuchen. Wir haben Glück, das muß ich sagen.«

»Ich verstehe nicht, wieso ist das ein Glück?« fragte sie kläglich. »Wir hätten diesen Abend ganz für uns allein haben sollen, um alles zu besprechen. Ich habe tausend Fragen an dich. – Und es wäre kein Männergespräch geworden«, fügte sie hinzu.

»Aber mein Plan ist doch noch besser.« Er überlegte einen Augenblick. »Sieh mal, der Kommissar ist der einzige Beamte, der uns einen Trauschein ausstellen kann. Und – das ist das beste am der Sache – Doktor Welshmere ist auch hier, um die Trauung vorzunehmen. Wir heiraten heute abend.«

Joan prallte zurück, machte sich aus seinen Armen los und trat einige Schritte zurück. Er konnte sehen, daß sie wirklich erschrocken war.

»Ich – ich dachte –« stammelte sie.

Dann ging langsam eine Veränderung mit ihr vor, und ihr Gesicht wurde so seltsam mit Glut übergossen, wie er es heute schon einmal gesehen hatte. Ihre sonst so kühlen, gleichgültigen Augen glänzten voller Wärme und waren nicht fähig, den seinen zu begegnen. Dann trat sie zu ihm, schmiegte sich in seine Arme und flüsterte leise:

»Ich bin bereit, David.«